新大宋皇朝
四
千秋遺恨
完
許慕羲 著

目錄

目錄

第七十六回　千秋遺恨

金兵正在慌亂，忽聽叫聲又起，電光一閃，刀光又來。

金兵疑神疑鬼，擾亂了一夜，死屍已如山積，只得退至老婆灣駐紮。兀朮連得敗報，即率兵十萬，親自來援。到了城下，嚴責諸將，何不小心，致遭挫折。諸將道：「宋朝用兵，大非從前可比了，元帥親自出馬，便可知道。」

兀朮還不肯信，道：「劉錡有何本領，你們如此怕他。」諸將皆默默無言。兀朮整頓人馬，預備決戰。

劉錡那邊已得兀朮親來的消息，又集將佐計議。有部將勸劉錡道：「現在屢次得勝，不如全師南歸罷。」

陳規接口道：「朝廷養兵十年，原是要備緩急的。現在屢敗敵軍，軍聲已振；即使眾寡不敵，也當誓死以報朝廷，豈可退卻。」

劉錡道：「府公乃是文人，尚願死守報效國家，何況我們做將士的，本有殺敵之責呢？且金兵逼近，兀朮又親自前來，我軍一退，必為敵乘，非但前功盡棄。金虜入侵兩淮，擾及江浙，豈不要受誤國的大戮麼？」

將士聞言，齊聲應道：「願從太尉死戰，決不退卻誤國。」劉錡見眾心已固，即令耿訓往兀朮營中約戰。

兀朮怒道：「劉錡何人？敢與我戰？我視順昌區區城池，只要一靴尖，便可趯倒了。」

耿訓笑道：「劉太尉不但請戰，且說四太子必不敢渡河，願獻五座浮橋，令貴軍南渡，然後接戰。」

兀朮愈怒道：「劉錡敢小視我麼？你回去叫他將脖子伸長，等候獻我來。不要到我軍渡河，他便棄城跑了。」

耿訓回報，劉錡笑道：「我便搭起座橋來讓他渡河，方知利害。」連夜使人置毒於穎水上流和水濱草際，並誡自己兵將勿得汲飲穎川之水。

等到天色將明，果然穎水上面架成五座浮橋，使兀朮渡河。此時正當盛夏天氣，炎蒸異常。兀朮督兵過渡人馬患渴，自然要飲水食草。哪知，一食水草，人皆中毒生病，馬皆中毒倒斃。兀朮還未知中計，過了潁水，直薄城下，揚武耀威，要劉錡出戰。劉錡按兵不動，俟至過午，天氣漸漸轉涼，又見敵軍人馬皆已疲乏，方命部將率領數百人出西門，直衝敵軍。兀朮見劉錡人馬甚少，毫不介意，傳令前軍接戰。

宋軍陣裡，統制趙撙、韓直，揮兵奮鬥，身中數箭，絕不少卻。兀朮又添兵相助，把韓直、趙撙圍住，要想將他們擒了，羞辱劉錡。不料城內已有一彪人馬從南門殺來，口中絕無聲息，一齊持著大斧亂破亂砍，早將金兵截成數段，首尾不能相接。兀朮見了，知不可擋，親自督率長勝軍，前來抵敵。

原來，兀朮練成一隊軍馬，軍士皆戴著鐵盔，穿著鐵甲，三人為伍，貫以葦索，每進一步，便有拒馬隨上，有進無退、勢不可擋。兀朮恃著此軍，到處橫行，無人能敵。這時見劉錡兵將十分勇猛，所以用長勝軍出戰。

劉錡早已聞得金營有此一軍，已預備好了，見長勝軍一出，亟率長槍手、刀斧手兩大隊，親自督戰，長槍居前，亂挑金兵的鐵盔，刀斧跟隨而進，用大斧橫砍豎劈。金軍碰著，不是斷首，便是斷臂。兀朮忙又放出鐵騎，號叫拐子馬，分左右兩翼裹上前來。劉錡仍用長槍大斧，驅殺過去。

拐子馬雖然厲害，也有些支持不住，一步一步向後退去。忽然大風四起，日色

無光。劉錡恐中了兀朮的詭計，亟用拒馬木，阻住敵騎，朗聲呼喚兀朮道：「金太子兀朮聽著，兩軍已戰了半日，想軍士亦應饑餓，不如略略休息，各用晚膳，再行廝殺。」兀朮也覺腹饑，遂即應允。

劉錡即命兵士，入城擔飯，分餉軍將，自己亦下馬用飯，從容不迫，一如平時。兀朮那邊，也令兵士飽餐乾糧，兩下食竟，風勢頓減，劉錡又乘著上風，撤去了拒馬木，再出接仗。一眼瞥見兀朮，身披白袍，騎馬督戰，便高聲大喊道：「擒賊先擒王，我們何不往擒兀朮。」

軍士聞得命令，都拼命搶前，直向兀朮立馬之處殺去。兀朮的親兵不及攔阻，只得擁護兀朮，往後倒退，全軍也就跟著退下。陣勢一動，頓時大亂，金兵四散潰下。兀朮也只得退走。

劉錡揮軍追趕，直殺得屍橫遍野，血流成渠，追到後來，金兵將車輛旗幟器械糧食，當道委棄，堆積如山，不能前進。等得搬運開去，金兵已是去遠，便將所棄各物，裝載數車，奏凱而回。這日夜間，大雨如注，平地水深尺餘。兀朮敗退二十里外，還是立腳不住，只得領了敗兵，自回汴京而去。

捷報到了臨安，高宗大喜，授劉錡武泰軍節度使，兼沿淮制置使，部下將士，亦賞賚有差。岳飛聞得劉錡大捷，也遣王貴、牛皋、楊再興、李寶等，經略西京及汝、鄭、穎、昌、陳、曹、光、蔡諸州郡，又令梁興渡河，糾集河北忠義社，分徇州縣，一面上表請恢復中原。高宗授岳飛為少保，河南府路，兼陝西河東北招討使，且傳命道：「設施之方，一以委卿，朕不遙制。」後又改授河南北路招討使。

岳飛奉命，遂誓師大舉，兵進蔡州，一鼓而下；令張憲往穎昌，擊敗金將韓常，收復淮寧府；郝晟復鄭州，張應、韓清復西京；楊遇復南成軍；喬握堅復趙州。所至之處，無不得利。河南兵馬鈴轄李興，亦糾眾遙應，收復伊陽等八縣及汝州。金河南尹李成，棄城而逃。岳飛即薦李興知河南府，又遣張應會合李興，復永安軍。

捷報每到臨安，秦檜反不勝憂慮，未幾，韓世忠收復海州，張俊部將王德，收復宿州、亳州。金人大震，致書秦檜，責他背約，秦檜既恨且慚，又恐高宗再用張俊，令給事中馮檝密探上意。

檝入奏道：「金人犯順，不如起用張浚，付以兵權。」

高宗正色道：「朕寧失國，不用張俊。」

秦檜聞之，心中大喜，又授意中丞王次翁等，誣劾趙鼎，遂貶為清遠軍節度副使，安置潮州。秦檜又主和議，令司農少卿李若虛，往岳飛行營，勸他班師。

岳飛正當勝利之際，如何肯半途中止，遂即謝絕若虛，一意進兵，留大軍駐守潁昌，命諸軍分道出發，自率輕騎。馳抵郾城，兵鋒甚銳。

兀朮大懼，意欲拼力一戰。岳飛得了消息，大喜道：「金兵愈多愈妙，我能一戰殺敗了他，免得他再窺中原。」遂令遊騎前往挑戰，加以辱罵。兀朮大怒，會集了龍虎大王、蓋天大王及韓常等，兵薄郾城。

岳飛命子岳雲出戰道：「如若不勝，當依軍法。」原來，岳雲年方十二，已隨張憲軍出征，善用兩柄鐵錘，重八十斤，所向無敵，軍中皆呼「無贏官人」。此時已二十二歲，奉了將令，率精騎數千出城挑戰，突入金兵陣中，橫衝直撞，左馳右突，無人敢擋。

兀朮見岳雲如此厲害，只得放出拐子馬來抵禦他。這回的拐子馬，共有一萬五千匹，互相鉤連，逐排馳驟。馬上的騎士不但鐵鍪重甲，連面上也用鐵皮包裹，露出雙眼，刀槍劍戟皆不能傷。

兀朮橫行中原，無人敢擋，就仗這拐子馬取勝。順昌一戰，為劉錡所敗，那時只得數千騎，面上也沒有鐵罩，所以槍挑斧破便可破他。這次愈加精練，當者輒斃。岳雲見了拐子馬，也不顧死活，奮勇廝殺，衝突了數十次，身帶數劍，兀自勉力支持，不肯退去。

兀朮見岳雲被困，心下正喜，要設法擒拿。忽然城中衝出一隊藤牌軍來，一個個左手持牌，遮掩身體，右手執了麻札刀，蹲身於地，專砍馬足。拐子馬互相連貫，一馬既倒，二馬不能行，一剎那頃，人仰馬翻，一萬五千騎拐子馬都七顛八倒，不能動彈了。岳雲乘勢殺上，岳飛又揮軍出城，幫同奮激，直殺得金兵抱頭鼠竄，大潰而走，向北遁去。

兀朮奔了一程，見宋軍並未追來，方才立下營寨，忍不住放聲大哭道：「我自起兵以來，橫行中原，所向無敵，全仗的是拐子馬。現在為岳飛所破，數年心血，一旦全休了。」

眾將再三相勸，方才住哭。旋又發恨道：「我必再添兵馬，與他決一死戰。」於是，檢點敗兵，招集散亡，又從汴京添了生力軍來，與岳飛決戰。不料，又為所敗，兀朮愈加憤恨，又會集各處人馬，得兵十二萬，轉赴臨穎。

楊再興正引著三百名騎兵巡哨到來。見了金兵，也不顧他人馬多少，便搖動手中長槍，突入敵陣，左右馳驟，殺死金兵二千人，槍挑金萬戶撒八孛堇，及千戶百餘人。

兀朮見楊再興所向披靡，不禁嘆道：「岳飛部下，人人勇敢善戰，無怪我軍屢次敗北了。」當下便揮兵詐敗，把楊再興誘至小商河，萬弩齊發，將他射死。

楊再興本是劇盜曹成的部將，歸降岳飛，屢破金兵。及射死小商河，張憲馳兵往救，已是不及，便將兀朮殺退，覓得屍身，拔取箭簇，多至二升，不禁淚下，報告岳飛。飛亦傷悼不已，正在悲痛，忽見岳雲侍立於側，便向他說道：「兀朮雖退，必回攻穎昌；只有王貴一人，恐難保守，汝可速往救應。」

岳雲聞令即行。剛至穎昌，恰巧金兵已到，岳雲便與王貴裡外夾攻。兀朮之婿夏金吾，挺刀來戰，被岳雲一錘打死。金兵大駭而奔，退下十五里，岳雲方才與王貴收軍回城。岳家軍累戰輒捷。兩河豪傑，聞風興起，與岳飛部將梁興，連勝金兵，奪回了懷衛諸州。太行道絕，金人大怒！

岳飛進軍朱仙鎮，只離汴京四十五里，與兀朮對壘，先令背嵬軍五百名，馳入金陣，已將陣腳衝動。岳飛又揮軍殺入，諸將奮勇爭先，將金兵殺得十死八九。兀朮幾乎被獲，幸虧坐的是匹名馬，方能逃得性命，回至汴京。

岳飛一面遣使修治陵寢，一面聯絡河北豪傑群起響應，如磁、湘、澤、晉、絳、汾、隰。中原一帶都懸了岳家軍的旗號，父老百姓盡備了糧食，饋送義軍。就是金將烏陵葛思謀、與統制王鎮等，皆有意降宋，還有在龍虎大王以下的將官忔查千戶等，已受了岳飛的旗榜，連韓常也要率眾內附了。

兀朮見勢甚危急，即帶了親兵，乘馬北去。剛出城門，忽有一個書生方巾儒服，大踏步向前扣住了馬，說道：「太子勿走，岳少保且退。」

兀朮答道：「岳少保只用五百騎，破我兵十萬。汴京人士，日夜望他到來。我不速走，豈不是束手待斃麼？」

書生仰天笑道：「從古未有權臣在內，大將能立功於外的。岳少保尚恐不免，如何能成功呢？」

這一席話，說得兀朮恍然大悟，遂即回馬入城，歸坐守汴京。

那時岳飛正召集諸將整裝出發，對諸將道：「當直抵黃龍，與諸君痛飲。」正在說著，忽有詔使到來，命他班師。

岳飛接了詔書，便問來使道：「何故班師？」

來使道：「秦丞相與金議和，已有頭緒，所以命少保班師。」

岳飛不禁憤然道：「中原土地，十復八九。奈何中道班師？」來使無言而去。岳飛即拜表，言：「機不可失，當猛進圖功。」

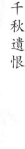

秦檜見岳飛不肯班師，愈加憤怒，遂令張浚、楊沂中等速回，再遣使諭韓世忠等，罷兵還鎮，然後連下十二道金牌，催促岳飛速歸。岳飛知不可留，遂向東再拜道：「十年之功，廢於一旦。」拜畢，泣下沾襟！遂傳令班師。百姓遮道挽留，盡皆哭泣道：「我等戴香盆，運糧草，奉迎王師。金人皆知。元帥若去，我等無噍類了。」

岳飛道：「我非忍棄爾等而去，奈迫於君命，不得不行。」百姓聞言，哭聲震野。岳飛只得下令道：「願從我去的，從速整裝。我暫待爾等五日。」百姓齊聲應諾，岳飛又留駐五日，期滿啟行。百姓隨軍南行，如同歸市一般，岳飛於途中上表，請以漢上六郡閒田，使民暫住，總算有旨允行。

兀朮聞得岳飛班師，又分道出兵，把收復的州郡盡行奪去。岳飛仍由廬州入覲，請罷兵權。高宗不許，並垂問戰時情形。岳飛惟叩頭拜謝，絕不言及戰功。未幾，命韓世忠、張俊為樞密使，岳飛為副使，加楊沂中開府儀同三司，賜名存中，王德為清遠軍節度使。這皆是秦檜的意思，恐諸將在外作梗，陽示尊崇，暗奪兵權，便可以一力主和了。

岳飛已罷兵權，秦檜還放不過他，知道張俊因岳飛初時在自己部下，後來竟與自己並立，心下很是猜忌；便暗中挑唆張俊與岳飛作對，又囑中丞何鑄，侍御史羅汝觀，劾岳飛罪狀。

岳飛遂請罷職，高宗准奏，罷為萬壽手使，出奉朝請。秦檜還不肯罷手，必欲置之死地，方償私願。因與張興密謀，誘岳飛部將王貴，告他罪狀。王貴為張俊所劫持，只得允從。

秦檜又令王貴向樞密府投訴，說是副都制張憲，謀據襄陽，還岳飛兵柄。張俊急捕張憲審問，張憲極口稱冤。張俊拍案道：「岳雲與你書，叫你謀變，復還岳飛兵柄，你還賴麼？」

張憲道：「何人見有岳雲手書？」

張俊道：「料你不受刑，必不肯供。」遂命速仗五十。

張憲道：「寧死不願誣供。」張俊又命重責，直將張憲打得死而復蘇，仍然沒有口供，只得揑造一紙，交於秦檜。秦檜即請高宗，逮岳飛父子審問。

高宗道：「刑以上亂，妄加追證，反致搖動人心。」秦檜默然而退，遂矯詔逮岳飛父子下獄，命中丞何鑄，大理卿周三畏審問。

岳飛上堂，但說：「皇天后土，可表此心。」言畢，即解衣露背，請二人觀看，

乃是「盡忠報國」四字。

周三畏肅然起敬，何鑄也不禁良心發現，即請岳飛入獄。

何鑄急往見秦檜，言飛無罪，秦檜道：「這是上意，如何可違。」

何鑄道：「我非左袒岳飛，但強敵當前，忽戮大將，恐士卒離心，非國家之福。」

秦檜不答，何鑄退出，周三畏桂冠而去。秦檜遂命諫議大夫萬俟卨辦理此事。

萬俟卨素與岳飛有隙，嚴加拷問，將岳飛拷問得死去活來，只是無供。萬俟卨又用筆硯逼他書供，岳飛只寫了「天日昭昭、天日昭昭」八個字，再也不肯寫了。萬俟卨無法，只得也捏造了口供，付於秦檜，只是還要有個證人，方可成獄，又懸賞募集證人。哪知再也無人肯來作證，以致延宕了兩個月。

此時，惱了一班忠臣，如大理卿薛仁輔、寺丞李若樸、何彥猷等，皆為岳飛呼冤。判宗正寺士褭，且以百口保岳飛並無他意。韓世忠心懷不平，親向秦檜責問岳飛所犯何罪？秦檜道：「岳飛子雲，與張憲書，雖無實據，恐是莫須有的事情。」世忠憤然道：「『莫須有』三字，何以服天下。丞相還當審慎。」秦檜不再與言。世忠回第，尚含怒意。梁夫人見了，即問何事動怒。世忠與言岳飛之冤。梁夫人道：「奸臣當道，相公不如見機而作，明哲保身罷。」世忠深以為然，遂存了宦海抽身，急流勇退的念頭，不過一時未便遽行乞罷了。

岳飛在獄中，雖帶刑傷，毫無病楚，唯一心還以未能恢復中原迎還二聖為恨！因此題成《滿江紅》詞一闋，以志恨道：

怒髮衝冠，憑闌處、瀟瀟雨歇。抬望眼，仰天長嘯，壯懷激烈。三十功名塵與土，八千里路雲和月。莫等閒、白了少年頭，空悲切！

靖康恥，猶未雪；臣子恨，何時滅！駕長車、踏破賀蘭山缺。壯志饑餐胡虜肉，笑談渴飲匈奴血。待從頭、收拾舊山河，朝天闕。

岳飛自紹興十一年十月入獄，到了年底案還未決。十二月二十九日，秦檜與妻王氏，在東窗下圍爐飲酒，忽然門上傳進一書。秦檜看時，乃是萬俟卨投來的，書中說是建州布衣劉允升，招集士民，為岳飛訟冤，恐久懸不決，或有他變，故特請示辦法。秦檜閱書，很覺為難，王氏便伸手過來，取書看了，笑道：「這有何難，除滅了他，免得他人再來多言就是了。」

秦檜尚躊躇不決。王氏又道：「從來說的，縛虎容易縱虎難，相公豈不知麼？」

秦檜聽了，其意乃決，遂取紙寫了數語，令人送於獄吏。這一日夜間，便報岳飛死於獄中，岳雲、張憲也同時死了。後人有詩詠岳飛之死道：

靈旗風捲陣雲涼，萬里長城一夜霜；
天意小朝廷已定，豈容公作郭汾陽。

第七十七回　太后歸來

秦檜聽了其妻王氏的話，遂決意置岳飛於死地，遂取筆寫了數語，將紙折成方勝，令人送交獄吏，夜間即報岳飛死於獄，岳雲、張憲亦皆同時而死。有人言岳飛之死係秦檜命獄吏勒斃於風波亭上，又有人說，由獄吏請飛沐浴，拉脅而死，享年三十九歲。

飛家無妾侍，亦無財產，吳玠常敬飛，願與訂交，因飾名姝以進。飛拒之道：「皇上宵旰勤勞，豈大將安樂之時。」吳玠因此益加敬服。

高宗嘗欲為飛營府第，飛辭謝道：「金人未滅，何以家為。」其行軍，隊伍嚴整，有罪必罰，犯令者立斬以徇；惟兵將有疾苦，即親為調藥；諸將有遠戍者，必遣妻慰其家屬，有死難者，必撫育其孤寡。朝廷頒賞，立時派給兵將，毫無所私，所以軍士愛戴，臨陣皆奮不顧身；有將士隸他人部下而怯敵者，一至飛麾下，即反怯為勇，常

自言道：「臨陣卻退，何以回見岳元帥。」因此遇敵必勝，從無敗衄，金兵亦為之語道：「撼山易，撼岳家軍難。」

子雲，勇而善戰，因功受賞，屢次辭讓，故終身只進秩左武大夫，死時僅二十三歲。其餘四子，曰雷，曰霖，曰霓，曰霆，皆竄於嶺南。有女，痛父沉冤莫雪，欲叩閽上書，為奸臣所阻，不得上達，抱銀瓶投井而死，時人稱之為銀瓶小姐，呼所投之井為孝娥井。

飛下獄後，大理卿周三畏，嘗奉命勘獄，心有所疑，夜往察獄。忽見古木下，有一物似牛而有角，三畏怯步不前。此物徐行至獄旁一小祠中，遂隱沒不見。過數日，又於月明之夜，再往，仍見此物，頭上有片紙，寫一「發」字，月光照耀，極為明瞭。

三畏因知飛冤，不肯勘問，掛冠而去，不知所終。後於延安葭州山中，有翁頭仙人，日飲淨水三甌，不進他食，與人論及岳飛冤獄，必放聲大哭，人問其姓，自稱姓周，後又不知所往。士人與其坐處得一片紙，上書「周三畏」三字，因知三畏不肯勘獄，遂致仙去。後人有詩詠此事道：

木陰斜轉月娟娟，片紙驚看戴角妍。
判得棄官何處去，雲中來往翦頭仙。

獄卒隗順，憐飛冤死，負其屍出，葬於棲霞嶺，恐發覺獲罪，不敢告人，至臨死之時，始告其子：「日後朝廷昭雪此獄，求棺不得，必懸賞以求，汝可往告官里。棺上有一鉛簡，並有棘寺勒字，即是我埋葬的記號，乃是岳少保的真屍體。」

後來孝宗即位，詔復岳飛官爵，要依禮改葬，果然不知葬處，乃以一班職為賞格。隗順之子，始出面報告，改葬時，尚面色如生，還可以更殮禮服。這也是忠義之氣，歷久不散的證據了。

岳飛既死，天下為之呼冤，秦檜還不肯甘休，又將于鵬等六人連坐治罪。薛仁輔、李若樸、何彥猷等亦皆斥退，劉允升拘於獄中，竟至庾死。判宗正寺齊安王士褭，亦居建州。

韓世忠既悲岳飛無辜受戮，又見朝局日非，略有氣節之人，不死即貶，知道再在朝中任職，連自己也要被奸人所算了，遂即決定主意，上章乞休。高宗初時不允，乃再上表請罷職，始罷為醴泉觀使，封福國公。世忠奉到詔書，立即杜門謝

客，絕口不言兵事，有時在家與梁夫人小食談心，欣然忘憂；有時策了蹇驢，對酒填詞，帶了小奚童，往西湖上遊覽，竟把一生的英雄豪氣銷磨盡淨，真是個神仙歲月，安享無窮了。

那秦檜因岳飛已死，便致書兀朮說，終不負所約，請他應許和議。兀朮得書大喜，諸將也酌酒稱賀，遂遣宋使莫將，先行南下，道達修好之意，後又命審議使蕭儀、刑其瞻，同赴臨安，入見高宗，索割唐、鄧二州與陝西餘地，以淮水為界，並要向金稱臣，歲納銀幣。

高宗命秦檜與來使商議，秦檜哪裡還肯辯駁，只要和議成功，無論如何，也可以的。當下件件俱皆答應，金使方才許還徽宗梓宮，並及韋太后。秦檜便與金使決議，且訂定了四條和約：

一、東以淮水，西以商州為兩國界，以北為金屬地，以南為宋屬地；

二、宋歲納銀二十五萬兩，絹二十五萬匹於金；

三、宋受冊封，對金稱臣，在國內得稱帝；

四、金送徽宗梓宮及韋太后歸宋。

條約已訂定，和議已成。命何鑄為簽書樞密院事，充金國報謝使，齎獻誓表，一面令秦檜祭告天地社稷，今金使蕭毅等與何鑄相偕北去。

蕭、邢二人入朝告辭，高宗當面說道：「今年太后果然歸來，自當遵守誓約；倘若逾期，這誓文就同虛設了。」蕭毅等也便答應，同了何鑄，行抵汴京與兀朮相見。兀朮便向何鑄要看誓表，何鑄慌忙取出遞於兀朮。

兀朮看那表文上面寫著道：

臣構言，今天劃疆，以淮水中流為界，西有唐州、鄧州，均割屬上國。自鄧誓西南，屬光化軍，為敝邑沿邊州城，既蒙恩造許備藩方，世世子孫，謹守臣節。每年皇帝生辰，並正旦，遣使稱賀不絕，歲貢銀絹各二十五萬，自壬戌年為首（即紹興十二年），每歲春季，搬運至泗州繳納，有渝此盟，明神交殛，墜命亡氏，賠其家國！臣今即進誓表，伏望上國，早降書誓，庶使敝邑，永為憑焉。

兀朮看了書，見宋朝君臣事事依從，沒有一件敢違，心內又覺懊悔道：「倘若多要求幾件事情，他們必定也肯答應的，但是現在卻反不轉身來，只得要求宋朝，須把商州及和尚原、方山原，也屬於金，方肯允和。」

何鑄見兀朮又要翻悔，又不敢作主答應，只得請兀朮差人去與秦檜商議。秦檜也不問什麼險要不險要，可割不可割，只要金人說得出口，他就答應得下。當即又將商州及和尚原、方山原，雙手捧了，送於金人，退致大散關為界。兀朮又得了這三處地方，才沒有什麼話說。

何鑄到了金都，見過金主。金主看了誓表，便命兀朮向宋割地。從此以後，宋朝只有兩浙、兩淮、江東、江西、湖南、湖北、西蜀、福建、廣東、廣西十五路，其餘如京西南路，只有襄陽一府，陜西路，只有階、成、和、鳳四州之地了。

金人劃定了疆界，遂即建設五京，以會寧府為上京，遼陽府為東京，大定府為中京，大同府為西京，大興府為南京，後又改南京為中都，稱汴京為南京。金主即得宋朝稱臣，又得了許多土地，心尚不足，還不願歸還韋太后。經何鑄再三懇請，方允歸徽宗、鄭后、邢后棺木，及高宗生母韋太后。

韋太后，本會稽人氏。紹聖時，蘇頌以宰相致仕，居於丹陽。有韋姓女二人，本屬姊妹。其姊不願事人，遂出家為尼；其妹年尚少，給事蘇頌，頌以其品貌端莊，欲納為妾，及登榻，即通夜遺溺不止。蘇頌道：「此乃貴人之相，非我家所宜留。」遂命之入京。恰值哲宗選室女二十人，分賜諸王，韋太后得入選，分賜端邸，太后即入端邸，與喬貴妃相敘為姊妹，誓共榮辱。及徽宗以端王嗣位，喬貴妃先得臨幸，顧念舊約，薦太后於徽宗，才一臨幸，即生高宗。金人入寇，劫帝北去，喬貴妃與太后皆從行，至是和議成，乃許與徽宗梓官俱歸。

韋太后頗有智慮，既得許歸消息，恐金人反覆無常，等待役夫畢集，方才敢啟攢官。欽宗臥泣車前，對韋太后道：「歸去請告九哥與宰相，務必為我請還；我若為國，得一太乙宮使便心滿意足，他事決不敢計。」言下大哭！

韋太后見欽宗婉轉哀啼，心中實在不忍，當即滿口答應了。而後又出一金環，交付太后，作為信物。

喬貴妃亦舉酒送行道：「姊姊此行，歸去見兒，即做皇太后了，沿途宜加保重；妹妹永無還期，當死於此地了。」

韋太后聽了，不禁大哭！

喬妃亦掩面哭泣，悲不自勝，又帶哭帶說道：「姊姊到了快活處，不要忘了此間的不快活。」

韋太后道：「妹不敢有忘今日。」

喬貴妃等得太后啟行，又取金五十兩，送於金使高安居道：「薄物不足為禮，

願好護送姊到江南。」韋太后又與她握手大哭，旁的妃嬪宮眷也哭泣不止，各個上前送別。

太后行時，正當盛暑，金人憚於行路，沿途逐節逗遛。太后恐有他變，托詞稱疾，表面說時待秋涼進發，暗中向高安居借了三千金作為犒賞伕役之費。那些伕役得了犒賞，果然連炎暑也忘記了，遂即趲程前進。行至楚州，太后弟安樂郡王韋淵，奉詔來迎。姊弟多年不見，自然悲喜交迸，連話也說不出來。

行至臨平，高宗御駕與文武百官皆在道旁佇候，宋奉迎使王次翁，金扈行使高居安，先入見高宗。高宗慰勞有加，遂迎接徽宗及鄭太后梓宮拜跪成禮，然後奉迎太后入御幄，母子相見喜極涕零！

太后御座幄內，朝見文武百官，宰臣乃率諸僚，班於幄外，起居如儀；侍衛軍禁，歡聲動天地。韋太后顧視群臣，御音垂問道：「岳飛何在，因何不來見我？」群臣聞諭，不敢出聲，連秦檜也不敢奏對。

高宗侍立御座之側，見太后殷殷垂詢，不能不答，只得躬身對道：「岳飛因罪，獄死已久。」

韋太后忽然出涕道：「岳飛以五百人敗敵兵十萬，中原土地恢復七八。金人莫不畏懼，稱之為『岳爺爺』。雖婦孺亦知其名，遇小兒夜啼，即稱『岳爺爺來』以畏之。如此勇將，即便有罪，亦不應置之死地，官家奈何自壞長城呢？」

高宗聞言，惟有頓首謝罪，秦檜更是暗暗驚心！

韋太后母子重逢，本來十分歡喜，只因聞得岳飛獄死，御容甚為不樂，此時還未知致死之由，後來仔細打聽，知道岳飛之死，完全出於虛構，因此不勝憤怒，深恨高宗昏庸，至欲削髮出家，不願再為太后。幸得左右再三相見，韋太后怒雖略平，但悲念岳飛，無罪冤死，心內終難釋然，所以在宮中穿著道家衣服，終身不改，以示悲悼之意。

後人有詩一首，詠韋太后悲念岳飛道：

東朝鑾馭朔方回，南面方知樂事稀；
可惜岳將軍不見，深宮只著道家衣。

高宗自接得韋太后鑾駕，常對群臣道：「朕自東朝之歸，方知南面之樂。」故這首詩內也提及此事。這是後話，暫按不提。

且說群臣朝見過韋太后，又隨了高宗，迎回邢后喪棺。高宗不禁下淚道：「朕虛位以待中宮，歷十六年之久，不幸后已先逝。直到現在，始能得知，回念舊情能不悲痛麼？」秦檜等再三勸慰，方才止哀，遂引徽宗、帝后兩梓宮，奉安龍德別宮，並將刑后之棺，祔殯於兩梓宮西北，然後迎韋太后入居慈寧宮。

滿城士庶夾道聳觀，皆手加額，歡呼萬歲。韋太后入居慈寧宮，文武百官上表稱賀，又有獻賦頌雅歌，稱美聖德的。高宗見了，甚是興頭，命中書舍人程敦厚，品題高下。程敦厚品題之下，以建昌軍進士章藻為第一，知正州張昌為第二，進士陸渙為第三。高宗下詔，張昌特轉一官，進士免文解一次。徽宗帝后前已上過尊諡，惟邢后未嘗易名，乃追諡為懿節皇后。

其時金人已遣左宣徽使劉筈，齎了袞冕圭冊，冊封高宗為宋帝。高宗竟甘心屈膝，北面拜受。受冊之後，又御殿召見百僚，行朝賀禮，晉秦檜爵有差。

惟張俊阿附秦檜，冤殺岳飛，此時亦為秦檜所忌，暗令台諫，彈劾其罪，已罷為醴泉觀使，現在卻封了一個清河郡王的虛銜，總算是酬他殺岳飛之功。

但張俊雖誣殺岳飛，也總算是中興名將。他有一妾，名喚張穠，乃張錢塘妓女，頗知詩書，常常規諫張俊，須要盡忠國家。柘皋之戰，金人兵鋒甚銳。張俊貽書囑以家事。張穠回書，引霍去病、趙雲「賊猶未滅，何以家為」之言，以堅張俊報國之心，後來居然獲勝。張俊遂以其書，進陳高宗。高宗乃親筆獎諭。張俊、韓世忠皆中興名將，皆有奇女子為助，又皆出於微賤，可算是千秋佳話了。

張俊既封為清河郡王，乃置邸於臨安，名所居之坊為清河坊，並構園林，有喬木亭諸勝境，汗馬功勞得此下場，可稱有福了。

劉錡已早罷兵權，出知荊南府。王庶安置道州。何鑄自金南回，秦檜因他不肯阿附岳飛之獄，謫居徽宗。只有劉光世，因早解兵權，又是隨俗浮沉之人，與秦檜沒有什麼嫌怨，總算保全祿位，直到老死。

那些中興將帥，俱已收拾盡淨，朝堂上面，只有秦檜的黨羽，自然一切朝政，惟其所欲，毫無阻礙了。

那時朝廷上面卻沒有什麼事情。但是韋太后回來之後，又鬧出一件假帝姬之獄來了。

原來徽宗有個公主，小名環環，稱為柔福帝姬，也隨著二帝北去。到了高宗時候，忽然攜了一個老尼，從金奔逃回來。說是隨了上皇在五國城受盡難苦，幸虧這個老尼哀憐她年少受苦，把她藏匿庵內，後來改了道裝，由老尼帶領了她，托名出外募

化，慢慢的自北面前，歷盡了風霜雨雪，得達臨安。說的言語甚是動聽。高宗也憶記徽宗，果然有個公主，名喚環環，封為柔福帝姬，但闊別多年，面貌身材都記不清楚了。惟恐有人假冒，遂親自召見，當面垂問，並盤詰她在汴京宮內的事情。

那柔福帝姬在召見之時，竟能呼喚高宗幼時的小名，並訴說汴京宮內一切之事，絲毫沒有錯誤。高宗便信以為真，又可憐她萬里迢迢，奔逃回來受盡了苦楚，遂將她迎入宮內，仍稱柔福帝姬，厚加款待，又選了高士褭為駙馬，將柔福帝姬下嫁，甚為隆重。柔福帝姬下嫁之後，也時時入宮，問候起居。高宗亦極為信任。

到了和議已成，韋太后鑾馭將回。柔福帝姬使請了病假，絕不進宮。高宗以為她果然有病，也不疑心。

韋太后回鑾之後，聞得柔福帝姬一事，不禁詫異道：「柔福已病死於金，怎麼又有一個柔福呢？」亟召高宗詰問情由。

高宗詳陳柔福由金逃回之事，韋太后道：「官家要被金人竊笑，說南朝皇帝錯買了顏子了。柔福已死，如何能自金逃回呢？」

你道韋太后所言「南朝皇帝錯買了顏子了」這句話是何意思呢？

原來，當時京師有一條巷，名為顏家巷。巷內有松漆店，所製器具，式樣靈巧，甚為美觀。其實都用敗紙做成，表面卻髹漆得十分精美，人若購買回去，立刻便毀壞了，不能經久，所以當時的人稱為「顏子」的話，便是假貨的意思。

高宗聽了韋太后的話，不禁發怒，遂即告辭，立即拘柔福帝姬，交大理寺審問，假柔福帝姬無可抵賴，只得一一供招。原來，她本是汴京貧家之女，跟隨她的老尼，從前常常出入宮禁，深得柔福帝姬之心，曾經在宮給事，所以深知內廷之事。後來，金人入寇，劫了二帝與六宮北去。老尼聞得高宗即位，宋室中興，因見貧家之女與柔福帝姬面貌有些相像，忽生貪戀富貴之心，便將宮中事情告之貧家之女，詐稱從金奔回，騙信高宗，竟享了幾年的富貴。不料韋太后回鑾，識破此事，無從掩飾，只得從實供出。大理寺審問明白，得了口供，遂即具奏上聞。

第七十八回　東窗事發

大理寺奉了高宗之命，審問假帝姬的案子，不過一堂，便審問得清清楚楚，覆奏上去。高宗覽了供詞，方知假柔福帝姬，全由老尼教導了到來的，當下即命將老尼也拘捕了來，又加以審訊。老尼無詞可辯，假帝姬一家已是確鑿無疑，遂即將假帝姬與老尼一同斬首於東市。

高士褭雖為駙馬，並不知情，只削奪了駙馬都尉的爵位。

後人有詩詠假帝姬一事道：

一朝鑾馭報歸期，因識環環偽帝姬；
多被番人笑顏子，怪她宮事教尼師。

假帝姬伏誅，高宗乃葬徽宗皇帝、顯肅皇后永固陵懿，即節皇后亦從旁祔葬。葬事既畢，秦檜等乃上表請立繼后。其時宮中，吳嬪御已升為貴妃。她自隨著高宗航海，箭射將保護聖駕，高宗很佩服她的膽識，更兼讀書萬卷，翰墨絕人，後宮裡雖有潘貴妃、張貴妃、劉貴妃，與她名位相埒，哪裡及得來她的寵遇。但劉貴妃也風雅絕倫，不特善於吟詠，且精通繪事，嘗畫並蒂芙蓉，著色鮮妍，精妙無比，且自題一絕於上道：

秋風落盡故宮槐，池上芙蓉並蒂開；
留得君王不歸去，鳳凰山下起樓臺。

這詩畫傳出，當時稱為雙絕。高宗見了，也很為讚美！遂由尚衣夫人升為婉儀。未幾，又進為貴妃。此時群臣議奏，請高宗擇立繼后，惟吳貴妃、劉貴妃最有希望。

高宗卻因吳貴妃初生時，已有侍康的夢兆，十分屬意於吳貴妃；更兼吳貴妃性情委婉，自韋太后南返後，亦能先意承順，侍奉無虧，深合慈意，因此韋太后亦甚垂愛。故高宗決意立吳貴妃為繼后，乃於紹興十三年，閏四月，冊立為后，所有禮節，悉如舊儀。

紹興二年，張貴妃因元懿太子夭逝，後宮均無所出，因請高宗援仁宗時曹皇后故事，取宗子入宮撫養。高宗准其所請，詔令伯字號宗子，挑選十人入宮，以便簡擇。吳后時為貴妃，亦請擇一子撫養。高宗乃於十人中選取一胖一癯，留於宮內，餘悉遣出。癯者名伯琮，係太祖七世孫，為秦王德芳後裔，父名子偁，曾封左朝奉大夫，在留宮中，賜名曰瑗，年僅六歲，由張貴妃撫養。胖者名伯玖，係太祖七世孫，父名子彥，年方七歲，賜名曰璩，由吳貴妃撫養。

高宗欲試驗二子天資優劣，性情如何，嘗召至御前，仔細端詳。瑗、璩二子，奉召趨至，叉手侍立。高宗見二人，品貌均皆清秀，難分高下，正要垂詢數語，以判優劣。忽有一貓躍至御前，蹲伏案側。瑗視若無物，仍然植立；璩卻趨前，舉足蹴貓。高宗道：「此貓有何過失，偶然蹲此，亦無阻於人；必欲蹴之，可知性情嚴刻，難當大任了。」遂命璩出宮寧家。

單留瑗於宮內，育為養子；越年，授和州防禦使。未幾，張貴妃病歿，遂歸吳貴妃撫養。瑗性恭儉，好讀書，天資聰穎，尤知禮節；問安定省以外，惟閉戶誦

讀，絕無小兒嬉戲之態。高宗頗為鍾愛，累歲加封，至吳貴妃正位中宮時，已進封為普安郡王。

吳后對高宗道：「『普安』二字，乃天日之表。妾為陛下慶得人了。」高宗聞言，亦復欣然！後人有詩詠高宗擇子撫養道：

難將胖瘦定官家，總屬天潢貌似花；
從此中興開七葉，狸奴偏是判龍蛇。

先是同知樞密院事李回，參知政事張宇，皆上言太祖傳弟不傳子，德並堯舜。陛下宜效法太祖，庶足以昭格天命。高宗聽了這兩人的話，倒也很為感動，意欲明降諭旨，立普安郡王瑗為皇嗣。偏是那秦檜，欲取悅高宗，奏稱臣有二策：第一策是不可迎還淵聖，以免帝位搖動；第二策是待後宮生育皇子，再立儲君，以免傳統外支。那高宗也不自己思想，自從在揚州，聞得金人兵來，吃了一驚，倉皇奔逃，已同下了蠶室，受過腐刑一般，後宮哪裡還能生育皇嗣，聽了秦檜的兩條計策，正合私意，竟把立皇嗣的事情又擱了起來，後來韋太后回國，把欽宗托帶的金環交付高宗，並述欽宗的言語，高宗很現不悅之色，連韋太后也不便再說了。

秦檜又因與趙鼎、張浚不合，意欲暗中加害。平日檢閱趙鼎奏章，有請立皇儲之語，便嗾令中丞詹大方，劾趙鼎心懷詭計，妄圖徼福。高宗竟將趙鼎徙至吉陽軍。趙鼎自出知紹興府，累為秦檜所劾，貶往潮州安置，閉門謝客，絕口不談時事。至是又徙吉陽軍，趙鼎謝表，有「白首何歸，悵餘生之無幾，丹心未泯，誓九死以不移」四語，又觸動了秦檜之怒，不覺冷笑道：「此老倔強猶昔，看他還能逃得出我的手麼？」

未幾，有彗星於出東方，選人康倬上書說：「彗現乃是常事，毫不足畏。」秦檜特擢康倬為京官，且請高宗特頒大赦，仰體天意，除舊佈新。高宗從之，特下赦令。

其時，故相張浚，由永州赦回，提舉臨安洞霄宮，改充萬壽觀使；後因和議告成，太后回朝，推恩加封為和國公。浚以秦檜攬權，屢次要奏陳時弊，只是老母計氏，年已衰頹，恐言出招禍，致貽老母之憂，所以忍而不發。

計氏深知張浚之意，便對他說道：「汝父對策文中，嘗有二語，汝忘記了麼？」原來浚父名咸，其策文中有二語道：「臣寧以言死斧鉞，不忍不言以負陛下。」

張浚聽了母言，正要上疏論事。恰值因彗星出現，下令大赦。浚遂上表，極陳星變應先事預防，任賢黜邪，以固國家。秦檜見了，不禁大怒道：「我正要與他拼命，

他竟敢來太歲頭上動土麼？」立即唆令中丞何若等，聯名劾論張浚，遂放浚居於連州，又徙永州。

從此秦檜勢焰沖天，略不如意，立即貶官，就是與他同黨，也不能免。那萬俟卨，本來附和秦檜謀殺岳飛的。秦檜便引為參知政事，後因秦檜除拜私人不肯署名，當即斥罷。樓炤、李文會，皆由秦檜援引得副樞密，後因與檜略有違忤，相繼罷免。

高宗待檜，恩遇更加隆重，封檜妻王氏為秦、魏兩國夫人，養子熺舉進士第一，授秘書少監，領國史。原來，熺本王喚子。王氏為喚之姊。檜素昔懼內，嘗納妾懷孕，為王氏所逐，重嫁仙游林氏，生下一子，取名一飛，冒姓林氏。檜雖知道，不敢收回，只得暗中提拔，官至侍郎，兼給事中。

檜反無子，王喚之妻，亦甚嫉忌，也因妒寵，遂將熺出嗣秦檜為子。後來秦檜夫婦自金回南，即因熺率妻往見檜夫婦，呼為父母，檜心甚喜，立即以熺為嗣子。熺既掌國史，進建炎元年至紹興十二年日曆，共五五九十卷，所有從前詔書章疏，稍侵及檜，即改易焚棄，並自誦檜之功德，多至二千餘言，請著作郎王揚郎、周執高進呈御覽，王、周二人因此得擢高位。

秦檜又禁私家著述，凡有守正闢邪諸學說，一律查禁，不得梓行。

秦檜孫名塤，欲取科第，恐不能中試，檜欲以中書舍人程敦厚作主試，為塤預備通關節，自覺不便啟齒，因得一計，令人呼程敦厚至閣中談話。敦厚奉命而來，不見秦檜，只得坐候，候人不至，無聊已極，忽見案頭有書一冊，以紫綾裝成，極為美觀，遂取來觀看。書中端楷寫賦一篇，乃是聖人以日星為紀賦，篇末有類貢進士學生秦塤呈文十字，其賦詞像豔麗，大雅矞皇，敦厚心甚愛之，且因守候秦檜，遂兀坐窗下，仔細吟哦，幾可背誦，硯童往來服侍，殷勤異常。守候至晚，秦檜竟不出外。敦厚見天色已是黃昏時候，未便再坐，只得退出，心內頗為詫異，未知秦檜是何命意，每一念及，嘗為之惴惴不安。過了數日，即有詔下，命知貢舉，敦厚奉命，乃恍然大悟，即以前日所見者命題，秦塤果獲第一。後人有詩詠秦塤以夙搆中選道：

硯童侍立大師窗，夙搆佳文未易降；
貢院無煩戴羞帽，紫綾冊裡士無雙。

秦塤既擢上第，檜亦愈蒙恩禮。紹興十五年，秦熺復升翰林學士，兼侍讀，又

賜檜甲第，並緡錢金帛。高宗親幸檜第，封檜妻兩國夫人，賜號沖正先生；自檜妻以下，皆加封贈；且御書「一德格天」四字，賜檜立匾於閣內；許檜立家廟，御賜祭器。那恩遇的隆重，比到徽宗時蔡京竟無二致。

至紹興十八年，有詔命秦熺知樞密院事。檜問同僚胡寧道：「兒子進院樞密，外議如何？」胡寧答道：「外議謂相公謙和，必不效蔡京父子。」檜聽了這話，心內十分不快，表面上卻不能不連聲稱是。回去與熺商議，只得由熺自疏乞辭，遂罷熺為觀文殿學士，位次右僕射，旋又加階少保。

是時中外官吏，揣摩檜意，專事迎合，意稱檜為聖相，與皋、夔、稷、契比隆，因此祥瑞之說又復紛起，雨雪稱賀，海清稱賀，連日食不見也說是嘉瑞休徵，群臣又皆入賀。知虔州薛弼，且上言朽柱裡面，忽然現出「天下太平天」五個字來。秦檜立即上聞，詔付史館，因此高宗愈加視臨安為樂土，目為檜之功勞，更加恩遇。秦檜又將洪皓、胡銓、鄭剛中等再加貶逐，且必欲將趙鼎置之死地，吩咐吉陽軍，隨時查察，每月報告趙鼎生死。

趙鼎知道秦檜必不肯放過自己，遂致書其子趙汾道：「秦檜必欲殺我，我死，汝等尚可無虞，否則恐禍及全家。」發書之後，遂自書墓石，記鄉里，及除拜年月，並寫輓聯一副，作為銘旌道：

身騎箕尾歸天上，氣作山河壯本朝。

又親自寫了遺表，乞歸葬鄉里，遂絕粒而死。

南宋賢相，以趙鼎為首，既死之後，遠近哀之。參政段拂聞訃嘆息，為秦檜所聞，遂降為資政殿大學士。未幾，又褫其職，謫居興國軍。

秦檜心還不足，要將和自己反對的人，一網打盡，使他子子孫孫永遠不得翻身，方才快意。

當初第一次議和的時候，秦檜曾引李光為參政，贊助和議。李光只道他因和圖治，所以很是贊成；後來見秦檜罷黜諸將，盡撤守備，方知他的主和並無好意，遂當廷與檜爭論，因此去職。秦檜怒猶未已，累貶謫至瓊州、藤州諸處；又令兩浙轉運副使曹詠，訐稱李光次子孟堅錄記李光所作私史，語多訕謗。秦檜奏請高宗，流孟堅至峽州，李光遇赦不赦。又將胡寅、程瑀、潘良貴等一十八人，坐為李光私黨，一概貶謫。

這時候的秦檜真是氣焰熏天，連高宗都懼怕他，凡有奏事，簡直不能不從。秦檜也存了取而代之之意，所以要把平日和自己反對的人，一齊除去，方好將南宋的江山垂手取來。

這日秦檜上朝，奏事已畢，大踏步趨出朝來，登輿回府，行至中途，忽有一大漢，手執利刃向秦檜輿中刺來。秦檜連忙躲閃，那刀鋒戳在坐板上，幸未刺傷身體，忙呼家將捉拿刺客。

那大漢要想再刺，無奈拔刀不及，已為秦檜家將一把擒住，秦檜雖沒有傷，已嚇得冷汗淋身。到了府中，還是身顫不已，便命左右將大漢牽來，親自訊問道：「你是何人？受了何人主使前來行刺？從速供出主使之人，還可饒你狗命。」

那大漢面不改色，厲聲辱罵道：「奸賊欺君誤國，百姓哪一個不要食你之肉，寢你之皮？俺乃殿前小校施全是也，欲為天下除奸。誰知奸賊命不該絕，誤中坐板。我死之後，必為厲鬼，褫你之魂，看你逃往哪裡去？」

秦檜為施全痛罵，直氣得渾身發抖，立命家將押往大理寺獄中。次日，將施全磔於東市。

秦檜經此一嚇，還恐有人謀他，遂選家將五十名，各持長挺，出則保護，居則守門。但是從此以後，睡夢中總見施全持刀殺來，又覺冤魂纏繞，得了一種怔忡之病，只得命人往靈隱寺，修醮許願，倘得病癒，當自往進香禮佛；又延了許多名醫調治，仗著參茸等物，持扶元氣，方才漸漸痊癒。

高宗聞知秦檜有病，特地賜假休養，命執政至檜府第議事。秦檜因病已略癒，乘肩輿入朝，有詔令檜孫塤，堪扶掖升殿，免跪拜禮。

秦檜退朝，因病時曾許願往靈隱寺進香，遂親蒞寺中，焚香膜拜，在佛前默禱。眾僧撞鐘擊鼓，十分恭敬。

忽有一行者，蓬頭赤足，渾身骯髒不堪，對著秦檜拍手笑道：「東窗下事，不是祈禱便能獲免的。」

秦檜聽得行者說出「東窗」二字，知是有意訊刺，便怒道：「你這行者，說些什麼？」行者又仰天笑道：「我是說東窗下事，不是祈禱便能獲免的，與相公何涉？」秦檜便問寺內眾僧道：「這行者可是本寺僧人麼？」眾僧答道：「這個行者，前日方來，語言瘋癲，也不知他從何而來。」秦檜正要問他在哪裡出家，行者不待詢問，好似知道秦檜的意思一般，微微含答，隨口朗吟道：「丞相問我歸何外，家在終南第一山。」吟罷了這兩句，便回頭而走，且走且言道：「撻懶在柳林會議，放汝歸來，所

辦之事已畢，也可回去報命了，還戀戀什麼？」秦檜聽了此言，心內更覺吃驚，忙命左右，追那行者回來。那行者已大踏步而去，絕無影蹤，還往哪裡追趕呢？

秦檜聽了行者「柳林會議」這幾句話，為何要吃驚呢？只因當日撻懶，因為南宋將帥，如岳飛、韓世忠等勇不可擋，擬遣秦檜夫婦回國，充作間諜，力謀和議，暗圖諸將，密表奏聞金主。金主命大臣會議，諸大臣齊集於柳林地方，密議停妥，奏請金主，從撻懶之議，方才縱秦檜夫婦回國。

這柳林會議的事情，秘密異常，行者竟能說出，怎麼不要使秦檜吃驚呢？當下回到府中，一心記念著那個行者，恐他將自己與金人的秘密事情洩漏出來，心下甚為不樂！

王氏見秦檜面有不豫之色，便問有何事故使相公不樂，秦檜遂將靈隱進香，行者諷刺的話一一告知。王氏笑道：「相公多少大事也辦了，如岳飛的勇悍，趙鼎的倔強，不費吹灰之力，便把來除了，何患一行者呢？他既說家在終南第一山，只派個幹役，將他捕來，殺之以滅口，還愁他洩漏機密麼？」

秦檜聽了，連連點頭，遂令幹役何立，往終南第一山去找尋那行者，務要將他拘捕回來。

何立奉命退下，不知終南第一山在於何處，向門人問，也沒有知道的，又不敢違命不去，只得泣別了老母妻子，獨自一人，四下去訪問這終南第一山。去尋了多時，方遇見一個異人，指引了路徑，到得山內，只見宮殿巍峨，上面坐著個和尚，戴了畫盧帽，身穿袈裟，在那裡預備審問事情。

何立見兩旁排列著許多差役，便隱身在後面，輕輕的向一人問道：「上坐何人？所訊何事？」

差役答道：「地藏王菩薩審問秦檜殺岳飛的事情。」

何立聞言，暗想：「太師安居臨安，如何能到此地？」正在詫異，已見幾個奇形怪狀的兇惡差役牽了秦檜到來，身上荷著鐵架，已是蓬首垢面，與罪犯一樣，哪裡還像個太師呢？

秦檜到了階下，遠遠的見了何立，便向他說道：「汝可歸告夫人，東窗事發了。」何立甚是畏懼，不敢答應，只得遙遙的看著。但見秦檜上去，跪在地上，那個和尚略略問了幾句，秦檜只是叩頭。何立距離得過遠，也聽不出講的是什麼。只見和尚又說幾句話，就有兩旁的差役將秦檜上了刑具，頓時聽見一片慘呼號泣之聲！

第七十九回　報應昭彰

何立見兩旁差役將秦檜上了刑具，只聽得一片慘呼悲號之聲，心內既覺驚懼，又復不忍，只覺自己的眼光一陣眩暈，及至看視，哪裡有什麼宮殿，什麼和尚審問及秦檜受刑，慘呼悲號之聲？自己的身體卻靠在山中一塊盤陀石上，好似做夢一般。

何立心知秦檜必然祿數已終，連忙步下山來，趕回去，及至到了臨安，秦檜果然病已垂危。

後人有詩一首，詠何立尋訪行者之事道：

心事誰知默禱間，滿朝敢道相公奸；
九年伍佰無人識，去訪終南何處山。

原來，秦檜自命何立去訪拿行者。不上幾日，韓世忠亦以病歿。世忠自己乞休致仕以後，杜門不出，謝絕世事，只因韋太后回朝，知道金人所畏憚的，只有韓、岳。兵飛已經冤死，惟韓世忠尚在。韋太后甚為器重，回鑾的時候，特行召見，慰勞備至，後來又時常命中使慰問，且諭令高宗，垂念功臣，晉封世忠為咸安郡王。

世忠雖然安居家中，並不干預朝政。秦檜因兩宮敬禮世忠，倒還懼他三分；及至世忠既死，更加一無忌憚，竟至挾制高宗，任所欲為。高宗初時信任他，此時懼怯他，居然不敢得罪於他。秦檜私黨張扶，且當眾明言，請秦檜、金根車、呂願中亦獻《秦城王氣賦》，秦檜心下暗喜，要學王莽、曹操故事，因此要大興黨獄，將所有反對的人一齊處死，就可成事了。

恰巧王庶病歿貶所，其子之奇、之荀，扶棺大慟，誓報父仇。此言為檜所聞，立即將之奇流於海州，之荀流於容州；且因趙鼎雖死，子孫甚多，要斬草除根，免生後患，暗中謀劃了好幾年，只是無機可乘，又因自己也時常生病，所以遲延下來。

到了紹興二十五年，潭州郡丞汪召錫密告知泉州趙令衿，嘗觀秦檜家廟祀，口內諷誦「君子之澤，五世而斬」二語。秦檜便將趙令衿謫汀州，臨行時，趙鼎子汾，曾餞送令衿。秦檜聞知大喜道：「這番可以一網打盡他們了。」即嗾侍御史徐嘉，劾奏趙汾與趙令衿，飲別厚贐，必有奸謀，下詔逮趙汾與令衿，下大理寺審問。趙汾等被逮入獄，秦檜暗囑獄吏逼脅趙汾，妄供與張浚、胡寅、胡銓等五十三人同謀大逆。趙汾寧死不肯誣供，獄吏無奈，只得又依照從前處置岳飛的舊法，捏造了一張供狀，送於秦檜。

秦檜好似得了無價奇珍一般，捧了這張供狀，來至一德格天閣，坐了下來，研墨取筆，要想加入數語羅織成獄。忽然覺得這枝筆有千斤之重，再也舉不起來。秦檜心內好生驚詫，不禁抬頭仰視，隱隱的瞧見岳飛銀盔白袍，立於空中，岳雲、張憲分侍左右，刺客施全，手執大錘，直向自己背上打來。秦檜經此一嚇，直從太師椅中跌倒地上，昏迷不醒。

其妻王氏聽得閣中好似有千鈞重物墜地之聲，連忙帶了幾個侍女飛奔入內，見秦檜倒在地上，暈厥了去。王氏疑心他得中風病，連忙救治。好容易醒了轉來，只是用手捧了頭，口呼饒命。王氏見此情景，更加驚慌，便與侍女扶他到房中睡下，等他略清醒，摒退了左右侍女，私下詢問，身體怎樣的不快？秦檜只是搖頭，但說：「我已無命，快備一事。」說罷，又復暈去。

王氏極力叫喚，方見他身體顫動，和殺豬一般，口中只呼饒命。王氏無法，只得

去請御醫王繼先來診視。

王繼先與秦檜心腹之交，常在宮中伺察動靜。高宗與韋太后有了微恙，總由繼先診視，只要一服藥，就可奏效，因此，高宗深為寵信。繼先便結交秦檜，專門聯絡內侍竊探宮中隱事，挾制高宗，因此權勢熏灼，炙手可熱，竟至招權納賄，無所不為，居然珍寶充牣，富堪敵國。

有御史參劾繼先，恃有秦檜之援，賄賂公行。高宗反而斥御史道：「秦檜國之司命，繼先朕之司命，汝敢妄劾麼？」

群臣聽了這話，從此沒人再敢說王繼先的過失了。

那繼先更加趾高氣揚，毫無忌憚，於宅旁別築別館，體制僭擬內宛，儲臨安名妓劉榮奴於館內。其子悅道，因愛妓女金盼盼也迎養於內。父子聚麀，互相淫樂。常令妓女開筵奏樂，制為新歌新舞。後聞欽宗上賓之信，禁止筵樂，繼先乃令妓女，舞而不歌，舉手頓足，以為歡笑，名為啞樂。又在湖州舊居，建築大第宅一座，由臨安載現錢二十萬貫，前往堆垛，稱為鎮宅錢；令義子都統制王勝，相送前去。

那王勝綽號王黑龍，本隸張俊部下，因罪俊責，送建康軍中效力，深知繼先甚得高宗寵幸，遂投於繼先門下，拜為義父。繼先遂力薦王勝可以大用，擢為統制。繼先陰蓄異志，暗養無賴惡少五百人，製備桃花繡甲，刀槍牌棒及一切兵器，日夜訓練，冀成勁旅。事情洩漏，為殿中侍御史杜莘所劾，編管福建居住，子孫永遠勒停。後人有詩詠王繼先，不過一個醫官，勢力竟能如此雄厚：

家筵靜看無聲樂，別館爭排鎮宅錢；
練得桃花繡甲隊，義兒相送上江船。

秦檜得病，去請繼先診視。他這時正在得勢的時候，只因和秦檜是心腹至交，不便推辭，立刻前來。哪知秦檜見了繼先，睜大了一雙眼睛，呼他為岳少保；忽然又呼他為施義士，停了一會，又哀求他饒命。王繼先見了這般模樣，知是冤魂纏繞，直嚇得戰戰兢兢，坐立不安，勉強開了一張藥方，連忙辭去。

秦檜服了藥，更加病重，連聲呼痛，身上也現出青紅之色，好似受了刑具一般。王氏等正在忙著，何立已從終南第一山回來請見秦檜，以便得命，王氏令他不必進見。偏生秦檜又清醒轉來，聞說何立回來，一片聲叫何立進見。王氏傳他進內。

何立至床前下拜，秦檜不待他開口，便下淚道：「終南第一山的事情，我已知

道，你一片誠心奉了命，不憚程途遙遠，能夠前去，真是不可多得的人物，但是我已沒有命了。」又是一聲哀號慘呼，何立聽他呼痛之聲，竟與終南第一山受刑一般無二，心內不思再聽，只得含淚退出。

何立方退，高宗御駕降臨，王氏與秦檜等連忙迎接。高宗入內問疾，秦檜倒還清醒，只是口內不能說話，惟有看著高宗流淚。高宗見了這般情形，便面諭秦熺道：「卿父病已垂危，恐難挽救了。」

秦熺乘機奏道：「臣父倘有不測，他日繼臣父後任的，應屬何人？」高宗聞言，搖首道：「此事非卿所應干預。」言罷拂袖而出。回宮之後，命直學士沈虛中草制，命秦檜父子致仕，並加封檜為建康郡王，熺為少師，檜孫塤、堪，均提舉江州太平興國宮。

這日夜間，秦檜自嚼其舌，幾成粉碎而死。檜在相位十九年，一意與金議和，摧殘善類，密佈羽黨，所有忠臣良將排斥殆盡。凡彈劾文字，均由檜親自擬稿，令台諫錄陳，奏牘中，皆羅織周納之詞。廷臣見了，皆知為老秦手筆。輔政大臣略有違忤，即加貶謫。故秦檜入相十九年，參政易至二十八人。且賄賂公行，不畏清議，因此家中財產富可敵國。外國珍寶至檜已死，尚有饋送前來的。

到了晚年，潛儲不臣之心，高宗見之，亦復畏懼，至檜死後，高宗常語楊存中道：「朕今日始免於膝褲中帶匕首了。」可知秦檜的跋扈不臣，高宗的畏懼奸人了。但是，高宗雖知其奸，還追贈為申王，賜謚曰忠獻，直到寧宗開禧年間，始追奪王爵，改謚謬丑。

檜之墓在金陵牧牛亭，墓身前豐碑兀立，不鐫一字。相傳秦檜既歿，求人撰神道碑。當時士大夫因檜怙權恃援，力主和議，誅殺勳舊，誣陷忠良，故鄙其為人，且畏物議，雖有詔命為檜撰碑，竟無一人肯執筆代撰的。後人有詩詠之道：

不見文章立墓門，牧牛亭上泣奸魂；
東窗事犯須臾事，夜半猶然憶子孫。

秦檜歿後，未幾，其妻王氏亦以病死，與檜同葬於建康。

至明朝成化年間，其墓為盜所發，竊取珍寶金銀，值貲巨萬。案發後，竊墓賊就獲，官往檢驗，檜與妻王氏，皆僭用水銀為故殮，故屍體未毀，面色如生。當下碎剮其屍，投於溷廁，並減輕盜墓之罪，人心大快！千百年後，猶至碎屍投溷，令人恨視

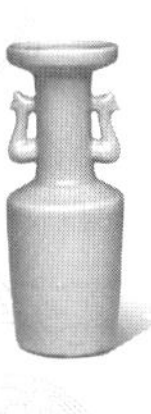

奸臣的報應，可謂顯明已極了。

張俊於檜死前一年，已經病歿。害岳飛的人，還剩了一個萬俟卨，生存於世。萬俟卨因為失歡於秦檜，貶謫杭州。高宗因此疑心萬俟卨不是秦檜一黨，竟召為尚書右僕射，並同平章事，湯思退知樞密院事，張綱參知政事。湯思退平日阿附秦檜，檜歿時，囑以後事，饋金千兩。思退疑檜贈金，是有心嘗試自己的，所以辭卻未受。高宗聞得思退卻金一事，也以為不是檜黨，因此特加拔擢。沈該也得參政，乃是隨俗浮沉的人，毫無建白，所以秦檜雖死，仍與未死一般，朝政絕無起色。

還虧得張綱，因為檜所嫉，以給事中乞休，家居二十餘年；此時召為吏部侍郎，升任參政，頗有正色立朝，不撓不屈的氣概。御史湯鵬舉等，仗著他的援助，追論秦檜欺君誤國，黨同伐異諸罪狀，乞黜退檜之姻黨，因此端明殿學士鄭仲熊，戶部侍郎曹泳，侍御史徐哲等，皆陸陸續續罷免。趙汾、趙令衿免罪出獄；王之奇、之荀兄弟二人，許其自便居住。張浚、洪皓、胡寅、張九成等，盡還原官。遷李光、胡銓於近州，又追復趙鼎、鄭剛中等官階。

張浚復官之後，本因母喪，意欲扶柩歸葬。恰值高宗因彗現求言，遂上疏言萬俟卨、湯思退、沈該，不洽眾望，難勝宰輔之任，且金人貪欲無厭，恐將啟釁；宜任賢才，以期安內攘外。沈該、湯思退見了此疏，異常懷恨。萬俟卨更加憤怒，遂嗾令台諫劾論張浚煽惑人心，搖動國是，重又安置永州。未幾，萬俟卨亦以病死。萬俟卨阿附秦檜，勘問岳飛，擅動非刑，致岳飛而復蘇，所以後人特在岳王墓前，用鐵鑄成四個人的像，跪在那裡。

這四個像，乃是三男一女，女像乃秦檜之妻王氏，三個男像，便是秦檜、萬俟卨、張俊，至今還在岳墓之前，遊玩之人見了四個鐵像，莫不唾罵！甚至有以穢物，塞了鐵像口鼻，以洩忿恨的。並有人題詩道：

青山有幸埋忠骨，白鐵無辜鑄佞臣。

可見敬仰忠臣，忿恨奸臣，人人同具此心哩。

到紹興二十九年，沈該以貪瀆罷職，以湯思退為左僕射，陳康伯為右僕射。因為韋太后八十壽誕，舉行慶祝。典禮既畢，太后便覺身體不豫，病了數日，即崩於慈寧宮。高宗悲慟不已，上尊諡為顯仁皇太后，葬於永祐陵旁。

時高宗年已五十有餘，尚未生育皇嗣，本來屬意於普安郡王瑗，因為秦檜所挾

制，故遷延至今，尚未建立。此時韋太后駕崩，念及自己無後，意欲立瑗為皇嗣。但因當初選宗子進宮時，曾有二人，一人賜名為璩，現亦加封為恩平郡王。

雖當初試驗優劣，高宗已知瑗勝於璩，但現在長成之後，兩位郡王皆是品貌端方，骨格凝重，不愧天潢貴胄，一時竟分不出高下來。所以高宗心下很覺遲疑，不能決斷。默想了半日，忽得一法，命內侍撰選了美麗宮女二十人，分賜於普安、恩平兩邸，二王蒙賜，謝恩而退。普安郡王瑗，得了十個宮女，卻只令給事左右，絕不相犯；恩平郡王璩，得了十個宮女，便左擁右抱，日夕取樂。

過了一年，吏部尚書張燾，入見高宗，偶然談及皇儲一事。張燾乘機言道：「立儲乃國家大事，今日國計，無過於此，請陛下於普安、恩平兩邸，擇一建立。」

高宗點頭道：「卿言甚是！朕當選擇一人，即行冊章。」張燾既退，高宗命向兩邸，調回去年賜給的二十個宮女。在普安邸中的十個人，尚是處女；那恩平邸中的十個人，都已破瓜了。高宗乃決計立普安郡王瑗為皇嗣，因將分賜宮女一事告知吳后。吳后亦贊成立瑗為嗣，商議已定，尚未宣布。

利州提點刑獄范如圭，選擇至和、嘉祐間名臣表疏，三十六篇，進陳御覽。高宗知道他在諷諫，即日明下詔諭，立普安郡王瑗為皇嗣，改名為瑋。加封恩平郡王璩，開府儀同三司，判大宗正寺，改稱皇侄，仍將宮女，一概給還。

冊儲禮成，中外人心大悅，忽右相陳康伯入報高宗道：「金人恐要敗盟，請陛下速籌邊防才好。」

康伯之言，剛才說畢，湯思退很覺不快，接口說道：「去歲使臣回來，還說鄰國恭順，和好無他。這敗盟的話，從何而來。臣以為都是沿邊守臣，圖立戰功，妄覬封賞，所以有這訛傳。」

康伯微笑道：「恐怕此番未必是訛傳了。陛下不信，可召問吏部尚書張燾，就可知道這消息，並非假的。」

高宗忙傳張燾入見，詢問敗盟的消息從何而來？張燾便將如何能得這消息的原因一一奏知。

原來，南宋與金國和好以來，每年遇到兩國皇帝生辰及正旦，必定互相遣使祝賀。這一條也載在和約裡面，是每年必要履行的。今年金國派來賀正旦的使臣，乃是禮部尚書史宜生。

這史宜生本來是福建人氏，遇見一個善相的僧人替他看相，說他兩顴高聳，天庭相配，地角方圓，是個公卿之相，後來又看他的手和手腕，說道：「你身上的汗毛，

一齊向上逆生；臂上的毛且覆於手腕，必定要投往他邦，背了祖國，方得富貴。」

史宜生聽了這話，也似信不信的，拋在一旁。過了一二年，忽然遇著一個龜山僧人，器重宜生的才幹，願意介紹他到金國去做些事情。宜生陡然憶起從前相面的話來，便欣然答應，隨了龜山北行。不上幾年，居然一帆風順，在金國做到禮部尚書；金主亮便派他做了賀正旦的使臣。

這史宜生，本是中國人，宋朝乃是他的祖國，乃是有心要幫助的，他早已知道金主亮四下調兵，要想與宋開戰，不過還沒有宣布就是了。宜生沿路行來，見宋朝全無準備，邊防空虛，心內很覺擔憂，便拿定主意，洩漏機關，好使宋朝早做防備，免得被金兵突然殺來，弄得國破家亡。及至到了臨安，便至班荊館休息。宋朝與金修好之後，便在離臨安三十里的地方，築了一座使館，取名為班荊館，專為北來使臣，寄宿及筵宴之所。

照例北使到了班荊館，派有館伴使陪侍。這次派的館伴使，是吏部尚書張燾，依著向例，引使臣詣闕入賀，賜御筵於館內。傳宣撫問買龍茶一斤，銀合三十兩。一切禮畢，史宜生便和張燾敘談，並說起自己也是宋人，不過在金為官的話。張燾見史宜生談話頗為直爽，也就很覺親近。

史宜生有意要吐露金人將欲敗盟，引兵南下的消息，只因還有副使在座，不便直言，遂向張壽使了個眼色，故意望著北方說道：「今日北風甚勁，閣下須要小心防備，恐生寒疾。」張壽為人本來機警，見史宜生向自己先使眼色，然後說這兩句話，明明是指著金人要從北南下，叫宋朝早些防備的意思，便點頭答道：「足下之言甚是，自當小心預防。」

史宜生還恐張壽不明白自己的意思，又故意取了案上的筆，扣著桌沿說道：「筆來，筆來。」張壽更加明白，他是說金兵必定要來的意思，便和他們支吾了一會，匆匆的回來告知陳康伯，所以康伯入報高宗，請速防備。

偏偏是湯思退說是訛傳，只得請高宗召問張壽。張壽入見把詳情陳明，又對高宗道：「金主亮弒主弒母，殘忍已極。陛下不可不防。」高宗點頭稱是，遂即請求兵備。但金主本名亶，怎麼又說金亮呢？

第八十回　喜遷鶯

金主亶初即位的時候，以斡本治內，兀朮任外。兩人內外夾輔，政治甚為清明，黎民也很安堵。金主亶又喜研究文學，志在興學。在上京建立孔廟，以孔子四十九代孫璠為衍聖公。不料撻懶以謀叛伏誅，其子勝光都郎君，逃奔西北，結連了蒙古，侵犯邊境。

蒙古民族乃是唐代的室韋分部，居住於斡難河、克魯倫河兩流域。初時屬遼，金人滅遼，遂屬於金。至酋長哈不勒，有眾數千，金乃冊封哈不勒為蒙兀國王（蒙輔國王），將西平河北二十七團寨盡數割讓，方能平安無事，休兵息民。

此時又助撻懶子寇邊，兀朮從汴京北返，調兵往征，屢戰不能勝，只得與蒙古講和修好，又割畀了幾處地方，方才了事。

兀朮因行軍勤勞，班師回來，即以病死。兀朮既歿，外無大將鎮壓敵國；內中又

有皇后裴滿氏（費摩氏）干預朝政，朝臣皆結納內援，以圖榮顯。金主亶欲立繼嗣，又為裴滿氏常狹制，因此心內鬱鬱不舒，縱酒消愁。不料酒後變易性情，金主亶以積鬱而縱酒，以酒醉而發怒，常常的手戮大臣，連宋使王倫也為殺死。金主亶又以迪古乃平章政事。

迪古乃為斡本之子，改名曰亮，乃金主亶從弟，自以為系出天潢，與金主亶同屬太祖之孫，常常存著篡弒的意思，又與裴滿后暗中通姦。金主並不知道，且擢亮為右丞相。適遇亮生辰開筵，金主賜以宋司馬光畫像，並玉吐鶻廄馬。不意裴滿后與亮通姦情事，為金主所聞，因未得證據，只得忍耐，卻將所賜之物盡行奪回。亮因此更懷怨望。金主弟常勝加封胙王，頗得信任，為亮所憚，乃日加讒間，說胙王謀逆，加以誅戮。

胙王妻名撒卯，頗有姿色。金主取入後宮，極為寵幸，裴滿后頓生妒意，親向金主責問。金主大怒，立將裴滿后殺死，又殺德烏庫哩氏、瓜爾佳氏，將撒卯立為皇后。

亮見裴滿后被殺，恐禍遂及身，逆謀益亟，暗中結納侍衛長僕散忽土、衛士徒單、阿里出虎（額勒楚克）、內侍大國及尚書省令史李老僧，秘密進行，欲殺金主。於皇統九年，即宋高宗紹興十九年十二月，丁巳日，僕散忽土、阿里出虎，入值宮內，至二鼓時，由大興國逃取符鑰，亮與妹婿徒單貞（圖克坦貞）、平章政事秉德、左丞唐古辨、大理卿烏達、李老僧等，各懷利刃，直入禁中。

唐古辨本為金主直女婿，亮又是皇弟，衛士們不敢攔阻，任其入內，直抵寢殿，碎門而進。金主亶驚起欲遁，為阿里出虎、僕散忽土砍倒於地。亮上前加了一刀，遂即死去。亮即率眾出宮，連夜召集群臣。

群臣聞召，還疑另有他變，急趨入朝。方知金主亶被弒，亮欲自立為帝。見亮殺氣滿面，左右露刃環立，哪個敢出聲說一不字，惟曹國王宗敏、左丞相宗賢，略有異言，立即殺死。群臣更加畏懼，莫不懾服。

亮遂自稱為帝，以秉德為佐丞相，唐古辨為右丞相，烏達平章政事，廢故主亶敕東昏王；追諡裴滿后為悼平皇后，下令大赦，改元天德，追尊父斡本為皇帝，廟號德宗；嫡母徒單氏（徒克坦氏）、生母大氏，皆為皇太后。徒單氏居於東宮，大氏居於西朝。又大殺宗室，將太宗子孫七十餘人，粘沒喝子孫三十餘人，盡皆屠戮，諸宗室亦殺死五十餘人。又殺宗室左副元帥撤離喝等，並夷滅其家族，且因左丞相秉德，不先勸進，也行殺死，戮及親屬。從此建築宮觀，注意聲色，令左丞相張浩，右丞相張

通古，改築燕京宮室，一切制度悉仿汴京式樣，遍飾黃金，加施五彩，金屑在空中飛舞，散落如雪；每一殿成，工費以億萬計，略不如意，即行撤造。

金屋即成，必須貯以佳麗。見叔母阿懶美豔絕世，遂殺其叔阿魯布，娶阿懶入宮，封為昭妃。又令徒單貞對宰相說道：「朕嗣續未廣，所誅黨人妻女，可盡令入宮，以便選擇。」張浩等立將犯婦百餘人，選入宮中。

金主亮挑選了四個最美麗的，一為阿魯子魯莎啜之妻；一為胡魯華喇與魯，皆太宗子胡里剌之妻；一為胡里剌弟，胡失打之妻；一為秉德弟，嘉里之妻。四個美人收入後宮，朝夜取樂，十分快意！就中尤嘉里之妻，性最淫蕩，工於獻媚，加封為修儀。

過了幾日，忽然又想起烏達之妻唐括定哥（唐古定哥）想道：「唐括定哥曾與我要好異常，約為夫婦，只因烏達有功，不忍殺他，授為崇義軍制度使。他竟攜妻同去，我已長遠不見了，豈可將她拋卻了麼？」當即密諭唐括定哥，竟將烏達殺死，並允立為皇后，否則就要加以滅族之罪。

密諭下去，那唐括定哥竟將烏達縊死，前來朝見。金主亮大喜，即封為貴妃，大加寵幸。惟唐括定哥生成妖淫之性，在家中本與俊僕私通，入宮之後，金主亮寵妃甚多，哪能朝夕廝守，唐括定哥又將傒僕暗中事入，重敘舊情。金主亮得知此為，立將傒僕杖死，唐括定哥亦賜令自盡。

唐括定哥死了，亮又不免追悔，聞得唐括定哥之妹，名為唐括石哥，生得更為姣美，嫁於秘書監完顏文為妻，即詔令完顏文獻妻入宮。完顏文不敢不遵，獻將上去，當即封為麗妃。又記起甥女富察徹辰，很為美豔，已嫁於伊里布為妻，覆命伊里布獻出。

旋聞濟南尹葛王烏祿（烏魯）之妻烏林答氏（烏陵噶氏）風姿綽約，才調絕人，又下詔令她入宮，烏林答氏與烏祿泣別道：「我若不去，必然累及於王，我此去定不失節，王請放心。」烏祿不禁大哭！烏林答氏遂上車北去，行及良鄉，即以所攜金剪，自刺而死。金主亮聞報，且怒及烏祿，遂降他為曹國公。

大刮宗室婦女，入備後廷，不論親戚姊妹，姑嫂侄女，但有美色，無一得免。壽寧縣主什古為斡離不女，靜樂縣主蒲剌及希延，均為兀朮女，錫古蘭為訛魯觀女，混同縣君蘇埒和琢與妹伊都，為阿魯女，與金主亮為從姊妹。郕國夫人重節，為蒲盧虎女孫，是金主亮侄女，張定安妻乃喇固，為太后大氏兄嫂，富魯和琢，為麗妃石哥妹，皆已有夫。金主亮盡行召入納為嬪御，日夕宣淫。每遇與婦女交合，必定要撤去

邀幔，奏起音樂，召集妃嬪圍坐縱觀；又在床前鋪滿了地衣，命妃嬪們裸逐為戲。至興發時，即抱臥地上，交歡取樂，玉體橫陳，金蓮高聳，任情歡娛。

金主意尚不足，聽說江南多美婦人，並且宋朝宮中的吳皇后、劉貴妃，皆又美貌絕倫，精通翰墨，心內很是羨慕！平日又縱觀詩詞，曾見柳永作《望江潮》詞一闋，送錢塘帥孫何，說得浙江的杭州地方，風景清麗，山川秀媚，真個是天上少有，地下無雙。金主亮夢魂中也惦念著江南地方，恨不能身生雙翅，飛往臨安遊玩一番。無如地限南北，那江南又是宋朝的世界，不能如願，只得常常的諷誦著柳永那闋《望江南》的詞兒，以寄相思。其詞道：

東南形勝，三吳都會，錢塘自古繁華。煙柳畫橋，風簾翠幕，參差十萬人家。雲樹繞堤沙，怒濤捲霜雪，天塹無涯。市列珠璣，户盈羅綺，競豪奢。

重湖疊巘清佳，有三秋桂子，十里荷花。羌管弄晴，菱歌泛夜，嬉嬉釣叟蓮娃。千騎擁高牙，乘醉聽簫鼓，吟賞煙霞。異日圖將好景，歸去鳳池誇！

金主亮諷誦再三，愈諷誦，愈思慕，躊躇多時，忽下決心道：「要多得美人，賞玩風景，非取江南不可，況朕身為天子，有這樣好地方，不一往玩賞，豈不枉為一國之君。現在也顧不得誓約和好了，只要興兵南下，滅了宋朝，還愁江浙地方不為我有麼？」當下決定了主意，正要四處調集兵馬大舉南侵，不意生母大氏，一病不起，臨歿時，向金主亮道：「我與徒單太后情同姊妹，和好無間。你遷都燕京，將她拋在會寧，未曾迎來，如今我已將死，還不能會見一面，與她訣別，真是恨事！我死以後，你要將她迎來，如同事我一樣，我在九泉之下，也可瞑目。」說畢而逝。

原來，徒單氏與大氏在金主亮初即位時，本來分居東西二宮，後開徒單氏生辰筵長慶祝，大氏親手斟酒，跪地進獻，徒單氏正與公主宗婦說話，一時沒有留心，致令大氏長跪片刻。後來覺著，連忙親自起立扶將起來。

金主亮心疑徒單氏故意如此，當時雖沒有言語，到了次日，竟將諸公主宗妻召來，責備她們不應與太后談笑，各杖數十。大氏聞知，連忙出阻。金主亮哪裡肯聽，徑行責打，行杖已畢，又仰天笑道：「好令她知我厲害。」徒單氏聞得此事，心懷不樂，因此遷都燕京，便沒有相隨同行。

至是金主亮奉了生母遺命，便親自往迎，且令左右持杖兩根，跪著對徒單氏道：「亮自知不孝，久違定省，請太后懲處。」徒單氏見他如此，便親自將他扶起，叱退

左右，隨同來至燕京，入居壽康宮。金主亮貌為恭順，太后起居，必親自扶掖，若有所需，從無一違，中外稱他孝順。

到了紹興三十一年，欽宗歿於五國城。金主亮秘不報喪，命簽書樞密院事高景山，右司員外郎王全，至宋賀天中節。臨行之時，對王全道：「汝見宋主，可責問他沿邊買馬，招納叛亡，且毀南京宮室，陰懷異志。若誠心修好，速割漢淮地與我，方可贖罪。」

王全等到了臨安，入見高宗，便將金主之言，一一轉達。高宗道：「公亦北方名家，奈何出此背理之言。」

王全道：「汝國君臣，莫非因趙桓已死，敢生異志麼？」

高宗聞得此語，立即起身入內，命輔臣詢問淵聖之死，金使答道：「已死數日了。」於是詔令舉哀，上尊謚為欽宗皇帝，總計欽宗在位二年，被擄居金，三十餘年，壽六十一歲。

因為欽宗喪事，把金使的要索置之不理。金使催逼輔臣，陳康伯道：「天子遭了大喪，哪有心情議及此事。貴國若顧念舊盟，本可無用多言，否則只好再議了。」金使再欲爭執，康伯不再與言。金使無法，乃悻悻而去。

康伯急入見高宗，請從速防邊。高宗下詔，命同安郡王楊存中與三衙帥趙密，同至都堂議事，又命侍臣台諫，一同往諫。

陳康伯首先說道：「今日不必議和與守，只當論戰。」

楊存中接口道：「強鄰敗盟，屈不在我，自應主戰。」惟趙密與右僕射朱倬，絕不發言。

康伯見兩人袖手旁觀，只得對楊存中道：「現在金人決意敗盟，雖承認其要求，恐亦難止兵端。但既要主戰，必須君臣上下，並膽同心，乃可一戰制勝，且待我入朝申請，俟皇上意思堅定，然後再議，如何？」存中贊成此言，眾人遂即退出。

康伯詳加探訪，始知內侍省都知張去為陰阻用兵，且勸高宗駕幸閩蜀。於是手繕章奏，陳說金人敗約，天人共憤，事已有進無退，請聖意堅決，速調三衙禁旅，出扼襄漢，覷釁而動，勿再遷延。殿中侍御史陳俊卿，亦上奏誅張去為。楊存中又上備邊十策。遂命主管兵馬司成閔，引兵三萬，出戍鄂州，與守襄陽的吳珙，互為應援，並將金使王全所言，遍諭諸路統制，及郡守監司，命他們隨機應變。命吳璘宣撫四川，與制置使王剛中，措置邊防，起劉錡為江淮浙西制置使，屯駐揚州，節制諸路軍馬。

宋朝方在這邊慎修軍備，金主亮那邊也接到高、王兩使回去報告了宋朝的事情，頓時怒髮衝冠道：「他敢違抗朕命麼？朕視滅宋，易如反掌，待得了宋朝疆土，那時再討平高麗、西夏，合天下為一家，方算得是一統哩。」

哪知，方使掌牌印官燥合（素赫）往西北路募集故遼兵，遼人不願行。燥合以勢逼勒，鞭笞交下，西北路招討使譯史薩巴，乘了遼人怨恨的機會，攻殺燥合及招討使完顏沃側，聚眾叛金，立故遼遺族老和尚（楞華善）為招討使，聯合咸平府穆昆括里，集眾數萬，聲勢日盛。

金主亮命僕散忽土往討，忽土陛辭之後，又入謁太后，徒單氏蹙額言道：「國家世居上都，既徙中都。今又欲往汴京，且要興兵，征伐南宋，恐人民怨望，將生他變。我已勸過數次，終不肯聽。今遼人又叛，如何是好？」忽土勸慰了一番，遂即退出。

不料徒單氏身旁有個侍女高福娘，暗與金主亮私通，徒單氏一言一動，必往報告。今天對忽土的一番話，福娘又去告知。

金主亮怒道：「她不願往汴，我偏要前往；她不願伐宋，我偏要去伐。」當即傳令遷都，立即挾了徒單氏和後宮嬪御，文武諸官，即日至汴，徒單氏入宮居寧德宮。

搜捕宋、遼宗室一百三十餘人，一律處死。

未幾，高福娘又誣報徒單氏在宮日夕怨望，將有廢立之意。金主亮大怒道：「怪不得她私下養著鄭王充，現在鄭王的四個兒子已經長大了，她想廢了我，立他做皇帝麼？」立刻取所佩劍，命點檢大懷忠道：「你可以此劍，往取寧德宮老嫗之命，前來報我。」

大懷忠持劍至寧德宮，徒單氏正做樗蒲之戲。大懷忠當面叱道：「快跪接詔書。」徒單氏愕然問道：「何人詔書要我跪接？」言還未畢，尚衣局使虎特末（華特默）已向她背上，連擊三拳。徒單氏倒在地上，已竟垂絕。高福娘又取一繩，套在她頭上，可憐金國的太后已一命嗚呼了。

大懷忠等回去覆命，金主亮命將太后屍體棄於水中，並捕鄭王充二子，一同殺死。且恐僕散忽土擁兵在外，另生他變，召取回國，結果了性命。封高福娘為隕國夫人，其夫特末哥為澤州刺史。遂大舉侵宋，分諸道兵為三十二軍，置左右大都督及三道都統制。命奔睹（璊都）為左大都督，李通副之。紇石烈良弼（赫舍里良弼）為右大都督，烏延蒲盧渾（烏延富納琿）副之。

蘇保衛為浙東道水軍都統制，完顏鄭家奴為副，由海道趨臨安；劉蕚為漢南道行

營都統制，由蔡州進窺襄陽；徒單合喜（圖克坦喀爾喀）為西蜀道行營都統制，由鳳翔趨大散關，左監軍徒單貞，另將兵二萬入淮陰。分遣已畢，又召諸將，面授方略，賜宴尚書省，各各痛飲，以為凱捷之兆。且親制《喜遷鶯》詞一闋，賜於諸將，以示褒寵，其詞道：

旌旄初舉，正駃騠力健，嘶風江渚。射虎將軍，落鵰都尉，繡帽錦袍翹楚。怒磔戟髯爭奮，捲地一聲鼙鼓。笑談頃，指長江齊楚，六師飛渡。

此去毋自墮，金印如斗，獨在功名取。斷鎖機謀，垂鞭方略，人事本無今古。試展臥龍韜蘊，果見功成。旦暮，問江左，想雲霓望切，玄黃盈路。

賜諸將筵宴已畢，分道出發。金主亮亦命皇后與太子光英留守。張浩、蕭玉、敬嗣輝留治省事。自己戎裝佩劍，盡帶後宮妃嬪，隨軍進行。

先是金主亮，因誦柳永《望江潮》詞，羨慕臨安江山之勝，遣使赴宋，令畫工同往，繪取臨安潮山風景，持回作為屏障，且命添入己像，作立馬吳山頂上之狀。親題一律於屏上道：

萬里車書盡混同，江南豈有別疆封；
提兵百萬西湖上，立馬吴山第一峰。

至是對侍臣道：「朕此次興師南行，正可實踐詩中之言，混一車書，滅卻宋朝，立馬於吴山第一峰了。」

金兵約六十萬，號稱百萬，氈帳相望，旗鼓連續不絕。徒單合喜，長驅而進，直薄大散關，令遊騎攻黃牛堡。守將李彥堅飛書告急，人情危懼，大有不能終夕之勢。

第八十一回　書生立功

金將徒單合喜，長驅西進，直薄大散關，令遊騎攻黃牛堡。守將李彥堅，飛書告急。制置使王剛中，乘快馬疾馳二百里。至宣撫使吳璘營中，吳璘尚在帳中高臥未起。剛中急呼之起，正色言道：「為大將者，與國家休戚相關，奈何敵兵入境，尚酣臥不起呢？」

吳璘大驚道：「有這等事麼？」急率帳前親兵，押甲上馬，與剛中馳抵殺金兵，扼守青野原，調取省兵，分道速進，救援黃牛堡。

徒單合喜，見宋軍四集，不敢進攻，退兵駐紮橋頭寨。吳璘遣裨將彭青，引兵夜出擊破敵，金兵退回鳳翔。攻黃牛堡的兵，也為李彥堅用神臂弓射退。西面一路的金兵，已是失利而回。吳璘遂乘勢令彭青收復隴州，劉海收復秦州，曹休收復洮州。西北一面已可無憂了。

東北一方面的大名府，已屬於金。有高平人王友直，素喜研究兵法，嘗慨然有恢復中原之志。聽得金人背盟南下，遂結聯地方豪傑，權稱河北等路安撫制置使，遍諭州縣，起兵勤王。

不上幾天，便集眾數萬，分為十三軍，進攻大名府，一鼓而下，遵奉紹興正朔，遣人入朝奏聞。後自壽春來歸，授為忠義都統制。宿遷人魏勝，頗有智勇，充當弓箭手。聞得金兵南來，亦聚集義士三百人，渡淮取漣水軍，進攻海州。先於各處樹立旗幟，設置烽火，以為疑兵，又招降守兵道：「金人背盟興兵，朝廷遣師問罪。開門迎降王師者，秋毫無犯。」

城中人民聞得宋兵到來，莫不歡躍，爭先迎降。魏勝馳入城內，擒金知州高文富，陣斬高文富子安仁，其餘未戮一人。又曉諭朐山、懷仁、東海、沭陽各縣，一概反正；並蠲免租稅，釋放罪囚，盡發倉庫，犒賞戰士，馳檄遠近，四方響應，乘勢進克沂州，獲甲具數萬。金將蒙恬鎮國，率兵萬人來救海州。魏勝早得探報，派兵埋伏。待得金兵到來，伏兵驟起，殺死金將蒙恬鎮國，餘眾悉遁。淮南總管李寶，奏陳魏勝功績，擢為知海州事。

金主亮得了數處驚報，要率師渡淮南進，命李通往清河口，建築浮梁，以便濟師，深恐魏勝截他後路，乃分兵數萬，往取海州。魏勝馳向李寶求救，寶正引兵航海，要從海道拒敵兵於膠西，聞得急報，遂帶兵往救。恰值金軍已抵新橋，離海州不過十餘里，李寶揮兵迎戰，正在拼命酣鬥，魏勝又領兵出城，兩面夾攻，金兵腹背受敵，只得潰退。

魏勝回守北關，金兵再進，再被殺退。未幾，又悉銳攻東城。魏勝單槍匹馬，馳出城外，對著敵陣瞋目大呼，金兵驚駭而退。次日清晨，陰雲四塞，城內不見城外，金兵乘勢，四面來薄，又不能下，乃拔寨而去。

李寶解了海州之圍，遂引舟師，亟往膠西白石島。恰值金將完顏鄭家奴率戰艦出海，泊於陳家島，與李寶相隔僅有一山。

寶乃禱於石臼神，北風忽起，即乘風出薄敵艦，頓時間鼓聲大起，海波沸騰，敵人大驚，慌忙起碇解纜，舉帆欲出，無如風浪湍急，舟不得駛，因此兵士慌亂，無復行列。李寶用火箭注射，火隨風勢，延燒戰艦數百艘，未曾著火之敵艦，尚欲迎戰。

李寶喝令壯士跳上艦去，用短刀亂砍。金兵措手不及，殺死無數。完顏鄭家奴亦受傷而亡，餘將倪洵等，棄械願降。李寶將降將上獻，降兵收留，奪得統軍符印及文

書器械無數，糧米萬斛，餘物不能載歸，盡行焚燒。火光熊熊，歷四晝夜始息，海道的金兵又復覆沒。

金主亮連得敗耗，憤怒交扼，欲向清河口濟師，卻有宋將劉錡引兵暗守，螟伏水手，遇見敵舟，即用釘鑿沉，又不敢渡將過去，只得改往淮西渡河。守將王權，不從劉錡命令，聞得金人到來，棄了廬州，退守昭關。金主亮渡淮，入廬州，王權又退至和州。未幾，又退屯采石磯。劉錡聞得金兵渡淮，也只得退還揚州。金兵陷和州，又遣高景山引兵攻揚州。

劉錡因患病，乃自揚州退駐瓜州。揚州為金兵奪去，難民沿江而下，道路幾塞。劉錡力疾至皂角林，收撫難民，且令步將吳越、員琦、王佐等，整兵禦敵。金將高景山，引兵殺來。劉錡躍馬驟出揮軍突進。金兵分為兩翼，圍繞上來，劉錡左衝右突，督兵死戰，歷兩時之久，坐馬受傷而倒。劉錡下馬步戰，殺了一條血路，引兵回營。

高景山令兵追來，忽然，樹林中一聲炮響，箭如飛蝗，射傷許多金兵，只得退下。你道樹林裡的伏兵從何而來？乃是王佐見劉錡被圍，一面令弓箭手埋伏，一面領步兵往救。恰巧劉錡退回，敵兵追來，一陣亂箭，射退了金人。

劉錡回營，忙換了坐馬，招集諸將，追殺金兵。高景山沒有防備，被劉錡一馬衝來，手起刀落，斬於陣上，餘眾大潰。劉錡收兵回營，病勢大劇，只得上疏求代。此時兩淮警報傳到臨安，高宗命楊存中入殿，意欲避敵，令他轉問陳康伯。存中奉命而往，康伯接入，解衣置酒，商議大計。

存中道：「皇上又想航海避敵了。」

康伯道：「我亦聞得此信，明日當竭力諫阻。」存中亦以為然。

康伯次日入見高宗，極言不可航海。高宗意亦感悟，康伯始退。不意過了一夜，又奉到手詔，且有「敵若未退，當散百官」之語。康伯見詔，心下憤甚！立刻取火，將詔書毀去，馳見高宗道：「百官散去，陛下之勢益孤。臣請陛下發憚親征，前時平江之役，陛下想還記得。」

皇嗣瑋亦因群臣請駕避敵，不勝憤懣，奏請親為前驅，與敵決戰！

高宗經這兩人一激，方才有些振作，命葉義問督師江淮，視劉錡之疾；中書舍人虞允文參贊軍事、楊存中為御營宿衛使，下詔親征。殿中侍御史陳俊卿，請起用張浚，乃復浚原官，判建康府。褫王權職，編管瓊州，命都統制李顯忠代統權軍，召劉錡回鎮江養病，錡乃留侄汜，率千五百人，扼守瓜州。都統制李横，率八千人

為援應。

金主亮陷了兩淮，分兵犯瓜州。劉汜用克敵弓，射退金兵。葉義問到了鎮江，見劉錡病已沉重，不便言及戰事，但令李橫暫統劉錡之軍，督兵渡江，並令劉汜繼進。李橫以為不可徑渡，劉汜頗欲出戰，入問劉錡。錡意不欲出戰，連忙搖手阻止。汜不以為然，乃拜家廟而行。葉義問又促李橫進兵，李橫只得與劉汜同時渡江。方才登岸，已見敵騎馳來，勢如狂風猛雨。劉汜見了，膽落魂飛，下船逃走。李橫獨力抵禦，如何招架得住？左軍統制魏俊，右軍統制王方，一齊戰歿。李橫慌忙退走，連都統制印亦致失去，部兵十死七八，大敗而遁。

葉義問得了敗報，亟走建康，但命虞允文馳往蕪湖，迎李顯忠交代王權兵馬，乘便犒軍。允文到了采石磯，王權已去，李顯忠未至，軍士三三五星散，一齊解鞍束甲，坐在道旁，見了允文，方才起立行禮，通報各隊將弁，統制時俊等出來迎接。允文才入帳中，便有偵騎來報，金主亮已渡了江了。

原來金主亮聞得瓜州大捷，遂築台江上，自披金甲登臺，用一羊一豕祭天。禮畢，投羊豕於江，下令全師渡江，先濟者賞。蒲盧渾諫道：「臣觀宋舟甚大，行駛如飛。我的船小，行駛反慢。水戰非我所長，恐不可速濟。」

金主亮怒道：「你昔日跟隨梁王追趕趙構，可有大舟麼？」

侍衛梁漢臣道：「誠如陛下所言，此時若不渡江，更待何時。」

金主亮聽了，怒氣稍平，便在岸上建立紅黃二旗，號令進退。長江上下，舳艫如織。

金主亮自坐龍鳳大船，絕流而渡。采石磯頭，鉦鼓相聞。諸將皆面面相覷，不敢開口。虞允文慨然起立，對諸將道：「大敵當前，全仗諸公戮力同心為國效命。現在金帛誥敕，皆由允文帶了前來，諸公只要立功，可以垂手而得。允文一介書生，未習軍旅，亦願親執鞭鐙，追隨於後，看諸公殺敵立功。」

諸將經此激勸，一齊起立道：「參軍文人且如此忠勇，某等久列戎行，且有參軍為主，敢不誓死一戰。」允文大喜！

有隨從允文的幕僚，暗掣其衣說道：「公奉命犒師，並非督師，他人敗事，公反替他任咎報，又何必呢？」

允文怒叱道：「國家滅亡，我將焉逃。」遂命嚴列陣伍，以待金兵，並分戈船為五隊，以兩隊分列東西兩岸，作為左右軍。以一隊駐在中流，作為中軍，還有兩隊，潛伏小港，作為游兵，預防不測。

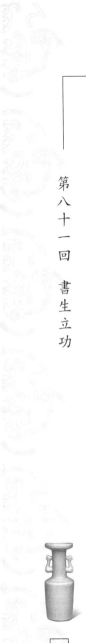

部署方畢，金兵已大呼殺至。金主亮手執紅旗，親自在後面督戰，允文撫統制時俊之背道：「將軍膽略，遠近皆知。今日退立陣後，如兒女一般，威名豈不掃地麼？」時俊聞言，手揮雙刀，躍登船頭，拼命相搏，軍士也出力死戰。兩下相持，不分勝負。

允文又調集海船，猛衝金人船隻。金船本不堅固，為海鰌銳角所撞，沉沒了好幾十艘，金人還相持不退。

此時已將日暮，允文見金兵仍不肯退，心下也覺焦灼，忽見西面岸上有許多官兵陸續到來。忙移舟登岸，詢問情由，方知是光州潰兵。忽得一計，對他們說道：「你們到來，正好立功，我今與你們旗鼓，可從山後繞道而出，搖旗擂鼓，大聲吶喊，敵人疑為救兵，必定驚駭退走了。」

那些潰卒受了旗鼓歡躍而去。允文又重下船督戰。不上片刻，那些潰卒，已經繞出後山，一齊搖旗擂鼓，吶喊而出。金主亮果然疑為援軍，忙將手中旗幟棄去，換了黃旗，揮兵退去。允文見敵已中計，立命強弓勁弩向前追射，把金兵射死無數，直至已抵北岸，方才收兵而去。

金主亮回到和州，檢點兵士，喪失甚多，遷怒諸將，手殺數人。忽有急報前來，是曹國公烏祿，已經即位於東京，改元大定。金主亮不禁嘆息道：「朕本擬平了江南，改元大定。今烏祿先已用此二字，莫非是天意麼？」因於篋中取出預擬的改元詔書，指示群臣，果有「一戎衣天下大定」之語。並說道：「烏祿既叛，朕當北歸，先平內亂，後再伐宋。」

李通道：「陛下親入宋境，無功而還。倘眾潰於前，宋乘於後，大事去了。」

金主亮道：「既是如此，且分兵渡江，朕自北返。」

李通又道：「陛下既去，即便留兵渡江，將士亦皆解體。為今之計，不如命燕北諸軍先行渡江，負得他們別生異心，且聚舟自毀，絕了他們思歸之念，眾知必死，自然有進無退，不愁宋朝不滅。滅宋之後，陛下威靈大振，回師北旋，平亂便很易了。」

金主亮大喜道：「兵貴神速，明日即行進兵。」遂傳諭諸將，越宿進兵。到了次日，督兵前進，還道宋人沒有防備，可以一鼓渡江。哪知，方到楊林河口，已見許多海船，排列得甚是嚴整，心下不免十分驚詫！

你道這海船，是何人遣來的？乃是虞允文料定金主雖然敗回，必定不肯甘休，所以派了宋將盛新，率領海船，備下火箭，燒毀金船。金主亮見宋軍已有預備，只得揮軍衝突。

忽然宋軍船上一陣鼓聲，那火箭好似萬道金蛇一般，亂舞亂竄，射在金兵船上，立時延燒起來。金主亮連忙督兵撲救，宋兵又從四面馳船縱火，連龍鳳舟也燒著了。只得且撲且逃，好容易到得北岸，船上的龍頭也燒焦了，鳳尾也熏黑了。三百餘號戰船只剩了小半，還都受了損傷，不能再用。

金主亮遭了這樣的大敗，直急得三屍神冒，七竅生煙，暴跳如雷，要將所有戰船盡行毀去，後經諸將再三相勸，蒲盧渾又獻計請招降王權為反間之計。金主亮聽從其言，遣使持書，到宋營去招降王權。

虞允文看了來書，微笑道：「這明是反間之計，怎敢前來欺我？」遂覆書道：「權因退師，已置憲典，不勞招降。新將李顯忠，亦願再戰，以決雌雄。」

來使持書回報，金主亮看了，便問左右道：「李顯忠何人？我只知宋有老將劉錡，怎麼又有一個李顯忠，也如此了得？」

諸將皆不知顯忠的來歷，不敢妄言。獨有一員偏將道：「莫非是從前捉撤離喝的李世輔麼？」

金主聞得此言，愈加發怒，遂對著梁漢臣厲聲斥道：「你難道不知有李世輔，竟敢首先勸朕渡江麼？」言還未畢，已拔劍將梁漢臣斬作兩段，命將龍鳳舟毀去，連造舟工役也殺死了兩名，逕自率兵退往揚州而去。

但是那李顯忠，如何又稱為李世輔？並且說他從前曾捉撒離喝呢？

原來那顯忠，本名世輔，顯忠乃是欽賜的名字。他乃綏德軍青澗人氏，父名永奇，為本軍巡檢使。顯忠年方十七，即入戎行，以膽略著稱，屢立戰功，官至武翼郎，充副將。金人陷延安，仍授顯忠父子原官。永奇不願降敵，常對顯忠道：「我是宋臣，豈可為金人所用。」顯忠欲承父志，屢次要乘間歸宋。

後來兀朮命顯忠知同州，恰值金將撒離喝前來，顯忠用計，將他擒住，急馳出城，欲赴宋獻功。為金兵所追，直至河邊，無舟可渡。遂與撒離喝折箭為誓，一不准害同州人民，二不准殺自己父母家屬。撒離喝情願如約，方才將他放了。

顯忠令人告知永奇，永奇急攜眷南行。到了途中，為金兵追及，殺死一家三百餘口。顯忠逃往西夏，乞兵報仇，願取陝西五路以獻。夏主令為延安經略使，顯忠至延安，適延安又為宋有，遂執夏將王樞歸宋。

夏人用鐵鷂子軍來追顯忠，被顯忠殺得大敗而退，獲馬四萬匹，遂用紹興年號，揭榜招兵，不到十日，有眾萬餘，緝獲殺父仇人，碎屍洩恨。四川宣撫使吳玠，命人招撫，諭以南北議和，勿多生事。顯忠往見吳玠，玠送顯忠到臨安。高宗親加撫慰，

賜名顯忠，授為都統制。

金主亮南侵，王權敗退，命顯忠代領其眾。顯忠為金人所憚，故虞允文用其名以揚威，金主亮亦為卻退，未幾，顯忠果至。允文接得顯忠，兩下相見，甚覺欣慰。允文道：「金人回揚州，必與瓜州兵合。京口無備，我當往守，公能分兵相助麼？」

顯忠道：「同為朝廷之事，有何不可。」遂分萬六千人與允文，即日至鎮江，往見劉錡問疾。劉錡執允文手道：「疾何必問，朝廷養兵三十年，一技不施，大功反出於書生，當令我輩愧死了。」此言方畢，有詔命劉錡還朝，提舉萬壽觀，另以成閔為淮東招討使，李顯忠為淮西招討使，吳拱為湖北京西招討使。錡既奉詔，遂與允文告別而去。未幾，楊存中來守鎮江，與允文臨江閱兵，命戰士試船中流，三周金山，往來如飛。

適金主亮亦至瓜州，命部將持箭射船。船快箭遲，皆不能中，眾將盡現驚駭之色。金主亮冷笑道：「這船想是紙做成的，所以能如此疾馳，朕偏不信，要與他決一雌雄。」言尚未畢，已有一將，跪奏道：「南軍有備，不可輕進，願陛下三思。」

金主亮怒道：「汝敢慢我軍心。」喝令左右杖責五十。遂即下令，限三日一律渡江，否定盡斬不貸。此令下後，軍中皆有變志，驍騎高僧（喝山）欲誘私黨逃歸，為金主亮所聞，亂刀砍死，且下令道：「軍士逃走，罪及弁目；弁目逃走，罪及總管。」眾將益加驚懼！

旋又運雅鶻船至瓜州，欲於次日渡江，敢有退後者斬。於是，諸將盡皆變心，先與浙西都統制耶律元宜商議，元宜便問大家有何意見？諸將齊聲說道：「宋人盡扼淮渡，我若渡江，枉送性命。近聞遼陽新天子即位，不若共圖大事，然後舉兵北返，免得同死江南。」

元宜道：「諸軍果同心麼？」

又齊聲應道：「大家同心。」

元宜道：「既已齊心，事不宜遲。明日衛軍番代，即當行事。」諸將齊聲答應。

次日清晨，元宜會同了諸將，共赴金主亮行營，喧聲直到營內。金主亮聞得喧聲，疑是宋軍，驀地來攻，急命近侍大慶山，出去召集諸將，速即迎敵。大慶山奉命欲行，忽有一箭射入，金主亮伸手接住一看，不禁大驚道：「此箭是我軍所射，必有內變。」

言還未畢，外面早大喊道：「速殺無道昏君。」金主亮驚惶失色！

第八十二回　功敗垂成

金主亮聽得外面大喊快殺無道昏君，不禁驚惶失色！連忙回身，覓取兵器，不料背後叢矢攢射，一箭已中頸項，呼痛倒地。延安少尹納合干魯布（納哈塔干喇布）大步搶進，連砍數刀，見他手足尚能動彈，取帶將他勒死。眾將士又把李通、徒單永年、大慶山等一班助惡的人，齊齊拿下，所有攜帶的妃嬪，也牽了出來，綁在一處，砍成肉醬，然後把金主亮的屍體，用衣襟裹起，積薪縱火，燒成飛灰。

耶律元宜，自為左領軍副大都督，遣兵往汴京，殺死亮后徒單氏，太子光英，然後退兵三十里，遣使赴鎮江議和，楊存中拒絕來使，於是荊襄江淮的金兵，盡行北返。那曹國公烏祿，便做了金國的皇帝，改名為雍，年號大定；追尊父訛里朵為睿宗皇帝，自遼陽移都燕京；廢亮為海陵煬王，復故主亶帝號，尊為熙宗；命高忠建為招諭宋國使，並告即位。

是時高宗駕幸建康，張浚拜迎道左，衛士見了，皆以手加額，歡躍異常；入城後，虞允文從京口來朝。高宗對陳俊卿道：「允文文武兼資，可謂今的裴度了。」因命為川陝宣諭使。高宗欲仍還臨安，御史吳芾請留建康，以圖恢復。高宗哪裡肯從，托言欽宗神主應祔太廟，遂回臨安。恰值劉錡病歿，詔贈開府儀同三司，賜銀三百兩，帛三百匹，予謚武穆。

金使高忠建已至臨安，廷議遣使報聘，並賀即位。工部侍郎張闡請慎選使臣，正敵國禮，高宗亦以為然，乃諭廷臣道：「往日主和，為梓宮太后計，故屈己卑詞，亦所不顧。今兩國既已絕好，宜正名分，劃境界，改定歲幣朝儀。」

陳康伯轉告金使，高忠建不肯答應，且因兩淮州郡，由成閔李顯忠收復，抗言相責。康伯道：「棄好背盟，咎在金，不在宋。」說得高忠建無言可對。高宗乃命洪邁為賀登極使，交與國書，改去臣構字樣，直稱宋帝。

洪邁至燕，金閤門見國書不依前式，命他改革，且逼他外自稱陪臣。邁堅執不從，被鎊於使館三日，水漿不通，不屈如故。金人欲拘住使臣，幸得張浩說：「使臣無罪。」才得南返。此是後事，暫按不提。

且說高宗駕回臨安，以年老倦勤，意欲禪位。陳康伯請先正名，因立瑋為太子，改名為昚，且追封太子父子稱為秀王。

未幾，有詔命太子即皇帝位，自稱太上皇帝，後稱太上皇后，退居德壽宮。太子昚遜讓再三，高宗不許，又出御紫宸殿，面諭群臣，始退入內；侍臣擁太子出殿，至御座旁，側立不坐，侍臣扶掖至七八次，乃略就座，宰相率百官拜賀，太子又起立。輔臣升殿固請，太子道：「君父有命，敢不謹遵。自恐無德，不克當此大位。」禮成退朝，高宗移居德壽宮，太子自整袍履，步出祥曦門，冒雨扶輦。隨行至宮門，尚未止步。高宗再三命退，並令左右扶掖以進，顧謂群臣道：「付託得人，我無憂了。」越日，頒詔大赦，以即位禮成，告天地宗廟社稷，是為孝宗。

孝宗聞張浚重名，召他入朝。張浚陛見，極為敬禮，賜坐於旁，改容說道：「久聞公名，今朝廷所恃惟公，幸有以教朕。」

張浚對道：「人生所恃，以心為本，一心合天，何事不濟。古人所謂天即是理，秉理處事，自然賞罰舉措，毋有不當，人心皆歸，仇敵亦服了。」

孝宗悚然道：「朕當永記此言。」遂加封張浚為魏國公，宣撫江淮。張浚勸孝宗萬不可專恃和議，須圖恢復，請出舟師由海道擣山東，命諸將進取中原。孝宗也以為然。

無如有個潛邸舊臣，姓史，名浩，曾為翰林學士，暗預樞密。他上言官軍西討，東不可過寶雞，北不可過德順，若離蜀太遠，不是保蜀，反是亡蜀了。於是朝廷又擬棄秦鳳三路，川陝宣諭使虞允文，遙諫不從，反罷知夔州，並召吳璘班師，因此秦鳳、熙河、永興三路，新復的十三州三軍，又為金人奪去。

孝宗於紹興三十二年六月即位，次年改元隆興。以史浩為尚書右僕射，同平章事兼樞密院。詔宰執以下，各定應敵之策以聞。廷臣皆主戰，獨史浩主和。正在爭議不決，金主雍已遣僕散忠義為都元帥，赴汴京，節制諸軍馬，紇石烈志寧為副元帥，駐軍淮陽，預備南下，紇石烈志寧貽書張浚，要索海、泗、唐、鄧、商各州之地，所有往來通問，悉照熙宗時款式；否則請會兵相見。發書之後，又令蒲察徒穆（富察圖們）、大同仁屯虹縣，蕭琦屯靈壁，積糧修城，擇日出發。

張浚得金書，即行入陳，極力主戰，勸孝宗幸建康，振作士氣，勿墜敵人狡謀。孝宗展覽後，即召張浚入朝。浚請乘敵未發，先搗虹縣及靈壁。孝宗倒也點頭答應，獨史浩奏道：「帝王山師，當策萬全，如何可以冒昧嘗試。」

張浚竭力與辯，孝宗道：「魏公既銳意恢復，朕豈肯姑息偷安。」張浚拜謝而退。孝宗決意興師，對陳俊卿道：「朕倚魏公如長城，不容搖奪。」遂以兵馬全權付與張浚。浚乃開府江淮，令李顯忠出濠州，趨靈壁，邵宏淵出泗州，趨虹縣。

這次出師，並不由三省樞密院決議，及兵已調發，史浩方才得知，心下不快！面語辭職。待御史王十朋，劾浩懷奸誤國等八罪，遂罷知紹興府。十朋再疏論劾，乃斥令奉祠。李顯忠從濠梁渡淮，兵至陡溝。金右翼都統蕭琦，趨拐子馬來戰。顯忠率兵猛擊，蕭琦敗走，進克靈壁。

邵宏淵圍攻虹縣，日久不下，顯忠令靈璧降卒，往虹縣曉諭禍福。金將蒲察徒穆、大同仁，皆出降。邵宏淵因自恥無功，心懷嫉妒，顯忠乘勝至宿州，大敗金兵，宏淵方才到來。顯忠請宏淵閉門休士，明日並力攻城，宏淵默然不應，顯忠乃知宏淵不可恃。次日，誓眾登城，軍士血蒲而上，城已將破，宏淵部兵猶閒立濠外，大呼促進，方進渡濠而過。

攻下宿州，捷報至臨安，孝宗大喜！授顯忠淮南京東河北招討使，宏淵為副。宏淵欲發倉庫犒賞，顯忠不允，只以現錢犒士，軍中始有怨言。偵騎報稱金副元帥紇石烈志寧，率萬餘人，自睢陽來攻。顯忠道：「區區萬餘人，怕他什麼。」遂置酒高會，不以為意。

次日，金兵蜂擁而至。顯忠登城遙望，不下十萬之眾，便道：「這何止萬餘人

呢？」後得探報，乃是金帥勃撒博索自汴京率步十萬前來攻城。顯忠約宏淵並力出戰。宏淵道：「金兵甚銳，不如退守。」

顯忠道：「我只知有進，不知有退。」遂親督部下出戰。有部將李福、李保忽然倒退。顯忠手斬二人，號於軍中道：「如有不前進者，以此二人為例。」諸將奮進，殺退金兵。次日，勃撒添兵而來，顯忠駐軍城外，用克敵弓射退金兵。

時天方盛暑，軍士皆解甲喘息，宏淵周圍巡視，顧語眾兵道：「天氣酷署，尋一清涼地方，搖扇納涼，尚且不堪，況在烈日中被甲苦戰麼？」因此，人心搖動，無復鬥志。

到了夜間，中軍統制周宏，鳴鼓大噪，揚言敵至，與邵世雍、劉侁等，引部下遁去。未幾，統制左士淵等，又遁去。顯忠乃移兵入城，統制張訓通等，又相繼而遁。金人乘虛薄城，顯忠尚竭力抵禦，斬首二千餘級，擊退攻城之兵。

顯忠嘆道：「若諸軍互相犄角，自城外夾擊，敵兵可盡，敵師可擒，奈何離心離德，自失機會呢？」

宏淵聞之，反揚言敵兵二十萬來攻，不退必有不測，遂自率軍而去。

顯忠仰天長嘆道：「蒼天！蒼天！尚不欲平定中原麼，為何阻撓至此。」不得已，乘夜退走，行至符離，全軍大潰。後人有詩一首，詠張浚不能擇將，至有符離之潰道：

忠勇有餘識不明，孝宗空自倚長城；
大功竟敗垂成日，從此中原永陸沉。

張浚聞得符離兵潰，所有數十年積貯之器械軍資，拋棄殆盡，不禁撫膺太息，上疏自劾。一班主和黨人，自然振振有詞，劾論張浚。孝宗尚不為動，賜浚手書道：「今日邊事，倚卿為重，不可遂畏人言，遽生退志，朕當與卿全始全終。」張浚得手書，益加奮勉，乃令劉寶為鎮江都統制，親自渡淮入泗州，招撫將士，復退還揚州，令魏勝守海州，陳敬守泗州，戚方守濠州，郭振守六合，招徠河北忠義壯士，練成勁旅。

建康、鎮江兩處軍隊，共有兩萬四千人，又招淮南健兒，江西群盜，練成萬弩營，也有一萬餘人，令陳敬兼領，駐紮泗州。凡屬要害，皆築寨堡，遇有可以容水設險之地，又積置水匱，增置江淮戰艦數百艘，刀槍鋒利，旌旗鮮明，金人知不可犯，

乘夜潛遁。於是淮北、山東來歸者陸續不絕。

金將蕭琦，原是故遼望族，也願帶領舊部來歸。金人大震！無如朝廷又興和議。湯思退復入為醴泉觀使，右正言尹穡，阿附思退，劾論張浚。孝宗至此，也不免動疑，降授浚為特進樞密使，宣撫江淮南西路。湯思退進任尚書右僕射兼樞密使。未幾，又得金帥紇石烈志寧來書，仍復要索如前，思退勸孝宗和金。參政趙葵亦附和思退。

工部侍郎張闡，獨奮然道：「敵來議和，還是畏我呢？愛我呢？不過是騙我罷了；臣以為不當議和。」

孝宗道：「朕意亦是如此，且隨宜應付，再作計較。」遂命盧仲賢如金帥，齎書回覆，謂：「海、唐、泗、鄧四州，乃正隆渝盟之後，未奉使之前所得；至於歲幣一層，當兩淮凋敝之際，徵取恐不足數。」

仲賢陛辭，孝宗面諭，勿許四州。湯思退卻在朝堂守候，叫他允割四州。張浚上言：「盧仲賢恐致辱國。」孝宗因已派定，只得由他前去。

仲賢到了宿州，僕散忠義力加恫嚇，仲賢竟不敢措詞，但答稱歸當稟白。忠義又付以文書，要求四款：

一、南北通書，改稱叔侄。

二、割讓海、泗、唐、鄧四州。

三、歲納銀幣如舊額。

四、送交叛臣及還中原歸附人民。

仲賢回朝，將書陳入，孝宗甚悔以仲賢為使。

張浚遣子栻入朝，奏稱仲賢辱國罪狀，請加懲處。孝宗乃下仲賢獄，責其擅許四州，削奪官職，竄於郴州。湯思退惟恐和議不成，又奏遣王之望為金國通問使，龍大淵為副，暗囑之望，許割四州，惟求減歲幣半數。之望等行後，右正言陳良翰奏言：「朝議未決，之望遽行，恐辱國更比仲賢為甚，應亟追還之望，先命一使往議，改定原約，再行通問未遲。」

孝宗乃飭之望，待命境上，毋得亟往；改命胡昉，為金國通向所審議官，一面令廷臣會議和金得失。

陳康伯道：「金人要索四事，其中以欲得四州，最關重大，乞召張浚還朝諮議。」

湯思退等俱言和為上計。虞允文已調任湖北京西宣諭使，胡銓亦召為起居郎，與監察御史閻安中，皆力諫不可議和；監南岳廟朱熹，應召入對，亦言非戰無以復仇，

非守無以制勝。孝宗默然，湯思退暗中讒間，止除熹為武學博士。

未幾得報，使臣胡昉為金人執住，孝宗遂召王之望等還朝，命張浚巡視江淮，整繕兵備。湯思退不勝焦灼，請孝宗稟陳上皇，再定大計。孝宗批答道：「金人無禮於此，卿尚欲議和麼？況今日國勢，非秦檜時可比。卿乃日夕言知，比秦檜尚且不如。」思退得批大駭！

恰巧胡昉已由金主雍釋放回來，令其傳報宋廷，妥商和議。思退暗唆王之望，與戶部侍郎錢端禮等，奏稱國防未固，國帑已虛，願以符離為鑑，易戰言和。孝宗乃令之望、端禮二人，宣諭兩淮，召張浚入供相識。端禮到了淮上，竟入奏有「名曰守備，守未必備；名曰治兵，兵未必治」諸語。

張浚還至平江，上表乞休，共至八次。孝宗乃授浚少師，兼保定軍節度使，判南福州。浚行至餘干，積鬱成疾而卒。訃聞於朝，孝宗思浚忠義，初贈太保，進贈太師，予諡忠獻。

張浚既死，湯思退將所有守備盡行撤除，一意主和，奏請遣宗正少卿魏杞使金，擬定國書，稱侄大宋皇帝再拜，奉書於叔大金皇帝，歲幣二十萬，孝宗面諭魏杞，赴金議和，第一正名，第二退師，第三減歲幣，第四不發還歸附人。

魏杞又條陳十七事道：「倘若金人如此要求，若何對付？」孝宗隨事許可，始叩首辭行道：「臣此去敢不盡力，倘金人要索無厭，請陛下從速加兵。」

魏杞行後，湯思退還恐和議不成，竟令孫造，暗往金軍，勸用重兵脅和，因此金帥僕散忠義等，又要南下。宋廷聞報，又不免驚惶起來。湯思退還帥令嗾史尹穡，劾罷反對和議的官員二十餘人。忽有詔下，命思退都督江淮軍馬。思退慌忙入朝固辭，乃命楊存中代任。存中方才受命，忽報金兵已下楚州，魏勝戰死，存中馳至淮上，連防守也幾乎來不及。

原來，魏杞行至金軍，金帥僕散忠義索觀國書。魏杞道：「國書乃御手親封，須見過金主，方可廷授。」忠義料不如式，又要商、秦各州，及歲幣二十萬。魏杞遣人奏聞，孝宗從思退言，許割四州，歲幣如二十萬之數，再易國書，交魏杞齎往。

僕散忠義等還不滿意，由清河口入攻楚州，以致魏勝陣亡，都統制劉寶，棄城而遁，楚州遂陷，江淮大震。幸而楊存中星夜前往，檄調諸將，互相應援，邊防稍固。無如金人得步進步，入濠州，拔滁州，都統制王彥，又復遁去。朝議幾欲棄淮渡江，獨楊存中堅持不可，並追咎兩淮守備，無故撤除，致有此變。

孝宗始追悔誤信思退之言，台官知道孝宗之意，劾論思退，主和誤國，鉤引敵人

之罪，因此落職，謫居永州。太學生張觀等七十四人，伏闕上書，極言湯思退、王之望、尹穡三人，奸邪誤國，招致敵人，乞速誅三人，以謝天下。孝宗雖未見允，湯思退得了此信，不勝憂懼，走至信州，發顫數日而死。孝宗乃用陳康伯為尚書左僕射，錢端禮簽書樞密院事，虞允文同簽書樞密院事，且命王之望勞師江上。之望為思退私黨，專以割地畀金為事。端禮與之望同謀，奏派國信所通事王抃，赴金軍議和；又檄令諸將，不得輕進。至言官劾退之望，王抃已得金帥覆書，核准和議了。

這次的和約，共有三款：一、兩國境界如前約。二、宋以叔父禮事金，宋主得自稱皇帝。三、歲納銀幣，照原約各減五萬，計銀二十萬兩，絹二十萬匹。

孝宗因南北修和，改元乾道，罷江淮都督府，撤銷兩淮、陝西、河東宣撫招討使。未幾，陳康伯病歿，賜謚文恭。以虞允文參知政事，王剛中同知樞密院事。未幾，剛中復歿，以洪適簽書樞密院事。

到了暮春時節，魏杞自金回國，入見孝宗，說是已與金正敵國禮了。原來，魏杞毅然道：「南朝皇帝，不愧神聖。現今豪傑並起，共思敵愾；北朝用兵，能保必勝麼？不過為生靈計，能彼此息兵安民，方免塗炭，所以命杞前來修好。若北朝果允踐盟，幸勿再加指責，迫人所難。」

張恭愈入奏主，金主御殿面見魏杞。杞仍如前言，金主雍道：「朕亦志在安民，所以諭令息兵，此後當各照新約，固守勿替，朕亦不再苛求了。」杞乃稱謝，彼此簽了和約。既不發還叛人，也沒有再受冊封，再上誓表，惟海、泗、唐、鄧四州及大散關外新得之地，一律歸金。金主雍乃召僕散忠義等歸去，只留六萬人戍邊，且將所得宋朝歲幣，分賞諸軍。

魏杞使事已畢，亦即回國。孝宗聞他詳報，亦甚欣慰！從此南北修好，國家無事。孝宗便一意侍奉上皇，竭盡孝思了。

第八十三回　膝下承歡

孝宗自即位以來，因金人入寇，軍書午旁，未能侍奉太上帝后極盡承歡之舉；現在南北通和，國家無事，便要竭盡孝思，以博太上帝后的歡娛。

因為太上帝后所居的德壽宮，地方湫溢，特命大興工役，重行建築，落成之後，真是個碧瓦朱甍，洞房曲戶，樓閣崔巍，亭榭深幽。正中有堂，名為香遠堂；堂前以白石為橋，曰萬歲橋。其石瑩澈如玉，係吳璘所進獻，橋上作四面亭，皆用新疆白木造成，與橋一色。下有大池十餘畝，池中遍種千葉白蓮，花開之時，清香四徹，遠近皆聞，故名之曰清遠堂。

宮之西，有凌虛閣，高入太虛，身登其上，如入雲際，可以俯瞰臨安全境。湖光山色，盡收眼底。又有翠寒堂，棟宇顯敞，不加丹艧，人入其中，暢適異常，真是個宏壯精巧二者兼備。其正殿更是金碧輝煌，富麗異常。殿前以楠木為柱，柱上皆以

赤金為龍，盤繞曲折，夭矯如生，階前設金獅一對，高約丈餘，與盤於柱上之四條金龍，皆空其中，內置沉水香，煙氣皆從口鼻鱗甲噴出，鬱成雲霞，旋繞殿階，如置身香海之中。

正旦與令節，孝宗朝賀太上帝后，皆於此殿行禮。太上皇帝，垂衣而坐，孝宗拜於階下，雍容穆靜，威儀嚴肅。當時楊萬里曾作詩詠之道：

雙金獅子四金龍，噴出香雲未殿中；
太上垂衣今上拜，百王曾有個家風。

到繞春日，孝宗親至德壽宮，起居已畢，恭請太上帝后，乘輿往凌虛閣下賞花。閣之四面，皆設酴了牡丹，層級累疊，堆作屏山，高約數尺，垂簾設樂，宮女歌舞侑酒。所歌舞的，皆是新製曲譜，悉由諸妃嬪，各運巧思，藻采紛批，製譜進陳，有左右垂手，打鴛鴦諸曲，都是從前所有的。

太上皇后又製成《霓裳羽衣曲》，共三十六段，命宮人歌之。共用三十人，每番十人，音節悠揚，聲韻高妙，疑非世間所有。酒半酣，太上帝后出席遊玩，聯步輦而行。孝宗亦以步輦相隨，至翠寒堂，憑欄而玩。又至水堂中路，橋上少憩，面對酴醿花架，高柳參天，酴醿引蔓垂梢而下，其長逾丈，芳菲照座，馥郁襲人，命酒更酌，孝宗起而上壽，諸樂齊奏。太上帝后愉悅異常，命孝宗略去儀節，開懷暢飲。孝宗遵旨，滿飲三爵，直至天晚，方才侍候太上帝后回宮。後人有詩一首，詠孝宗與太上帝后春日賞花道：

翠寒堂上賞春風，壯麗由來絕代工；
小憩肩輿高柳下，酴醿飛雪壽杯中。

那清遠堂的萬歲橋，原為中秋賞月而設。孝宗每逢中秋，便於四面亭上設列水晶屏幾，所有酒器，亦以水晶製成。到了夜間月上，侍奉了太上帝后，坐於亭上，將四面窗扇盡行敞開。池中千葉白蓮花，香氣撲鼻，映著月光，如同廣寒宮會集群仙一般。池的南岸，列著宮女，齊奏清樂，池的北岸，列著教坊樂工，鼓板同敲，真個簫韶並奏，悅性怡情。

諸樂停止，太上皇帝大悅，滿飲一杯，興猶未盡，乃召小劉妃，獨自吹著白玉

簫，吹那裳中序的一段。簫音清脆，大有飄然衝舉，羽化登仙之概。遙望著衛觀堂，香蘭閣，月光如瀉，假山玲瓏，就是蓬萊仙境，貝闕珠宮也不過如此了。

直至月色橫斜、露珠濕衣，孝宗方請太上帝后同登步輦，親自踏月，扶送回宮。後人也有詩一首，詠萬歲橋賞月道：

金釘彎橋白玉裝，幽奇全勝衛觀堂；
假山勅賦壺天景，又見香蘭設御床。

孝宗逢時遇節，承歡養志，無論春夏秋冬，皆是如此；又當南北修好，海晏河清，江南人民休養生息，國用充足，太上皇帝安富尊容，日長無事，未免要選色徵歌，以為娛老之計。

那時德壽宮的妃嬪，真是屈指難數，最有名的是大小二劉妃。大劉妃乃臨安人，初入宮，為紅霞帔，旋以色藝俱佳，拜為貴妃；小劉妃入宮時，為宜春郡夫人，因善於音樂，深得太上皇之心，進位婕妤。這大小二劉妃最得寵愛，宮中稱為大劉娘，小劉娘。其餘又有信安趙夫人、咸寧藺夫人、樂平王夫人、咸安郭夫人、新興陳夫人、富平孫夫人、縉雲蔡夫人、南平張夫人、齊安張夫人、安定李夫人；馮美人、韓才人、吳才人。

這吳才人，名喚玉奴，乃是太上皇后的近族，因此更得寵幸。後人有詩詠德壽宮妃嬪眾多道：

德壽宮姬取次娛，大劉呼過小劉呼；
夫人更得十餘輩，不數宮中有玉奴。

太上皇有許多妃嬪侍奉，真個是朝朝寒食，夜夜元宵，說不盡的繁華熱鬧，富貴豪奢了。於妃嬪娛樂之暇，便與太上皇后吟詩作賦，或是揮灑宸翰，繪為圖畫。太上皇后更有一種絕技，書畫竟與太上皇如出一手，無論何人看了，皆分辨不出，因此，太上皇每有題詠，皆由太上皇后代書。所有御寶的印泥亦出特製，名曰紅沫，雖經歷風霜，也不褪色。

又因日常閒暇，無可消遣，特設女供奉官，選擇良家女子入宮，視其擅長何技，即令其充任何職。如圍棋則有沈姑娘，演史為張氏、宋氏、陳氏。說陸棋經為妙慧、

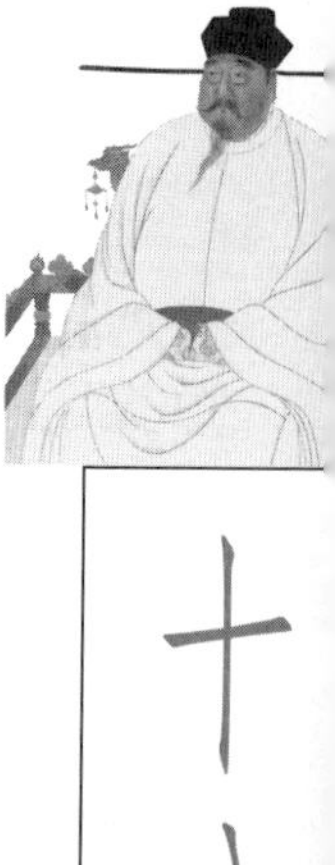

陸妙靜，小說為史惠英，隊戲為李端娘，影戲為王潤卿，更番輪值，略有厭倦，立即更換。所以，太上皇后於德壽宮內，和神仙一般歡樂無盡。後人也有詩一首，詠供奉女官道：

滿苑奇花擁至尊，宛書宸翰代天恩；
細看御寶新紅沫，猶有香生粉指痕。

太上皇娛樂之暇，又喜古書名畫，鐘鼎彝器，以及一切古玩錦繡之類。常命內侍設肆市廛，搜求各種書畫古物。那些內侍奉了旨意，真得了肥缺美差，便在臨安的繁盛街市建了高大的房屋，開張起店鋪來。在店門上，大書德壽宮書畫古玩應奉所。

那時宋朝南渡，軍需浩繁，所以徵收租稅極為繁苛，單是人丁稅一項，每人也拿到三千五百，旁的捐稅也可想而知了。那些市儈想方設法免去捐稅，知道德壽宮供奉所是設有捐稅的，便去結納內侍，厚加賄賂，將自己的店鋪也掛起德壽宮的字樣來。徵收租稅的官員見是上皇的應奉所，如何敢去收取捐稅。

此風一開，這些店家爭先效尤，都和內侍串通，領取德壽宮旗匾，懸掛門閾，臨安的街市上面，「德壽宮」三字竟是遍處掛滿。

到了後來，連商人運載貨物的船隻，要想避免捐稅，也納賄內侍，製造了「德壽宮」三字的黃旗，掛在船上，飄蕩空際，作為護符。當時竟成了一種風氣，無論居民店戶，水陸行旅，都要打了德壽宮的旗號，方覺有些威勢，不受欺凌。

甚至連臨安中載糞的舟船，也掛了德壽宮的黃旗，揚武耀威的，在河中往來，任你是什麼大官的坐船，遇見掛了德壽宮旗號的載糞船，也要直速回避，略一俄延，便說是衝撞了太上皇的應奉船，立刻竹篙鐵錨，一陣亂打，輕則帶傷，重則連舟船也要毀去。

恰巧這日，御史汪應辰家眷的坐船到來。那船上的水手是從外路雇了來的，不知回避，撞了一個糞船。那糞船上面，便大嚷大罵起來。幸虧有個家人一眼瞧見糞船上掛著德壽宮的黃旗，知道不是好惹的，連忙跑出船頭，向糞船打招呼道：「我們是御史汪老爺的家眷船。船上水手都是外路來的，不知道這裡的規矩，無心衝撞，請諸位不動怒罷。」說著，又責備了船家幾句。那糞船聽說是御史的船，知道是個言官，方才沒有十分為難，悻悻而去。

汪應辰聞得這事，不覺奮然道：「哪有糞船也稱供奉之理，這不比宣和年間的花

石綱還要擾民麼？」當即繕了奏疏，次日入陳，大致是說德壽宮應奉所設立過多，奸徒假藉名號，閭閻受累無窮，請即裁撤等語。

孝宗覽了此奏，面色不豫道：「事關東朝，卿何必如此認真。」汪應辰頓首道：「太上聖德，遐邇稱頌！今為應奉所一事，奸人從中利用，使民間疑為出自宮闈主張，豈不有累盛德。」孝宗聞言，默然無語，拂袖而退。

汪應辰方才上疏，又有右正言袁孚，奏言此內有私酤，乞請禁止。孝宗見了，只是留中不發。

誰知這事已為太上皇所聞，不禁發怒道：「連朕在宮餾酒，也說是私酤，日後還有什麼不是私的呢？」當下在孝宗將進御膳之時，以玉壺貯酒一壺，親手封識，大書「德壽宮私酒」五字，賜於孝宗。孝宗見了，不勝驚駭，只得拜恩領賜，親往德壽宮謝罪，又召袁孚面諭道：「太上怒甚，卿等以後毋再多事。」當下即調袁孚為戶部郎，又恐汪應辰還要論奏，特擢為翰林學士。

這也是孝宗委屈事親，惟恐他們要再論奏，觸怒上皇，因此將二人遷調，不使再列台諫，乃是保全言官之意。當日孝宗的事奉上皇，真是無微不至，寫書的不過說其大概，也難盡言。楊萬里曾有孝宗承歡兩宮詩一首，錄在上面，可以看出孝宗的孝意了。

長樂宮前望翠華，玉皇來賀太皇家；
青天白日仍飛雪，錯認東風轉柳花。

孝宗因朝政清平，國家無事，知道立儲一事乃是根本大計，遂下詔立鄧王愭為皇太子。愭係故妃郭氏所生。郭妃共生四子，長即太子愭；次名愷；三名惇；四名愭，郭氏未幾即逝。孝宗受了內禪，追冊郭氏為皇后，封愭為鄧王；愷為慶王；惇為恭王；恪為邵王，並立賢妃夏氏為繼后。

夏后，袁州宜春人，生時異光滿室，數日不散；及長，姿色美麗，聰穎絕倫。其父夏協，知其非常女可比，遂將她納入宮中，初為吳后閤中侍御。郭妃去世，吳后乃以夏氏賜孝宗，至是冊為繼后。太子章妃錢氏，乃參政錢端禮女。

端禮自恃身為貴戚，久有入相的希望。孝宗因宰執虛位，亦擬以端禮為相。侍御史唐堯封上言：「端禮帝戚，不宜再予政柄。」疏上，遷堯封為太常少卿。

朝論大嘩。吏部侍郎陳俊卿奏稱：「本朝從無以帝戚為宰相的。願陛下謹守家

法，無改祖制。」端禮陰懷怨恨，出俊卿知建寧府，遂亦上疏，請避嫌疑。孝宗乃罷端禮為資政殿大學士，提舉萬壽觀使。端禮無法挽回，只得怏怏而去。端禮既罷，以洪適為尚書右僕射兼樞密使。

適自中書舍人，半年中四遭遷擢，驟登相位。廷臣又議論紛紛。適亦毫無建樹，不安於位。乾道二年春季，因霖雨不休，引咎免職，乃以參政葉顒為左僕射，魏杞為右僕射，蔣芾參知政事，陳俊卿同知樞密院事。當時號稱得人。

未幾，寧遠節度使楊存中病卒，存中出入宿衛四十年，大小二百戰，未嘗大遭敗衄，人亦稱為中興名將。訃聞於朝，孝宗甚為震悼！賜諡武恭。到了次年三月，秀王妃張氏卒。孝宗因秀王早逝，此時張氏又復去世，念切本生，不勝哀悼！成服後苑。誰知過了兩月，太傅四川宣撫使、新安王吳璘復卒。遺疏到來，請孝宗毋棄四川，毋輕出兵。孝宗因懿戚淪亡，老成凋謝，哀痛逾恆，遂追贈吳璘為太師，加封信王。

哪知剛才震悼名將，悲哀生母，接連著皇后夏氏駕崩，皇太子愭亦卒。孝宗此時，真是哀上加哀，痛中增痛，只得追諡夏后為恭安皇后，太子愭為莊文太子。其時葉顒、魏杞罷職；蔣芾以母喪去位，改任陳俊卿、虞允文為左右僕射。允文請遣使如金，以陵寢為請。俊卿道：「使節不宜輕遣，倘請而不允，反至辱國。」孝宗方信任允文，因罷俊卿相位，出判福州，以起居郎范成大，為金國祈請使，求陵寢地，及改定受書禮。

先是紹興年間，和議既成。金使宋，捧著升殿，宋帝降榻受書，轉授內侍。孝宗初年，陳康伯為相，金使到來，即令館伴使齎書以進。到了湯思退手裡，又還復紹興年間的禮節。孝宗很覺追悔！故命范成大申請。成大恐為金國臣僚所知，必有諫阻，事更難成，遂暗草章疏，密藏於袖，入謁金主之時，先呈國書，詞意慷慨。

金國君臣正傾聽間，成大忽奏道：「兩國既為叔侄，受書禮尚未合。外臣有章疏瀆陳。」一言時，從袖內出疏，搢笏以獻。金主雍詫愕道：「此豈獻書之處麼？」擲疏不受，成大拾疏再進，毫不動容。

金太子允恭，侍立於側，啟奏道：「宋使無禮，應即斬首。」金主不從，命退居使館，過了一夜，即發覆書，令其南還，覆書裡有幾句話，說得很是中肯，使宋朝君臣無可辯答，因摘錄一段道：

> 和好再成，界河山而如舊，緘音遽至，指鞏、洛以為言。既云廢祀，欲申追遠之懷；正可奉還。即俟刻期之報。至若未歸之旅櫬，亦當並發於行途。抑聞附請之詞，

欲變受書之禮，於尊卑之分何如，顧信誓之誠安在。此覆。

孝宗得了覆書，心還不死，當遣中書舍人趙雄往賀生辰時，又具函申請。金主乃是不允，到了趙雄南歸的時候，反向他說道：「你國為何捨了欽宗的靈柩，專請鞏、洛的山陵？若不要欽宗靈柩回去，我當從你國代葬。」趙雄無從回答，只說回去稟明了，再當回覆。

金主等了一年之久，見宋朝杳無音信，遂將欽宗靈柩，用一品禮葬於鞏洛之原。後人有詩一首，詠欽宗不能歸葬道：

念祖拒兄事最奇，國書申請動人疑；
誰憐五國城頭月，夜照孤魂泣血時！

孝宗兩次申請，皆為金主拒絕，只得罷了念頭。又因太子愭歿，儲位未建，依次當立慶王愷為嗣。孝宗以恭王惇，英武類己，遂越次立為太子；進封愷為魏王，出判寧國府，命宰相餞送於玉津園。宴畢，魏王愷臨登車時，執虞允文手道：「還望相公保全。」允文只得加以慰勸，魏王愷乃攜眷而行。

未幾，改左右僕射為左右丞相，以虞允文任左丞相，梁克家為右丞相，張說簽書樞密院事。說為太上皇后妹婿，先是用值樞密，廷議紛起。

左司員外郎兼侍講張栻，上疏切諫，且責允文道：「宦官執政，自京、黼始，近習執政，自相公始。」允文十分愧憤，入白孝宗，始收回成命。至是又入樞密，張栻出知袁州。侍御史李衡、右正言王希呂，上書諫阻，直學士院周必大，不肯草詔；給事中莫濟，封還錄黃，反將四人一同罷免，當時稱為四賢。

虞允文以諫院缺人，薦李彥穎、林光朝、王質充任。孝宗不從，反用幸臣曾覿所薦之人。允文力求去位，乃改授宣撫四川，進封雍國公。允文到任逾年而卒，詔贈太傅，予謚忠肅。允文以采石磯一戰成名，既入相，因事納忠，知無不言，可算是救世良相。

到了乾道八年殘臘，孝宗又擬改元，乃以次年元旦為淳熙元年。至冬季，始立貴妃謝氏為皇后。

第八十四回　金盒獻手

孝宗於淳熙元年冬季，冊立謝氏為皇后。后，丹陽人，幼年喪父，寄養翟氏，因冒姓為翟；及長，丰姿娟秀，入宮侍太上皇后吳氏，轉賜孝宗，初封婉容，晉封貴妃。孝宗攜妃至德壽宮，拜謁上皇，上皇見妃端肅恭謹，許其可以正位中宮。

孝宗承上皇之命，冊立為后，復姓謝氏。孝宗生平，清心寡欲，不喜漁色。後宮裡面，除謝后外，僅有蔡、李二妃，可算不重女色的皇帝了。孝宗因皇太子年少，宜選擇端人正士，為之輔導，乃授王十朋、陳良翰為太子詹事，劉焞為國子司監兼太子侍讀。

這時候理學昌明，士大夫皆以授徒講學為務。張栻稱南軒先生，呂祖謙稱東萊先生。內中以朱熹的聲望，最為卓著。

朱熹，字元晦，從學於李侗，盡得師傳。淳熙六年，夏日亢旱，下詔訪求直言。朱

熹知南康軍，上疏請孝宗正心術，立紀綱。孝宗怒道：「朱熹敢指朕為亡國之主麼？擬加罪責。」幸樞密使趙雄，力為解免，乃令熹提舉江西茶鹽。未幾，調任浙東。

時浙右大饑，熹單車入朝，面奏災異所由來。請修德任人。且指陳時弊七事。孝宗改容嘉納，熹乃陛辭赴浙。方下車，即移書他郡，募集米商，蠲免賦稅。米商大集，浙人始不憂乏食。熹鉤訪民隱，按行境內，輕車簡從；所經各處，屬吏皆不及知；郡縣有司，憚其丰采，不敢為非。才及半年，政績大著，乃入直徽猷閣。熹尚在浙，因各地旱蝗相仍，民多艱食，奏行常平倉，有詔下諸路仿行。後來奉詔入朝，因為左丞相王淮所沮抑，詔受兵部郎，又改崇政殿說書，均固辭不受，累乞奉祠，詔令主管推州崇道觀。

淳熙十四年，太上皇帝駕崩，孝宗擗踴號痛，二日不進膳，並諭宰相王淮，欲行三年之喪。王淮道：「三年之喪，當初晉孝武、魏孝文均欲實行，亦以未能而止，但在宮中服用深衣練冠罷了。」

孝宗道：「當時群臣不能將順上意，所以貽譏後世了。」王淮不便再言。孝宗遂下詔道：「大行太上皇帝，奄奄至養。朕當縗服三年，群臣自遵易月之令。」

總計高宗在位，改元兩次，凡三十六年，內禪後安居德壽宮，又二十五年，享壽八十一歲。群臣議上廟號，曰高宗皇帝。

淳熙十六年，孝宗以周必大為左丞相，留正為右丞相。必大入見，孝宗密付一紹興傳位詔書。必大接詔，愕然！孝宗道：「禮莫重於宗廟，朕當孟享，常因病分詣，孝莫大於執喪，朕不得日至德壽宮，尚可不退休麼？卿當預擬傳位詔書，擇日內禪。」必大見孝宗心意已決，不便勸阻，遂退擬詔命。

過了數日，德壽宮改重華宮，移吳太后居於慈福宮。必大進陳詔書，孝宗乃頒詔，傳位太子，由孝宗吉服御紫宸殿，行內禪禮，太子惇出殿受禪。禮畢，孝宗退居重華宮，仍易喪服。太子惇即位，是為光宗，尊孝宗為壽皇帝聖帝，皇后謝氏為壽成皇后，皇太后吳氏，為壽聖皇太后，大赦天下，立元妃李氏為皇后。

后為安陽人，係慶遠軍節度使李道女。初生之時，有黑鳳集於道營之前，因名鳳娘。道常以為異，聞道士皇甫坦善相人術，邀請來家，遍相諸人，及見鳳娘，皇甫坦驚起道：「此女當母儀天下，非善為撫養不可。」後皇甫坦見信於高宗，言及李道之女成生貴相，將來必為國母。高宗因恭王尚未定親，遂命納為恭王之妃，生嘉王擴。未幾，立為皇太子妃。

這位鳳娘，相貌雖然超群絕倫，性情卻獷悍異常，常在高宗、孝宗之前挑撥是

非，屢次上言太子的過失，高宗心下很是不悅，嘗私語吳太后道：「此女將種，不知柔道，我為皇甫坦所誤了。」孝宗也屢加訓飭，命她須以皇太后為法，否則將要廢你。鳳娘非但不知悛改，還疑是皇太后有甚話說，所以孝宗深加訓飭，心內愈加怨恨，此時立為皇后，已是一飛衝天，更加施出潑辣的手段來了。

光宗即位之後，改元為紹熙，免周必大職，以留正為左丞相，王藺為樞密使，葛邲參知政事，胡晉臣簽書樞密院事。這四位大臣，同心輔政，倒還黼黻昇平，並無弊政。但是，宮中出了個潑悍的皇后，日日的挾制光宗，離間三宮，要想攘政攬權。

光宗十分畏懼這位李后，萬事皆不得自由。但是，性情雖是懦怯，還有一二分明白，知道李后所仗的全是內侍，有意要一概誅逐，免得宮內無事生非，不得安寧，卻又憚而未發。

不料，光宗的意思，早為內侍窺探清楚，便在李后面前乞憐，求她撫全。李后一口承擔，完全由她做主，保可無事。因此，每逢光宗憎厭內侍，便一力包庇，橫梗在內，光宗心下十分不快，卻又說不出口來，再加這些內侍幫著李后搬弄是非，竟把個光宗弄得憂悶異常，漸漸的成了一種怔忡之疾。

壽皇聞得光宗有疾，父子之間天性攸關，自然好生憂慮！便召問御醫，擬了良方，合成丸藥，要待光宗問安的時候，教他試服。哪知等了許久，也不見光宗前來。

你道光宗為何不來問候呢？只因壽皇合藥的消息傳遍宮內，內侍們便藉此興風作浪，揑造謠言，報告李后，說是壽皇合藥一大丸，欲待皇上前去問安，即令服飲。倘有不測，豈不貽宗社之憂麼？李后聞言，更疑為真情，等到光宗病勢略癒，即備了酒膳，與光宗同飲，乘著光宗高興的時候，乘機說道：「嘉王年已長成，何不立太子？也可助陛下一臂之力。」

光宗道：「朕意亦是如此，但須稟明壽皇，方可冊立。」

李后道：「這事也要稟明壽皇麼？」

光宗道：「父在，子不得自專，理應要稟明的。」李后聽了，也就不說什麼。

過了幾日，壽皇因日久未見光宗，遣使來召。李后不令光宗得知，乘了步輦，自往重華宮內，叩見壽皇。說是皇上疾還未癒，命臣妾前來侍宴。壽皇不禁皺眉道：「時常生病，如何是好？」

李后接口說道：「皇上多病，據妾愚見，不若立嘉王擴為皇太子。」

壽皇搖首道：「內禪才及一年，又要冊立太子，也覺過早了。況立儲也要擇賢，稍待數年，尚未為晚。」

李后聞言，立即變色道：「立嗣以嫡，古以常理。妾乃六禮所聘，嘉王擴係妾所生，年又長成，如何不可立為太子呢？」

李后這幾句話，暗中明明譏刺壽成皇后謝氏，是第三次所立的繼后了，壽皇如何不要發怒，當即呵斥道：「你也太無理了，如何敢把這樣話來揶揄我。」

李后被斥，便轉身出外，也不再侍內宴，一徑上輦回宮。不料，光宗又到黃貴妃宮內去了。李后得知，又氣又妒，不覺一腔怨氣，又種在黃貴妃身上。

原來這個黃貴妃，本在德壽宮內，壽皇見她生得端方恭謹，遂即賜予光宗。光宗甚是寵幸，晉封貴妃。

李后本來不勝妒忌，又因是壽皇特賜的，因為怨恨壽皇，更加遷怒於黃貴妃，因此聽得光宗在黃貴妃處，連眼中都幾乎冒出火來，立刻轉身，到黃貴妃宮內，直闖進去，大聲說道：「陛下龍體初癒，如何不節餘嗜慾，反要調情呢？」

光宗正在與黃貴妃談心，忽見李后闖了進來，吃驚不小，連忙立起身來。黃貴妃更加駭懼，跪地相迎。李后連正眼也不瞧她，莫說是回禮了。

光宗深恐李后發怒，忙攙了她的手一同來到中宮。李后便對著光宗，指眼抹淚的哭泣起來。光宗還當她為了自己到黃貴妃宮中去，所以如此。當下再三慰諭，加意溫存。

李后道：「妾並非為了黃貴妃，有甚妒意。陛下貴為天子，有幾個妃嬪，妾豈不能相容麼？只因陛下龍體初癒，所以竭力勸諫。妾心中另有一件天大的事情，要和陛下商議呢。」

光宗問道：「是何事情，如此重大？」

李后即命召了嘉王擴前來，一同跪在地上，哭著說道：「壽皇要想廢立了，妾與嘉王，日後不知如何結果哩。」

光宗更覺錯愕！再加詢問，李后便將壽皇所言，又添上了許多話，述了一遍。光宗也著了她的迷，只道壽皇真有廢立之意，便道：「你們起來，朕從此不到重華宮去了。」李后方才攜了嘉王起來，密密的與光宗商議了許多抵制壽皇的計策。

李后又要在臨安建六家廟。光宗哪敢不從，傳旨擇日興工。樞密使王藺，奏稱皇后家廟不當以國帑建築。李后聞知不禁大怒，立時逼著光宗，將王藺罷免，以葛邲為樞密使。

有一天，光宗在宮內盥洗，有個宮女捧了金盆侍候。光宗見她的一雙手長得潔白如玉，十指纖纖，如初透的春筍無二，不禁稱賞道：「真是個手如柔荑了。」誰知為

李后聽見，便懷恨在心。等到光宗退朝，即有內侍獻上一個金盒，光宗未知何物，啟盒一看，乃是一雙血淋淋的手，不覺大駭，又不便發作，只得命內侍棄去；心內未免自怨自悔，因此舊恙復發，連睡夢中也聞哭泣之聲。

到了紹熙二年十一月，照例要祭天地宗廟，不能不由皇帝親自主祭，光宗只得出宿齋宮。李后因深恨黃貴妃，趁著光宗出宿齋宮，召入黃貴妃，責她蠱惑主人，罪同叛逆，命杖一百。那黃貴妃姣嫩皮膚，如何禁得起無情之杖，不到數十下，已是氣絕身死。李后即命拖將出去，草草殯殮，報告光宗，只說是暴病而亡。

光宗得報，非常驚詫，明知內中必有緣故，決不致無端暴斃，只因畏懼李后，不敢聲言，並且留宿齋宮，不能親視遺骸，撫棺一痛，心內愈加悲哀！這一夜睡在床上，翻來覆去，哪裡睡得著。直至四鼓左右，方才朦朧合眼。天已微明，內侍又來相請，只得披衣而起，匆匆盥洗，外面早已備齊法駕。

光宗出門登輦，行至郊外，天色大明。但是四面陰霾蔽天，真與黃昏無異。到了天壇，正要合祭天地。忽然狂風大作，暴雨傾盆，雖有麾蓋，也遮擋不住，非但隨侍諸臣衣服盡濕，便是光宗的禮服也濕了一半。

到了壇前，祭品排齊，只是風色過大，不能燃燭，隨燃隨滅。好容易燃了一燃，光宗慌忙拜了幾拜，令祝官速讀祝文。祝官匆匆的讀了幾句，光宗已是頭目昏花，站立不住，由侍臣扶持升輦，回到宮內，舊疾復發，終日裡臥在床上，短嘆長吁，漸漸的飲食減少，形消骨瘦起來。李后便乘此機會，干預外政，獨斷獨行，肆無忌憚。

壽皇在重華宮聞知這事，便乘了輕車，前來視疾。恰值李后出外，當命左右不必通報，徑入殿幄，揭帳看視。光宗正在熟睡，不忍驚他，即在榻前坐下。過了一會，光宗已醒，呼喚內侍。內侍報稱壽皇在此，光宗瞿然驚起，下榻再拜。

壽皇見他面容消瘦，十分憐惜，即令返寢，並問他病勢如何？方才講得兩三句話，李后已聞得壽皇前來觀疾，倉皇奔入。見了壽皇，不得不低頭行禮。

壽皇問道：「你在何處，因何不侍上疾？」

李后道：「妾因皇上未癒，不能躬理政務，外廷奏章，由妾收閱，轉達宸斷。」

壽皇「哼」了一聲道：「我朝家法，皇后不預政事。便是慈聖——曹太后、宣仁——高太后兩朝，母后垂簾，也要與宰相商議，未嘗專斷。我聽說你自恃才能，一切政事擅作主張，這是我家法所不許的。」

李后無詞可對，遂強辯道：「妾何敢有違祖制，所有裁決事件，仍請皇上作主的。」

壽皇正色道：「你又何用瞞我，你試想皇上之病，因何而起，因何而增？」

李后聞言，嗚咽說道：「天有不測風雲，人有旦夕禍福。如何責備妾呢？」

壽皇道：「上天震怒，乃是示儆。」講到這裡，光宗在床上長嘆了一聲，遂即住了口，不再多言，但勸慰了光宗一番，即起身出去。光宗欲下榻恭送，被李后豎起柳眉，瞋目一瞧，連忙縮住。李后等壽皇去了，又免不得絮絮叨叨，哭鬧一場，光宗只得閉目在床，任她哭罵罷了。

光宗這場病，經御醫悉心調治，直至紹熙三年三月內，方得痊癒，親御延和殿聽政。群臣請朝重華宮，光宗不從。從前壽皇誕辰及歲序令節例應往朝，壽皇因光宗多病，降旨罷免。此時群臣因光宗不從所請，便聯合了宰相百官，以及韋布人士，伏闕泣諫，請朝重華宮，光宗方才答應往朝。不料過了多時，仍舊未往，宰相等重又奏請，方在四月內往朝一次，此後決不再往。

到了長至節前一日，宰相留正等，奏請往朝重華宮，光宗允於次日往朝。誰知到了次日，仍復不往。留正只得約同百官齊集重華宮，入謁稱賀而退。兵部尚書羅點、給事中尤袤、中書舍人黃裳、御史黃度、尚書左選郎葉適、秘書郎彭龜年等，皆上書請朝，均不得報。惟吏部尚書趙汝愚，獨不責請。鼓龜年責備他誼屬宗親，反而坐視。汝愚被激，遂入見內廷，再三規諫。光宗轉商李后，叫她同往重華宮朝謁。李后因為自己的家廟已成，不若先同光宗往重華宮，然後歸謁自己家廟，庶可免人口實，因此滿口答應。次日光宗先往重華宮，李后亦相繼而至。此次朝謁，父子之間極為歡洽，宴談竟日，方才回宮。都下人士皆額手稱慶！過了兩日，即有內旨，皇后要歸謁家廟，朝臣無人敢諫。禮部以下，只得整備鳳輦，恭候皇后出宮。

皇后到了家廟，四下觀望，見廟宇巍峨，規模宏麗，竟與太廟不相上下，心中十分歡喜！其時從高祖以下，皆已封了王爵，殿中所供神主，盡是玉質金鑲，美麗非凡，更覺不勝快樂！

禮拜過了，李氏親屬皆來朝謁，李后一一接見，除了疏遠戚族共有至親二十六人，皆推恩加賞，各親屬莫不歡欣鼓舞！

李后回宮之後，又傳出內旨，授親屬二十六人官階，侍從一百七十二人，俱各進秩，連李氏的門客，也有五人得官。這真是宋一朝自開國以來所沒有的特別曠典。

到了紹熙四年元旦，光宗往朝重華宮，直至暮春時節，又偕李后隨從壽皇、壽成皇后，幸玉津園，自此以後，絕不前往。

九月內，乃是光宗生辰，稱作重明節。群臣又請朝重華宮，光宗不允。給事中謝深甫上言：「父子至親，天理昭然；太上皇之愛陛下，亦猶陛下之愛嘉王。況太上皇春秋已富，千秋萬歲後，陛下何以見天下。」

光宗見了此奏，傳旨備駕前往。百官排班鵠侍，方見光宗步至御屏，群臣上前相迎，不料李后亦趕至屏後，攬了光宗之手道：「天氣甚寒，官家可回宮飲酒。」

光宗轉身退去。陳傅良急行數步，牽住光宗衣裾，抗聲道：「陛下幸勿再返。」

李后恐光宗復出，用力將光宗拉入御屏，傅良也跟隨入內，李后怒斥道：「此是何地，你敢入內。奴才家不怕砍頭麼？」傅良只得放了手，退哭於殿下。

李后令內侍出問道：「無故痛哭是何道理？」

傅良道：「『子諫父不從，則號泣隨之』，此語載於《禮經》。臣之事君，猶子事父，力諫不從，如何不泣？」內侍回報，李后愈怒，竟傳旨不再往朝。群臣無從再諫，只得退歸。直過了兩月有餘，仍不往朝。宰相以下，皆上疏自劾。

嘉王府翊善、黃裳，請誅內侍楊舜卿。秘書郎彭龜年，請逐陳源，皆不見批答。太學生汪安仁等二百十八人，聯名上書，請朝重華宮，亦不見從。至五年元日，始往朝一次。未幾，壽皇不豫。接連三月，光宗亦不去問候。到了夏間，反與李后遊玉津園。兵部尚書羅點，請先赴重華宮，光宗不從，與李后遊玩終日，興盡始歸。

鼓龜年已任中書舍人，三疏請對，終不見答。適值光宗親朝，龜年不離班位，伏地叩頭，至於血流滿地。光宗方說道：「朕素知卿忠直，今欲何言？」

龜年奏道：「今日要事，無如過宮。」

同知樞密院事余端禮，並奏道：「叩額龍墀，至於流血，臣子至此，可謂不得已了。」

光宗道：「朕已知道了。」遂即退去。

第八十五回　慶元黨禁

彭龜年叩頭流血，請光宗往朝重華宮。光宗退朝以後，仍如石沉大海一般，杳無信息，群臣又一連奏請，光宗始應允，約期前往問候。

到了約定的日期，宰相率領百僚在宮門候駕，徒至過午，方見內侍傳旨說是聖躬抱恙，不能外出，群臣懊恨而散。到了五月，壽皇疾病，日重一日，以將大漸，意欲見光宗，屢次顧視左右，頻頻盼望，至於泣下！

廷臣知道這事，陳傅良再疏不報，繳還告敕，出城待罪。

丞相留正，亦率百僚入宮諫諍。光宗拂衣欲行，留正牽裾泣諫，羅點也垂泣請道：「壽皇病已垂危，若再不去省視，後悔無及了。」

光宗決不答言，只管轉身入內，留正與百官追隨在後，直至福寧殿，光宗走進殿內，即命內侍闔門，留正見不能再進，只得率百官痛哭而出。

過了兩日，留正等又入宮請對，光宗命知閤門韓侂胄傳旨道：「宰相等一齊出去。」留正聞旨，遂與百官出都，至錢江北岸的浙江亭待罪。光宗聞得宰相等出都，卻不介意。壽皇聞知，深為憂慮！即召韓侂胄往前垂問。韓侂胄聞召，去見壽皇。請安已畢，壽皇便問宰相出都之事。侂胄對道：「皇上昨日傳旨，命宰相等出殿門，並非出都。臣不妨前往宣召入城。」壽皇點首稱善！侂胄又到浙江亭，召回留正等一班官員。

次日，光宗召羅點入見，羅點奏道：「前日之事迫於忠誠，舉動失常，蒙陛下赦臣等之罪，不加誅戮。臣等深感天恩！但引裾也是故事，並非臣等創行。」光宗道：「引裾不妨，但何得屢入宮禁。」羅點又引魏辛毗故事以對，且言壽皇現在只有陛下一子，既然付託神器，豈有不思見面之理。光宗默然無語。

鼓龜年、黃裳、沈有聞，又奏請命嘉王至重華宮問疾。光宗乃命嘉王前去，壽皇見了嘉王，心內感觸，不禁掉下淚來。延至六月，壽皇駕崩於重華宮。

內侍們先去報告宰相留正，再往趙汝愚處。此時汝愚已知樞密院事，得了此信，恐光宗又為李后所阻，秘不宣布。次日，待光宗視朝，方才奏聞，請速往重華宮成服。光宗無可推諉，只得允許，反身入內。

不料，守至過午，尚不見出外。留正、趙汝愚只得往重華宮料理喪理，但是，光宗既不到來，無人主喪，當下議請壽聖太后主喪，太后不允所請。留正等奏道：「臣等連日請對，不見天顏；累次上疏，復不獲報，今日率百官再行恭請，惟恐皇上仍然不出，百官倘再痛哭宮門，或至人情騷動，憂及社稷，乞太后降旨，以皇上有疾，暫在宮中成服。但主喪不能無人，祝文上稱為孝子嗣皇帝，宰臣又不敢恭代，太后乃壽皇之母，不妨攝行祭禮。」

太后聽了這樣話說，方才允許，發喪於太極殿。總計孝宗自受內禪，改元三次，共歷二十七年，至光宗五年始崩，壽六十八歲。治喪期內，光宗頒詔，尊壽聖皇太后為太皇太后，壽成皇后為皇太后，但車駕仍稱疾不出。

郎官葉適，對留正說道：「皇上因患病不執親喪，將來何詞以謝天下。現在嘉王年已長成，不如速正儲位，參決大事，以免疑謗。相公既執朝權，理應啟請。」留正深以為是，遂會同輔臣，聯名入奏道：「嘉王夙稱仁孝，應早正儲位，以安人心。」次日有御筆批出「甚好」二字來。

過了一日，擬旨進陳，請加御批，付學士院降詔。這日夜間，傳出御批，乃是「歷事歲久，念欲退閒」八個字。留正不免驚駭，便與趙汝愚暗中商議，汝愚意欲請

太皇太后竟令光宗禪位於嘉王。留正之意，欲請太子監國，兩人各執意見，相持不決。留正便決意辭去相位，免得身入漩渦。次日入朝，假作仆地，由衛士急忙扶送回府，立即寫了辭表，令衛士帶回入陳。表中除陳請辭職，且勸光宗速回淵鑒，追悔前非，漸收人心，庶保國祚。光宗下詔慰留，已是潛出都門，逕自不別而行了。

留正去後，人心愈加震動。光宗上朝，也不覺頭暈目眩，倒於地上，幸有內侍趕速扶掖，方才沒有受傷。

此時朝中，只剩了一個趙汝愚，孤掌難鳴，眼見事情危急，倉皇萬狀。左司郎中徐誼對他說：「古今來做臣子的，只有忠奸兩途，要忠就忠，要奸就奸，從來沒有半忠半奸的。公雖心內惶急，外面卻要坐觀成敗，這樣行為，豈不是半忠半奸麼？現在國家安危，全仗著有人主持，公奈何不早定大計呢？」

汝愚道：「留丞相已去，我雖要定策安邦，獨自一人，不能有為，如何是好？」

徐誼道：「知閤門韓侂胄，乃韓琦曾孫，忠良後裔，又是太皇太后的姨甥，何不令他入內奏聞，請太皇太后作主內禪。」

汝愚道：「事雖可行，但我不便囑令前往。」

徐誼道：「我有同鄉蔡必勝，與侂胄同在閤門，待我去告知必勝，由他轉囑好麼？」

汝愚沉吟道：「事關秘密，萬一洩漏，必有大禍，務請小心為上。」徐誼應諾而去。到了夜間，韓侂胄果然來見汝愚，汝愚便與他說起內禪的事情，且託他入陳太皇太后，侂胄答應而去。

太皇太后的近侍張宗尹，向與侂胄要好。便去託他轉奏。張宗尹啟奏了兩次，太皇太后只是不允。

韓侂胄還在宮門守候回信，適遇內侍關禮，問明原因，便道：「宗尹已奏請兩次，未得許可，公乃太皇太后姻戚，何妨入內面陳，待我為公先容便了。」侂胄大喜。關禮遂即入宮，見了太皇太后，面有淚痕，且故意用衣袖揩拭。太皇太后問他何故哭泣？關禮對道：「太皇太后讀書萬卷，可見有如今日的時局，還能不亂的麼？」

太皇太后道：「這事非汝等所知。」

關禮道：「事情已是人人皆知，哪裡還可諱言呢？」

太皇太后道：「現有何事，不可諱言？」

關禮道：「留丞相去了，朝中只剩趙知院一人；現在趙知院也要去了，豈不可危呢？」

太皇太后愕然道：「他人可去，趙知院乃是宗親，如何也要他往呢？」

關禮道：「趙知院原因是宗親，不敢遽然就去，所以令知閤門韓侂胄入陳大計。侂胄令張宗尹代奏二次，未蒙俯允。趙知院無法可想，也只得一走了事了。」

太皇太后道：「韓侂胄現今何在？」

關禮道：「現尚待命宮門。」

太皇太后道：「事情只要合於道理，我有什麼不肯答應，你可傳旨，令他們斟酌辦理。」

關禮得了這句話，便出來告知侂胄道：「定於明日清晨，請太皇太后在壽皇梓宮之前，垂簾引見執政諸臣，商定大計。公可告知趙知院，不得有誤。」

侂胄得了回報，立刻出宮去報告趙汝愚。其時天色已晚，汝愚忙去通知參政陳騤，同知樞密院事余端禮，連夜傳令殿帥郭杲，調兵士保護南北大內。關禮開遣閤門舍人傅昌朝，暗中製成黃袍，攜入宮內。

這夜，嘉王遣使告假，擬不入臨，汝愚道：「明日乃是禫祭，嘉王不可不來。」來使奉命，自去轉達嘉王。

次日，群臣全集太極殿，嘉王擴也素服到來。趙汝愚率百官至梓宮前，見太皇太后升座簾內。汝愚再拜奏道：「皇上有疾，不能執喪，臣等乞立嘉王為太子，蒙皇上批其『甚好』二字，隨後又有念欲退閒的御札，特請太皇太后處分。」

太皇太后道：「既出皇上之意，相公便可遵行。」

汝愚又道：「此事關係重大，播於天下，垂於史冊，不能無所指揮，敢乞太皇太后作主。」

太皇太后允諾。汝愚即將擬好的禪位詔書，陳於太皇太后。太皇太后看時，上面寫道：

皇帝抱恙，至今未能執喪，曾有御筆，欲自退閒。皇子嘉王擴，可即皇帝位，尊皇帝為太上皇帝，皇后為太上皇后。

太皇太后看畢，便道：「就照此施行罷。」

汝愚又啟請道：「自今以後，臣等奏事，當取嗣皇帝進止，惟恐兩宮父子或有嫌隙等情，全仗太皇太后主張，從中調護。況上皇聖體未癒，忽聞此事，未免驚疑！乞命都知楊舜卿，提舉本官，擔負責任。」

太皇太后遂召楊舜卿至簾前，當面囑咐，方命趙汝愚傳旨，令皇子嘉王擴，即皇

帝位。嘉王固辭道：「恐負不孝之罪。」趙汝愚道：「天子以安社稷，定國家為孝。今中外憂懼，倘有不測，將置太上皇於何地。」遂指揮內侍，擁嘉王入幄，改換冠服，扶出即位。

嘉王還立著，不肯入座。汝愚已率百官下拜，拜畢。嗣皇帝詣幾筵前哭奠盡哀！百官排班，立於殿中。嗣皇衰服而出，立於東廡，內侍扶掖入座。群臣起居如儀，乃率百僚行禫祭禮。禮畢退班，以光宗寢殿為泰安宮，奉養上皇，民心大悅，中外如釋重負。

次日，以太皇太后特旨，立崇國夫人韓氏為皇后。后為故忠獻王韓琦六世孫女，與其姊皆選入宮中，侍兩宮太后。獨后能先意承旨，深得歡心，因此歸嘉王邸，封新安郡夫人，晉封崇國夫人。其父名同卿，侂冑為同卿叔父。

后即正位，侂冑兼兩重懿戚，且自恃有定策功，未免專橫驕傲起來。趙汝愚請召回留正，命為大行攢宮總護使。留正入辭，又復出都。太皇太后亟命追回，汝愚亦請帝挽留，遂特下御札，召留正回都，仍任為左丞相。一面由嗣皇領群臣進表泰安宮，光宗方才得知這事，宣召嗣皇入見。

韓侂冑隨同晉謁，光宗瞪目看道：「是我兒麼？」又對侂冑道：「汝等不先稟聞，即做此事，未免操切太過。但既是我兒受禪，也不必說了。」嗣皇與侂胄拜謝而出。改元為慶元，是為寧宗。

韓侂胄欲賞定策功，趙汝愚道：「此事乃你我兩人所為，我是宗臣，你是外戚，不當論功求賞，惟爪牙人士，惟賞一二就是了。」侂胄大為失望，心內不悅！汝愚奏請寧宗，加郭杲為武康節度使，工部尚書趙彥逾定策時亦曾預議，命為端明殿學士，出任四川制置使，兼知成都府。韓侂胄只遷一官，並任汝州防禦使。徐誼密對趙汝愚道：「侂胄他日必為國家之患。他心覬覦節鉞，不如飽了他的欲壑，調居外任，始免後患。」

汝愚不以為然，又要加封葉適。適辭道：「國危效忠，為人臣之本分，何敢邀功。但韓侂胄心懷缺望，若能任為節度還可如願；否則怨恨日深，恐非國家之福。」汝愚不從。葉適退出，長嘆道：「禍患從此始了，我不可在此受累。」因力求外任，出領淮東兵賦。

未幾，韓侂胄果然想干預政事，屢次往都堂裡去，議論政務。留正使省吏對他說道：「此處的公事與知閤並無關係，請知閤不必勞動往來。」侂胄正加懷恨，但又不能發作，只得退去。

適值留正與趙汝愚議論孝宗山陵之事，兩下意見不合，侂胄乘間進讒，由寧宗手詔，罷為觀文殿大學士，判建康府，授趙汝愚為右丞相。汝愚聞得留正免職，是侂胄的讒言，不禁忿然道：「議論公事，總有不合的地方。我與留丞相並無嫌隙，侂胄為何因此進讒，出內旨免職呢？倘若事事如此，尚能辦事麼。」

簽書樞密院羅點聞言，正要開口，忽報韓侂胄前來拜謁，汝愚正在憤怒之際，便道：「叫他不必進來。」羅點忙阻道：「公錯了。」汝愚亦即省悟，忙命吏役請他進來。侂胄聞得汝愚拒絕，意欲回去，後來又聞吏役相請，遂即入見，兩人會面，談了幾句，侂胄辭別而去，從此怨恨汝愚之心，愈加深了。

趙汝愚推薦朱熹，詔授煥章閣待制兼官侍講。熹奉命啟行，在路上就上疏請斥近伴，用正士；到了入對的時候，又勸寧宗隨時定省，勿失天倫。寧宗不加可否，隨他說去，熹見寧宗並不納諫，遂即面辭新命，寧宗不許。趙汝愚又請增置講讀之官，有詔令給事中黃裳，中書舍人陳傅良、彭龜年等充任。汝愚又薦李祥為祭酒，楊簡為博士，呂祖儉為府丞，自以為正士盈廷總可以無事了，哪知韓侂胄已在暗中千方百計的排擠他了。

未幾，羅點、黃裳相繼病歿。汝愚對寧宗下淚道：「黃裳、羅點之死，實是天下之不幸。」寧宗也並無悲悼之意，反聽了韓侂胄之言，用京鏜為簽書樞密院事，京鏜本為刑部尚書。寧宗要命他鎮蜀，趙汝愚諫道：「京鏜資望淺薄，如何可當方面重任。」寧宗遂留詔不發。京鏜因此深恨汝愚，與侂胄結為至好，乃薦鏜入值樞密，日夜伺汝愚之隙，欲報私怨。

知閤門劉弢，亦以未預定策之謀，頗為缺望，遂對侂胄道：「趙相欲專大功，君非特不節鉞，恐不免有嶺海之行。」侂胄愕然道：「為之奈何？」劉弢道：「為今之計，只有引用台諫，作為幫手。」侂胄大悟道：「我已領教了。」未幾，即有內旨，以劉德秀為監察御史；給事中謝深甫為中丞；劉三傑、李沐等皆為台諫。

朱熹見時局日非，私對趙汝愚道：「侂胄怨望日甚，不如以厚賞酬勞，令出就大藩，免得在朝干預政事。」

汝愚道：「侂胄自言不受封賞，有何後患呢？」右正言黃度，欲上疏彈劾侂胄，為其所聞，先請御筆，出黃度知平江府。

黃度嘆道：「從前蔡京擅權，天下大亂，現在侂胄又藉用御筆斥逐諫臣，亂端也將發作了。我還可不去麼？」遂以親老乞養而去。

朱熹見黃度告退，上疏極諫。侂胄見疏中侵及自己，心下大怒，暗囑優人，峨

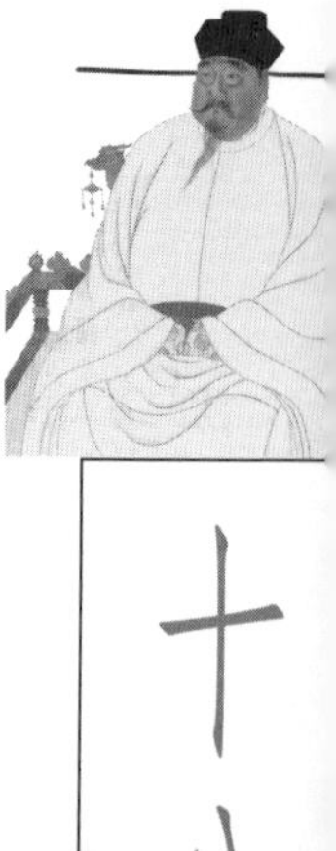

冠博帶，扮成儒者之狀，演戲於寧宗之前，故意將性理諸說，變作詼諧。寧宗不禁解頤。

侂胄乘間奏道：「朱熹迂闊，不堪再用。」寧宗即以手詔與熹道：「憫卿耆艾，恐難立講，當除卿宮觀，用示體恤耆儒之意。」手詔應先經過都堂，趙汝愚見了，藏於袖內，入內請見，且拜且諫，並將御筆繳還。寧宗不省，因乞罷政，寧宗搖首不許。

過了兩日，侂胄又向寧宗求得御筆，令人送於朱熹，熹遂上疏謝恩而去。中書舍人陳傅良、起居郎劉光祖等，交章留熹，反倒落職。進韓侂胄為樞密都承旨，以余端禮知樞密院事，京鏜參知政事，鄭僑同知樞密院事。

京鏜得為參政，皆出侂胄之力。因此力圖報稱，每日至侂胄私第，商議事情。侂胄欲害趙汝愚，苦於無從下手。京鏜獻策道：「汝愚乃禁王元佐七世孫，為太宗嫡派，他常對人說：『夢見孝宗授以湯鼎，背負白龍升天，是輔翼皇上的預兆。』我們何不說他假夢惑人，謀危社稷呢？」

侂胄大喜道：「此計大妙！但今何人下手呢？」

京鏜道：「李沐嘗求節鉞，汝愚不許，心甚懷恨，可以囑他。」

侂胄即與李沐商議，李沐一口應承，遂上疏謂汝愚以同姓為相，本非祖宗常制，方上皇聖體未康時，汝愚欲行周公故事，倚虛聲，植私黨，定策自居，專功自恣。似此不法，即宜罷斥，以安天位，而塞奸萌等語。汝愚聞得此疏，即出都至浙江亭待罪。有旨罷為觀文殿學士，出知福州。中丞謝深甫等，又奏稱汝愚冒居相位，今即罷免不應再加書殿隆名，帥藩重寄。又降汝愚職，提舉洞霄宮。

呂祖儉因請留汝愚，侵及侂胄，竄謫韶州。其餘如祭酒李祥、博士楊簡等，上疏乞留，皆不得報。太學生楊宏中、周端朝、張衜、林仲麟、蔣傅、徐範六人，動了公憤，伏闕上書，乞留汝愚，貶李沐。寧宗反加批斥，將楊宏中等送至五百里外編管。侂胄心尚未足，必欲害死汝愚，又令監察御史何澹、胡紘奏劾汝愚，倡引偽徒，謀為不軌，乘龍鼎，假夢為符，暗與徐誼造謀，欲衛送上皇過江，為紹興皇帝等事。寧宗也不辨虛實，即將汝愚謫為寧遠軍節度副使，安置永州。

徐誼為惠州團練副使，安置南安軍。汝愚接詔，從容就道，臨行時，對諸子說：「韓侂胄必欲殺我，我死後，汝等還可免禍。」行至衡州，衡州守錢鍪，受了侂胄密囑，窘辱百端。汝愚氣憤成疾而卒。

寧宗自汝愚罷後，用余端禮為左丞相，京鏜為右丞相。端禮本與趙汝愚同心輔

政；汝愚竄逐，不能救解，心甚抑鬱，且因此為請議所不容，乃稱疾求退，罷為觀文殿大學士，提舉洞霄宮。京鏜遂以右丞相專政，意欲將朝野正士一網打盡，即與何澹、劉德秀、胡紘，興了一個偽學的名目，無論是道學非道學，凡是反對韓侂胄與攻訐自己的，皆說他是偽學一流。

劉德秀乃上疏請考核真偽辨明邪正。寧宗將原疏交輔臣復議。京鏜遂取正士姓名，編列偽籍，呈請一一加罪。幸得太皇太后得了消息，勸寧宗勿興黨禁，方下詔命台諫，不必更及往事。這詔一下，京鏜等好生氣悶。韓侂胄尤為缺望，仍嗾大理司直邵裒然，上言偽學風行，不但貽禍朝廷，並且延及場屋，自後薦舉改官，以及科舉取士，俱應先行申明，並非偽學，以杜禍根。

第八十六回　狗竇尚書

寧宗見了邵裒然之奏，居然批准，命即施行。從此正人君子皆裹足不前。朝廷遷調，科場取士，所獲的都是奸邪小人了。

太常少卿胡紘，未達時，嘗住建安，晉謁朱熹。熹對待學子，向用脫粟飯，未嘗為之示異，胡紘因此懷恨朱熹，久欲報復，只因無隙可乘，遷延至今，及偽學示禁，樂得藉此排斥，草疏已成。忽由監察御史調任太常少卿，不便入陳，恰值沈繼祖以追論程頤偽學，得任御史。胡紘遂把草成的奏疏給他，說是此書一上，立致富貴。

沈繼貴只求富貴，哪裡顧甚公議，即將疏草帶回，又添加幾條誣衊的言語，劾求朱熹十罪，並說熹毫無學術，剽竊張載、程頤之餘論，簧鼓後進，乞即褫職罷祠；其徒蔡元定佐熹為妖，乞送別州編管。此疏一上，即有詔下，削朱熹官，貶蔡元定至道州。未幾，選人余嚞，上書乞誅朱熹，以絕偽學。

謝深甫見了，擲書於地道：「朱熹、蔡元定等不過自相講明，有什麼得罪朝廷之處呢？」因此書不得上，眾論略息。

那蔡元定，字季通，建陽人氏，聞朱熹名，特往授業。熹與晤談，大驚道：「季通乃是我友，不當就弟子之列。」元定仍奉熹為師。尤袤、楊萬里，交相薦舉，屢徵不起。及偽學議起，元定嘆息道：「我輩恐不能免了。」至是貶謫道州，有司催逼緊急，元定仍從容自如，與季子沈，徒步啟程，馳行三千里，足盡流血，絕無怨言，並貽書諸子道：「獨行不愧影，獨寢不愧衾，毋以吾得罪，遂懈爾志。」過了一年，以病而死，後人稱為西山先生。

慶元三年，太皇太后駕崩，遺詔太上皇帝抱病，由承重皇帝服喪五月。寧宗改為喪服期年，上尊謚曰憲慈聖烈皇太后，祔葬永思陵。未幾，有詔籍偽學，列籍者，以汝愚、留正、周必大、王藺、朱熹等為首，共得五十九人，一一坐罪，連六經、語、孟、中庸、大學諸書，亦垂為厲禁，因此朝廷上面，自宰相以下，盡是韓侂冑的走狗。其時侂冑已授保寧軍節度使，加爵少傅，封豫國公。

這年九月，為侂冑生辰，文武百官送禮稱賀者，絡繹於途，所收金銀珠寶不計其數。因獻媚侂冑，擢司農卿，知臨安府。當侂冑生辰，百官爭奇眩異，各獻珍寶。師罤獨無禮物，眾官心皆詫異，哪知師罤待眾人獻禮已畢，方才獨自上前，向侂胄行禮稱賀，於袖中取出一個小盒兒，說道：「相公千秋，別無所敬，有些小果子獻陳下酒。」眾人皆疑是難得的佳果。

及至侂胄接盒啟視，乃是赤金打成的小蒲桃架，上綴大圓珠百餘顆，精湛秀潤，光輝耀目。眾官齊聲稱賞！侂胄不過說了「還好」二字，頓使眾人面上慚愧，自覺所獻的禮物過於輕微。

侂胄後房有四個寵妾，張氏、譚氏、王氏、陳氏，皆封為郡夫人。第三位王夫人，綽號叫做滿頭花，妖淫非凡，尤為侂胄所愛。此外還有十個姬侍，未受誥命，也深得侂胄之心。

一日，有人獻了四頂珠冠前來，侂胄見了，便命分給四位夫人。那十個姬侍因未得珠冠，十分妒羨，常常譏諷侂胄偏愛，逼著侂胄要各置一頂，卻又無處可辦，侂胄倒弄得沒了主意。

這個消息傳入趙師罤耳中，立刻出了重價，買了大珠，紮成了十頂珠冠，送將前去。恰值侂胄上朝，十個姬侍得了珠冠，滿心歡喜，等得侂胄回來都向他道謝，侂胄也覺欣然。不久即遇都市行燈，這十個姬侍，戴了珠冠，招搖過市，觀者好似堵牆一般，莫不讚這十頂珠冠價值連城！

十個姬侍回來之後，皆對侂胄道：「我們得趙太卿的厚贈，增光不少，公何不酬與一官呢？」侂胄應允，次日即升趙師𢍰為工部侍郎。

那師𢍰自升官之後，更加巴結侂胄，每日皆至侂胄處問安，比孝順的兒孫還要恭敬。

一日，侂胄造了一座花園，取名南園，開筵宴客，師𢍰自然也在座中。園內的景色精雅異常，其中有一處山莊，茅舍竹籬，頗有佳趣。侂胄含笑說道：「此處甚是有田舍風味，若再有雞鳴狗吠之聲，那就正像了。」眾人都道：「雞犬無關輕重。」正在說著，籬間忽有犬吠之聲，狺狺傳出。侂胄不覺驚訝，忙與眾人走去觀看，看來並沒有什麼狗叫，乃是新任工部侍郎趙師𢍰爬伏在籬間學著狗嗥，侂胄不禁大笑！

師𢍰見侂胄高興，愈加做出搖尾乞憐的形狀來，博取侂胄的歡心。眾人心下都暗中鄙薄師𢍰，面上只好裝著笑容，說他學得相像。

這事傳至外面，太學諸生便作了一首六字詩道：

堪笑明廷鵷鷺，甘作村莊犬雞；
一日冰山失勢，湯燖鑊煮刀刲。

又有一個吏部尚書許及之，諂諛侂胄，無微不至，想侂胄擢引，參預政事。哪知等了兩年之久，好似石沉大海一般，沒有消息，心內甚是焦灼，只得再等機會獻媚乞憐。這日打聽得侂胄生辰，各官盡皆送禮稱賀，也便備了千金厚議，先行送去，自己卻因時候尚早，便整頓衣冠，略用點膳，方才前往拜壽。

哪知行抵門前，司閽的人竟閉門拒客，不許入內。許及之驚惶無地，只得親自下轎，上前將門環輕輕的叩了幾下。門內連連呵叱，不允啟門，只得又自稱官銜道：「我是吏部尚書許及之，前來拜壽的。」門內又大聲道：「什麼尚書不尚書，吏部不吏部，既要拜壽，就該早來恭候，現在是什麼時候了，還要拜壽麼？」及之聽了，愈加惶急，允許厚饋門金，容他入內。

司閽的人聞得他有厚贈，便指示一條門路，任他入內。及之一看，乃是宅旁另有一扇小門，平常時候，放狗出入，始啟此門，名為狗竇。及之得了此門，心下大喜，連忙撩起衣服，傴僂身體，也不問乾淨不乾淨，爬了進去。

司閽的人將金錢需索到手，方才引導至正廳上面，向著壽壇行過三跪九叩之禮，然後轉入客座。只見名公巨卿，大老元勳，俱已在座，及之更覺追悔，不應遲來。到了酒闌席散，搶先謝了宴，等到最後，方敢退出。

挨過了兩日，又去登堂拜謁。見了侂冑，開口即敘述知遇的隆恩，感激無地，又做出衰老的情狀，說是年已垂暮，恐要就木，不及等待再沐相公的恩典了。隨言隨泣，竟致淚流滿面。

侂冑徐徐言道：「我也知道你年紀已老，正要替你設法。」及之聽了，連忙爬在地上，叩頭如搗蒜一般道：「全仗相公栽培！此恩此德沒齒難忘，當為牛馬以報。」

侂冑笑道：「這又何必如此，快快請起，不日自有佳音。」及之又連連碰頭，感激不盡的，告退而歸。

不上幾日，即有內批，命許及之同知樞密院事。當時都中人士皆傳為笑談。有好事的人，送他兩個頭銜：一個是狗竇尚書，一個是屈膝執政。及之聽了這樣的頭銜，絕無愧色，反則揚揚得意的赴院治事。

其餘還有張岩、程松，皆因諂媚侂冑，得至參政。程松尤為無恥，初時不過錢塘知縣。只因善於巴結，沒有三年工夫便升為諫議大夫，皆由侂胄一手提拔。到任了一年，不見遷升，惟恐侂胄將自己忘懷，當下出了重價，買了一個美麗的姬人，親自送於侂胄。

侂胄便問這姬人叫何名字？程松道：「取名松壽。」

侂胄道：「豈不犯了你的大名麼？如何使得。」

程松道：「正要使賤名上達鈞聽，相公喚了，就可以想著下官了。」

侂胄見他說得可憐，才授為同知樞密院事。

還有一個陳自強，乃侂胄幼年的蒙師，聞得侂胄當國，遂即入都待選。侂胄感念恩師，囑令從官，交章論薦，不次超擢，自選人入值樞府。

不過四年工夫，比時偽學的禁令，愈加嚴厲。前起居舍人彭龜年、主管玉虛觀劉光祖皆追奪官階；韓侂胄竟晉受少師，封平原郡王。獨朱熹在籍，還與諸生講學不已，有人勸他謝絕生徒，以免後患，熹但微笑不答。到了慶元三年六月，抱病已篤，還端坐整理衣冠，就寢而卒，年七十一歲，門人不可勝計。

與朱熹同時，尚有金谿陸氏，弟兄三人，長名九齡，字子壽；次名九淵，字子靜；三名九韶，字子美。這三人與朱熹學說不同，常有辯駁。九齡曾知興國軍，九淵

嘗知荊門軍，惟九韶隱居不仕。九淵嘗至鵝湖訪朱熹，各談所學，宗旨互異。

朱熹守南康，九淵又去相訪。朱熹邀九淵同至白鹿洞，請他對學徒講演，九淵解釋《論語》裡面「君子喻於義，小人喻於利」的一章書，講解得淋漓透澈，學徒盡皆淚下，熹亦甚推服，稱為名論不刊，惟論及太極無極，兩人見解終不相合。九淵歿後，人皆稱為象山先生，名為陸學，與朱熹別為一派。

後來韓侂冑伏誅，偽學馳禁，追贈朱熹為寶謨閣直學士。諡曰文，理宗寶慶三年，晉贈太師，封徽國公。陸九齡亦追贈朝奉郎，予諡文達，九淵予諡文安。

慶元六年，太上皇后李氏崩，上尊諡曰慈懿，過了兩月，太上皇亦崩駕，廟號曰光宗，合葬於永崇陵。未幾，皇后韓氏亦崩，諡曰恭淑。

皇后崩後，侂冑驕橫如故，處士呂祖泰擊鼓上書，請誅侂冑宮廷之中，詫為奇事，有詔呂祖泰挾私上書，語言狂妄，著拘管連州。程松自幼與祖泰交好，聞得祖泰得罪，恐犯嫌疑，遂奏稱：「祖泰應誅，且必有人主使，所以妄言無忌；即使聖恩寬大，待以不死，亦當加以杖黠等罪，竄於遠方。」侍御史陳讜亦以為言，乃杖祖泰一百，發配欽州收管。韓侂冑反加封太師。

慶元七年，寧宗又改元嘉泰。臨安忽然發大火，延燒四日，毀去民居五萬三千餘家。寧宗下詔罪己，並避殿減樂，仍舊信任韓侂胄，毫不改變。過了一年，又以蘇師旦兼樞密院都承旨。

師旦乃侂胄家的故吏，為侂胄司筆札，以敏慧著稱，故將他名字參入嘉王邸中，目為從龍舊臣，因此權勢日盛一日。其時京鏜已死，何澹、劉德秀、胡弦三人，也失了侂胄的歡心，相繼免職，侂胄也自悔黨禁，意欲從寬。從官張孝伯、陳景思等，也勸侂胄勿為己甚，遂復還趙汝愚、留正、周必大、朱熹等官階。

適值議立繼后，後宮裡面，惟楊貴妃與曹美人最得寧宗寵愛，二人皆有冊立為后的希望。楊貴妃涉獵詩書，性情更是機警。曹美人為人柔順，性情與楊貴妃不同。韓侂胄的四位夫人，時常出入宮禁，與楊、曹二人並起並坐，楊妃心內不悅，未免現於詞色。曹美人恰毫無芥蒂，甚為和氣。四位夫人告知侂胄，寧宗與輔臣計議立后之事，侂胄因勸寧宗冊立曹氏。

楊妃早已探聽明白，便與曹美人說道：「聞得皇上欲立中宮，諒來不外你我二人，何不各自設下酒筵，請皇上臨幸，藉卜聖意。」曹美人深以為然。但是設筵須分先後，楊妃願讓曹美人居先，自己落後，曹美人不知是計，欣然答應，便擇定了一個日期，曹美人先請寧宗飲酒，等到日旰，車駕方才到來，曹美人接了聖駕，請寧宗上坐，設下酒筵，相陪同飲。

哪知酒方兩巡，忽報楊貴妃娘娘到來，曹美人只得起座迎接，請她同飲，楊妃卻向寧宗說道：「陛下一視同仁，此處已蒙賞光，應到妾那邊去了！」寧宗聞言，即欲起身，曹美人忙挽留再飲幾杯。

楊妃道：「皇上到妾處一轉，仍可再來同飲的，何必急在一時呢？」寧宗也連聲說是，遂攜了楊妃一同到了宮內。楊妃殷勤勸酒，放出了媚態，籠絡寧宗。

此時的寧宗，眼中瞧著花容，手中挑著金杯，口中嘗著佳味，耳中聽著軟語，十分興頭，開懷暢飲。

楊妃等到寧宗酒已沉酣，玉山欲頹之際，便投入懷中，請求立為繼后。寧宗心已著迷，絕不思索，口內連連答應。

楊妃陳上御筆，寧宗醉眼朦朧的寫道：「貴妃楊氏，可立為皇后。」楊氏接過，又請寧宗照樣再寫一張，方才叩首謝恩，一面將御旨交於內侍，命他連夜發出，一面扶持寧宗，寬衣解帶，入帳安寢。

到了次日，百官入朝，便有一位貴戚登殿宣旨，立楊氏為皇后。這位貴戚，並非別人，乃是楊妃之兄，名喚楊次山，其實不是嫡親的兄妹，不過籍貫相同，楊妃便與他認為兄妹。

這楊妃的出身，極為寒微，與母親張氏，同為德壽宮歌女。楊妃天性聰明，無論什麼歌曲，按譜能唱，又生成一種嬌喉，宛轉可聽。更兼身材楚楚，玉貌亭亭，後宮婦女無人能及。

其母張氏，因年老歸家，留楊妃在宮，侍候吳太后，趨承左右，深得太后的歡心，因此賜於寧宗。寧宗自然大加寵愛，封為婕妤。未幾，即晉封貴妃。此時與曹美人爭奪中宮，隨機更變。他只得俯首無言，任憑百官預備儀節，冊立皇后了。

楊后非但容顏娟麗，而且精擅翰墨，工於吟詠，嘗作宮詞五十首，詞意清新，筆致芊綿，今錄其兩首。看了，也就知道她的才華了。其宮詞道：

小小宮娥近水居，雕楣繡額映清渠；
忽然攜伴憑低檻，好似雙蓮出水初。
日日尋春不見春，弓鞋踏破小除蕓；
棚頭宣入紅妝隊，春在金樽已十分。

楊后又有妹，名叫楊娃，生得花容月貌，清才雋思，亦入宮中，承侍翰墨。寧宗為人，不甚聰慧，且訥於言，每有金國使臣入見，一切御旨皆用內侍代答。惟天性喜愛書畫，更喜吟詩填詞。楊娃既善吟詠，書法又與寧宗相似，因此特為寵幸。

寧宗嘗因看杏花，譜成《浣溪沙》詞一闋道：

花似醺容上玉肌，方論時事卻嬪妃，芳陰人醉漏聲遲。
珠箔半鉤風乍暖，雕梁新語燕初飛，斜陽猶送水晶卮。

寧宗譜了這詞，即命楊娃代寫，竟與宸翰逼真，毫無分別。寧宗大喜，深為讚揚，又因她剛才入宮，書法雖與自己相似，未知才華究竟如何，竟欲試她一試。恰巧侍詔馬遠，進獻《松院鳴琴圖》一幅，著色桂花紈扇一柄。寧宗看了，便命楊娃題詠。

楊娃奉旨，即於御前揮毫，於《松院鳴琴圖》上題詞一闋道：

閒中一弄七弦琴，此曲少知音，

多因淡然無味，不比鄭聲淫。
松院靜，竹樓深，夜沉沉。
清風拂軫，明月當軒。誰會幽心。

寧宗瞧著，已是十分歡喜，再看她不假思索，又將紈扇題好。

第八十七回　西蜀謀變

楊娃題了《松院鳴琴圖》，寧宗已是讚不絕口。楊娃有心要顯才華，又取過馬遠所畫桂花紈扇，不假思索，頃刻揮成，陳於御前。寧宗看時，乃是題的七絕一首，其詩道：

雨過西風作晚涼，連雲老翠出新黃；
清芬一派來天闕，世上龍涎不敢香。

寧宗看了，不勝驚喜道：「有此捷才，雖男子中亦不多見，況出巾幗麼？」從此愈加寵愛。凡有御批及頒賜貴戚近臣的詩詞，都由楊娃代筆，所以楊娃的勢力日盛一日。後宮裡因她是楊后之妹，皆稱為楊妹子。竟恃寵擅權，交通外官，干預朝政。

楊后本是寒賤出身，一旦繼位中宮，內有其妹相助，外面又有楊次山、史彌遠等。表裡為奸，作威作福，勢傾朝野。連韓侂胄這樣的驕橫，也不敢不低首下心，奉承楊后。相傳楊后與史彌遠有私通情事。彌遠因有武三思之寵，竭力幫助楊后，所以後來奉了楊后之命誅除韓侂胄，便是這個原因。

事雖不見正史，但宋人楊升庵《寶慶詩》，有「夜駕老蟾嬪月母」之句；又有人作樂府《詠雲》道：「往來與月為儔侶，舒卷和天也蔽蔭。」都是譏刺楊后與史彌遠私通的，可見這事並非虛偽哩。

宮中之事，暫按不表。單說寧宗自冊后禮成，群臣一齊加秩。韓侂胄進位太師。謝深甫力求罷政，乃進陳自強為右丞相，許及之知樞密院事。

這陳自強性情貪婪，惟錢是好，看著金銀差不多和性命一般。執政以後，四方致書必要厚加饋獻。倘若沒有饋獻，便不啟封發書；又暗令子弟門客，交通貨賄，賣官鬻爵，仕途中欲求升調，皆須講定價目，方才遷宮。那一次臨安大火，自強所有金帛一齊焚毀，韓侂胄首先助以萬緡。群臣見侂胄相助，便大家出資饋贈，竟得六十萬緡，比到原有的金帛反而加倍。

自強感激侂胄，嘗對人說道：「我只有一死，以報師王。」所以與僚臣談及侂胄，必稱為恩主、恩父。他本是侂胄的蒙師，竟稱學生為主為父，也是千古奇聞了。

侂胄有個堂吏，名喚史達祖，一切往來文件，均由他執掌，權力甚大，自強稱之為兄。蘇師旦慧黠能言，深為侂胄所喜愛，自強稱之為叔。其無恥也可想而知了。朝中用了這樣的宰相，時局已是不可聞問了。

偏那韓侂胄，位及人臣，還不知足。聞得金主璟昏庸無道，外有韃靼寇邊，內有寵妃幸臣弄權，以致盜賊蜂起，民不聊生，便想乘此機會恢復中原，建立蓋世的功勞，伸張自己的權力。蘇師旦又從旁一力攛掇，遂決意與金啟釁，便聚財募兵，出封樁庫的金銀，待賞功臣。市戰馬，造戰艦，增襄陽駐軍，設澉浦水軍。

安豐守臣厲仲方，逆知侂胄之意，上疏說是淮北守臣，盡原來歸。浙東安撫使辛棄疾，進言金國必亡，願囑元老大臣，備兵應變。恰值鄭友龍使金南回，極言金國困弱，可以速取韓侂胄了這話，好不歡喜，遂追崇韓世忠、岳飛以勵將士。

孝宗時，已追封韓世忠為蘄王，岳飛僅諡為武穆，未曾加封。侂胄請寧宗封為鄂王，又奪秦檜官爵，改諡為繆丑，當下欲命許及之守金陵。及之只知阿附諂諛，忽然要出守要塞，早已嚇得冷汗直淋，只得再三辭謝。侂胄不禁惱怒起來，立即勒令致仕。

自強又想出一條發財的妙計，請遵孝宗朝故事，設立國用司，考覈財賦。寧宗准奏，竟令自強兼掌國用司，費士寅、張岩同知國用司。這三個人得了美差，竭力剝削，把江南元氣斲喪無餘。

侂胄又勸寧宗下詔，改元開禧。武學生華岳上書，請毋輕用兵，且乞斬韓侂胄、蘇師旦，其書中有一段道：

> 程松以納妾求知，倪僎以售妹入府，蘇師旦以獻妻入閤。黜陟之權，不出於陛下，而出於侂胄，是吾有二中國也；命又不出於侂胄，而出於蘇師旦、周筠，是吾有三中國也。

此書一上，侂胄大怒！立將華岳編管建寧，以皇甫斌知襄陽府兼七路招討副使。郭倪知陽州兼山東京東招撫使。寧宗又命韓侂胄平章軍國事，三日一朝，赴都堂議政，並將三省印信，納於侂胄私邸，侂胄愈加自恣，黜陟將帥，絕不關白；且用蘇師旦為安遠節度使，領閤門事。

金主璟已得著消息，召集群臣會議。眾人皆說宋朝新遭敗衄，必不至於用兵。

完顏匡道：「宋置忠義保捷軍，取先世開寶天僖紀元，必定有意中原了。」金主也以為然。令平章僕散揆（布薩揆）率兵赴汴，防禦宋朝。僕散揆到了汴京，遣使責問敗盟；宋朝推說增戍防盜，並無他意。僕散揆遂按兵不動。

恰值宋使陳景俊赴金賀正旦，金主璟當面說道：「大定年初，我世宗許宋為侄國，至今遵守不忘。你國何故屢次犯我邊境？朕特命大臣宣撫河南，你國又稱未敢背盟，朕念和好已久，委屈涵容，恐侄宋皇帝，未曾知道備細。你歸國應詳告你主，謹守盟言。」

景俊應命南返，先告知陳自強。自強令其隱匿勿言。金使太常卿趙之傑，入賀正旦。韓侂冑令贊禮官有意犯金主父嫌名，意在挑釁。之傑大怒！入朝責問。侂冑請寧宗拒絕使命。著作郎朱質，言金使無禮，應即斬首。寧宗不從，但令金使改期朝見，趙之傑恚怒而去。侂冑令丘崈為江淮宣撫使。崈辭不肯受，並致書侂冑，勸其不可輕啟兵端，貽誤國家。侂冑令皇甫斌、郭倪就近恢復。皇甫斌進兵唐州，郭倪進兵泗州。又令程松為四川宣撫使，興州都統制吳曦為副。

吳曦為吳璘之孫，節度吳玨次子，任殿前副都統制，鬱鬱不自得，常命工圖畫乘輿鹵簿，裱成卷軸。有人問他何用此圖？曦答道：「帶回去令兒女看了，消災降

罪。」因賂蘇師旦，請求還蜀。師旦代他請於侂胄，令為興州都統制。曦即日啟程，出了北關，便在船頭焚香拜天道：「且得脫身歸去。」其背叛之意，蓄之已久。既抵興州，即譖去副統制王大節。及程松入蜀，召曦議事，要他行廷參禮，曦於半途折回。程松用東西軍一千八百名作衛隊，曦又盡行調去，旋又有詔，授曦為陝西河東招撫使。

知安大軍安丙，屢次向程松密言，吳曦有異志。松全不理會。韓侂胄因他世代將門，還想倚仗他建功。不料他早就遣門客赴金，願獻關外階、成、和、鳳四州，求為蜀王了。

韓侂胄聞得泗州獲勝，新息、褒信、穎上、虹縣相繼收復。遂令直學士院李壁草詔，宣布伐金道：

天道好還，中國有必伸之理；人心效順，匹夫無不報之仇。蠢爾醜虜，猶托要盟，朘生靈之資，奉谿壑之欲，此非出於得已，彼乃謂之當然。軍入塞而公肆創殘，使來廷而敢為桀驁，洎行李之繼遷，復嫚詞之見加；含垢納汙，在人情而已極，聲罪致討，屬胡運之將傾。兵出有名，師直為壯。言乎遠，言乎近，孰無忠義之心，為人子，為人臣，當念祖宗之憤！敏則有功，時哉勿失。

這道詔書即下，即令薛叔似宣撫京湖，鄧友龍宣撫兩淮，遣將調兵，大舉北伐。

金主璟聞已宣戰，乃遣僕散揆領汴京行省，盡徵諸道兵，分守要塞；並因戰釁啟於韓侂胄，恐軍民發掘韓琦墳墓，特命彰德守臣派兵保護。侂胄只道金兵易與，飭令各路進兵，郭倪遣郭倬、李汝翼等進攻宿州，大敗而回，退歸蘄州。

金兵追來，將郭倬圍住，只得將馬軍都統制田俊邁，執送金人，說是由他啟釁；金人遂放了他，狼狽逃歸。建康都統制李爽，攻壽州，又為金人所敗。皇甫斌又於唐州敗績。江州都制王大節，攻蔡州。

金人開城出戰，大節部下，不戰而潰。敗報接連傳來，侂胄慌了手腳，沒有法想，只得請出丘崈，令他宣撫兩淮，代鄧友龍之職。

丘崈，字宗卿，江陰軍人，素懷忠義之心，本來主張恢復，只因宿將凋零，不是啟釁的時候，所以前次辭職不就。現在因國事危急，不得不應命赴鎮。所有王大節、皇甫斌、李汝翼、李爽等，皆以失機坐罪。郭倬罪狀最著，斬首於鎮江。

侂胄此時方悔自己輕舉妄動，不應誤聽蘇師旦之言致有此失。適值李壁來見，侂

冑與他共飲，談及師旦。李壁極言蘇師旦，恃勢擅權，使公負謗，非驅逐不足以謝天下。侂冑即罷師旦職，抄沒家財，竄往韶州安置。

未幾，金師僕散揆，議定九道侵宋之計，令紇石烈子仁領兵三萬，從渦口進發，完顏匡領兵二萬五千，由唐鄧迸發。紇石烈胡沙虎率兵二萬，出清河口，完顏充引兵一萬，出陳倉。蒲察貞帶兵一萬，由成紀進攻。完顏綱領兵一萬，由臨潭出發。石抹仲溫率兵五千，出鹽川。完顏璘統兵五千，出來遠。僕散揆親自統領大軍三萬，由穎壽出發。

九路人馬分道南下，急得韓侂冑手慌腳亂，不知所措，一夜之間，鬢髮皆白。思來想去，只有丘崈還覺可靠，只得命他簽書樞密院事，督率江淮軍馬。金將胡沙虎，由清河口渡淮進圍楚州，淮南大震。

有人勸丘崈棄淮守江，丘崈勃然變色道：「我輩棄淮，敵即臨江，是與敵人共長江之險了，如何使得？我只有與淮南共存亡，此外別無他法。」遂調兵防禦，日夜戒嚴。

無如金兵節節進展，完顏匡陷光化，入棗陽；江陵副都統魏友琼，突圍而遁。招撫使趙淳，焚樊城乘夜而奔。完顏匡又攻下信陽、襄陽、隨州，進攻德安府。僕散揆領兵抵淮，渡入疊灘。守將何汝勵、姚公佐，倉皇潰奔，兵士死亡不計其數。僕散揆遂陷穎口，破安豐軍，下霍丘縣，圍攻和州。紇石烈子仁破滁州，下真州；郭倪往救，部兵嘩潰。郭倪即棄揚州逃去。副將軍畢再遇，亟引兵至六合，截住金人。紇石烈子仁，揮軍大進。再遇於南門設伏，親率弓箭手登陴，掩旗息鼓，等候金兵。待到敵人撲城，一聲梆子響，弓箭齊發，勢如飛蝗，金兵死亡無數，然後令伏兵出城掩擊，金兵駭潰，再遇始收兵回來。次日紇石烈子仁親自攻城，城中箭已射盡，未免驚慌，再遇連道：「無妨，無妨，我可以借敵之箭，用以射敵。」遂令步兵，張了旗蓋，在城上頻頻來往。

金兵疑是統兵主將，爭先注射，未及多時，城樓上面，矢集如蝟，乃令守兵拔矢應用，不下數萬支，用以射敵，又出奇兵邀擊，金人方始遁去。僕散揆聞得紇石烈子仁失利，因思通好罷兵，覓得韓琦五世孫元靚，命他往見丘崈。

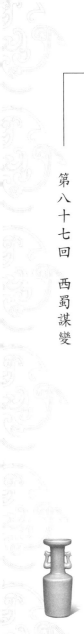

丘崈問其來意？元靚道：「兩國啟釁，兵爭不已。北朝皆說出自韓太師主意，現在相州的宗族墳墓都不能保全了，只得潛蹤南行，來依太師。」丘崈問及金軍情形？元靚便吐露議和修好之意。丘崈乃令人護送過淮，命求全師文書，方可議和。

元靚去後，重又持了僕散揆書函來約議和款。侂胄已亟欲通和，遂命丘崈主持和

議。崈乃令劉佑持書往見僕散揆，請通好罷兵。

僕散揆要求稱臣割地，獻出首禍，方肯通知。劉佑回來覆命，丘崈又命王文前去，說是用兵全是蘇師旦、鄧友龍、皇甫斌等的意思，現在這幾個人一齊貶謫，可以不必再議。僕散揆冷笑道：「韓侂胄無意用兵，蘇師旦等敢胡行？此言明是欺我了。」仍令王文歸報，丘崈又遣使復往，許還淮北流民及本年歲幣。僕散揆始允暫時停戰，自和州退屯下蔡，再議和。

韓侂胄聞得金人要罪魁禍首，恐怕和議難成，遣人催促吳曦出戰，希望他戰勝之後，容易議和。吳曦已得了姚巨源的報告，說是金人已許封為蜀王，令他按兵不動，吳曦即令部將王喜等退兵。金將蒲察貞，入和尚原，下西和州，乘勝入大散關。

吳曦節節退讓，直至置口，由金將完顏綱遣人前來，令他繳出誥敕，吳曦盡行交付。完顏綱方傳金主詔命，遣馬良顯齎送冊印，封吳曦為蜀王。曦秘密拜受，回至興州，召集僚屬說道：「東南失守，車駕已幸四明，此處恐不能保。現在金使招降，封我蜀王。我意不如從權，免得川境又遭塗炭。」

部吏王翼、楊騤之道：「東南並無失敗之信，副使此言，從何而來？即使東南危急，也應效忠國家，否則相公八十年忠孝門庭，一旦掃地了。」

吳曦變色道：「我意已決，你們不用多言。」乃令任辛奉表至金，獻全蜀地圖，及吳氏譜牒；又貽書程松，說是金人欲得階、成、和、鳳四州，方允議和，公可守則守，不可則即去。

程松尚在興元，聞報大驚！又聽得金兵大至，倉皇失措，越米倉山西行，道徑閬州，順流至重慶，致書吳曦，竟稱之為蜀王，乞金買舟南行。吳曦匣封金帛，遣使致饋，程松見匣，疑心為劍，慌忙奔逃。吏役追及，言是贐儀。程松方敢啟視，見是金寶，大喜致謝！買舟兼程而行，及出峽，乃西向掩淚道：「我今朝方得保住頭顱了。」後人有詩詠此事道：

鹵簿圖成出北門，贐儀匄得向南奔；
蜀王曾為頭顱計，莫望西州掩淚痕。

丘崈聞得吳曦謀反，上疏請勉成和議，並言金人指韓侂冑首謀，致書金師，請免係韓名。韓侂冑見疏大怒，罷丘崈職，命張岩代任，且欲封吳曦為蜀王，令其反正禦金。詔尚未發，吳曦已自稱蜀王了。

吳曦既受金封，令部將利吉，引金兵入鳳州，並上四州版圖，以錢山為界，將興州作為行宮。乘黃幄，置左纛，改元，設列百官，遣董正至成都，修築宮殿，準備移居。遣人告知伯母趙氏，趙氏大怒，拒絕來使不許進內。又轉告叔母劉氏。劉氏日夜號泣，罵不絕口。吳曦扶令她往。族子僎為興元統制，授到偽檄，心甚不平。

吳曦即得意非凡，分部兵十萬，十軍各置統帥。令祿祈、房大勳戍萬州，泛舟下江陵，聲稱約金人攻襄陽，傳檄四路，募兵圖宋。改興州為德興府，以隨軍轉運使安丙為丞相長史，權行都省事。安丙陽奉陰違，俟隙而動。又召權大安軍楊震仲。震仲仰藥自盡。從弟吳晛，勸他引用名士，收拾人心。

無如累下徵召，士大夫皆不屑就征。陳咸披剃為僧；史次泰塗目為瞽；李道傳、鄧性甫等，皆棄官而去。權漢州事劉當可、知簡州李大全、高州巡檢郭靖，均不屈自殺。知成都府楊輔，棄城而去。監興州合江倉楊巨源，志在討逆，暗與吳曦部將張林、朱邦寧及義士朱福等，深相結納，共圖舉義。眉州人程夢錫，探得巨源等密謀，往告安丙。丙方稱疾不視事；得報，令夢錫以書招巨源，延入寢室。

巨源劈口問道：「先生甘心做逆賊的丞相長史麼？」安丙流淚道：「目前兵皆不足與謀，必得豪傑之士，始可滅賊。」巨源起立道：「非先生不能主此事，非巨源不能了此事。」安丙轉悲為喜，與巨源共商誅賊之策。

適值興州中原正將李好義，亦結合軍士李貴，進士楊君玉、李坤辰、李彪，共計數十人，意欲舉事。李好義對眾人說道：「此乃報效國家，救拔西蜀生靈之舉。惟恐誅賊後，任非其人，一變未息，一變復生，終究不了。我意應奉安運使為主，方無後患。」

大眾贊成此議。好義乃令坤辰，往約巨源。巨源立即來見，互相約定，還報安丙。丙即出視事。楊君玉與白子申，同草密詔，內有數語道：「惟干戈省厥躬，既昧聖賢之戒。雖犬馬識其主，乃甘夷虜之臣。邦有常刑，罪在不赦。」草詔既成，到了半夜，好義領七十四人，潛至偽宮，欲誅吳曦。

第八十八回　蒙古崛起

李好義徒眾七十四人，乘夜來至偽宮，等到天色微明，司閽的人開了門。好義打頭闖入，大呼：「奉朝廷密詔，以安長史為四川宣撫使，令我們討賊，有敢抗拒的，加以滅族之罪。」吳曦的衛兵，約有一千餘人，聞得朝廷有詔書到來，一齊拋棄兵刃，四散而去。

楊巨源同了好義，乘馬捧詔，口稱奉了使命，直進內室，來至寢門。吳曦剛要開門逃走，李貴舉刀攔住道：「叛賊往哪裡走。」隨手一刀，砍中吳曦面頰，還忍著痛，直撲李貴，一同倒地。王換急舉利斧，砍入吳曦腰內，李貴方得從地躍起，用刀砍下吳曦首級，好義提了首級，馳報安丙。丙即出廳，宣讀詔書，人民歡呼，聲動天地。

安丙又命人持了吳曦首級，撫定城中，盡收吳曦黨羽，一一斬首。當下推安丙權

四川宣撫使，楊巨源參贊軍事，函吳曦首級，及違制法物，與所受之金人冊印，一齊齎送臨安。安丙自稱矯制平賊，應受處分。總計吳曦僭逆，只得四十一日。首級到了都城，入獻太廟，並徇市三日，有詔誅吳曦妻子，奪曦、珽官爵，遷吳璘子孫出蜀，存璘廟祀。

吳珽在曦十餘歲時，曾向他詢問志向，吳曦已有背逆不臣的言語。吳珽大怒，以腳蹴之，仆於火爐裡面，面目焦黑，家中人皆稱他為吳巴子。後來調任趙蜀，出塞校獵，至月上始返，偶然抬頭，見月中有個人影，也騎著馬，拿著鞭子，和自己的形狀一般無二。向左右詢問，可見月中人影？左右皆稱盡都瞧見，所說的狀貌且與吳曦所見並無二致，因此私念道：「我命中註定大貴，月中必是我的前身了。」遂即揚鞭，對定月中的人，作拱揖狀，月中人也揚鞭答禮，所以叛逆之謀愈加堅決。

從事郎錢鞏之，夜間夢見吳曦，向神祠祈禱，用銀盃為珓，方擲於地。神已起立，向曦說道：「公有何疑，事情已交付於安子文了。」曦尚未解，神又道：「安子文之才，足以辦理此事。」鞏之醒後，大為奇詫，人告於曦，曦以子文為安丙之字，即召安丙為丞相長史，豈知竟為安丙所圖。

宋廷自得四川平逆之報，遂遣人至金軍，商議通好。僕散揆決意要罪首謀，因此議仍未決。即而僕散揆病歿，金主乃命左丞相完顏宗浩繼任，與宋議和。韓侂胄因屢次使命，均未議成，遂徵求使才，得蕭山丞、方信儒，命為國信所參議官，前赴金營。信儒到了濠州，金將紇石烈子仁，要他縛送首謀，信儒不肯答應。紇石烈子仁竟將他捆綁了，置於獄中，命兵士露刃環守，斷絕了飲食，逼他答應五項條款。

信儒神色不動，徐徐答道：「反俘歸什尚可答應，縛送首謀，從來無此辦法。至於稱藩割地，更非臣子所敢言了。」

紇石烈子仁大怒道：「你不要性命麼？」

信儒道：「我奉使出國門時，已將生死置之度外了。」

紇石烈子仁倒也無法可施，只得解了信儒之縛，令他赴汴，去見完顏宗浩。完顏宗浩也堅執五項條款。信儒與他爭辯，說得完顏宗浩無言可答，只得給了回書，令他返報宋廷，決定和戰事宜。

信儒帶了書信回來，朝廷又添派了林拱辰為通謝使，同了信儒，齎帶國書誓草，且許通謝錢一百萬緡，再赴汴京，見了完顏宗浩。

宗浩怒道：「你不能曲折建白，即帶了誓書到來，難道不怕死麼？」信儒絕不為動。

旁邊的將士也說道：「這不是犒軍可以了事的，須得另議條款。」

信儒道：「歲幣不可再增，所以把通謝錢作代。現在貴國得步進步，我惟有一死報國。」

正在爭論之際，恰值安丙出兵，收復了大散關。完彥宗浩遂命信儒持覆書回去。書中說是若能稱臣，即在江淮間取中為界，若欲世為子國，即盡割大江為界，並斬首謀來獻，添歲幣五萬兩匹，犒師銀一千萬兩，方允議和。

信儒回至臨安，晉謁韓侂胄。侂胄詢問金帥有何言語，信儒道：「金人要求五項條款：一割兩淮；二增歲幣；三索歸附人；四要犒軍費；那第五條卻不敢明言。」

侂胄道：「但說不防。」

信儒徐徐說道：「五是要太師的頭顱。」

侂胄不禁變色，拂袖徑起；奏請寧宗，削奪信儒官秩三級，居住臨江軍，一面仍議出兵，撤回兩淮宣撫使張岩，以趙淳為兩淮制置使，鎮守江淮。自停止和議，重行宣戰之議起。

那江淮一帶的百姓，已受過塗炭，死於鋒鏑者，不計其數；聽得還要再戰，人心未免驚恐起來。禮部侍郎史彌遠，便以危急情形入陳，請誅韓侂胄以安國家。這史彌遠乃是史浩之子，以淳熙十四年舉進士第，累遷至禮部侍郎，兼任資善殿直諫。侂胄欲啟兵端，史彌遠力持反對，奏言不可輕戰。至是重又請誅侂胄，寧宗不從。

楊后卻與史彌遠暗中交通，且因與韓侂胄夙有嫌隙，欲乘機報復，遂囑皇子榮王曮，彈劾侂胄。那榮王曮，為燕王德昭九世孫，本名與願。慶元四年，丞相京鏜等，因寧宗未育皇嗣，請循高宗朝故事，擇宗室子為養子。寧宗即將與願召育宮內，賜名曮，封衛國公；開禧元年，立為皇子，晉封榮王。

榮王曮奉了楊后之命，等候寧宗退朝，當面稟稱韓侂胄，輕啟戰釁，將危社稷。寧宗反加以呵叱，說他無知。楊后又從旁竭力陳說，寧宗仍是游移不決。楊后道：「宮廷內外，誰人不知侂胄奸邪，不過畏其勢力，不敢明言。陛下如何不悟呢？」

寧宗道：「恐怕未確，且待朕查明，再為處置。」

楊后又道：「陛下深居九重，何從密察此事，非託懿戚不可。」

寧宗心內總因侂胄威權過重，倘若不能制服，反為不美。楊后看透此意，便密言道：「別的懿戚恐不可靠，何不委任妾兄楊次山，與機警的大臣妥為商議。成則固妙，即使不成，也無人知道。」寧宗方才點頭許可。

楊后深恐事機洩漏，急召楊次山入宮，密囑他結合朝廷大臣，陰圖侂胄。次山知

道史彌遠與楊后是有首尾的，出宮之後，遂轉告彌遠。彌遠暗召錢象祖入都。象祖從前入副樞密，只因諫阻用兵，忤了侂胄之意，諫居信州；此時得了史彌遠的招呼，連夜入都，與彌遠秘密商議。彌遠又與禮部尚書衛濕，著作郎王居安，前右司郎官張鎡，會同定議。旋又通知參政李璧，璧亦贊成。

但是史彌遠往來各處，互相商議。外間已有人疑心，報告侂胄。侂胄至都堂議事，對李璧說道：「聞有人欲變局面，參政知道麼？」

李璧聞言，不禁面色微變，連忙鎮定心神，故作閒暇之狀，徐徐答道：「恐無此事。」等到侂胄退歸，慌忙報告彌遠，彌遠大驚！又與張鎡商議。張鎡道：「事已勢不相立，有何顧忌。只將侂胄殺了，諸事自然了當。」

史彌遠聞言，不禁咋舌道：「君畢竟是將種，故作此語。」

原來彌遠雖奉楊后之命，甚是畏懼，雖往暗中圖謀，並無殺死侂胄之心，及聞張鎡之言，其意始決，乃稟命楊后，於半夜調取虎符，密傳兵卒，保衛宮廷。又請楊后傳出御批，由彌遠交於錢象祖。象祖乃以御批，召主管殿前公事夏震，命他統兵三百，秉勢誅奸。夏震奉了御批，遂遣部將鄭發、王斌，率兵伏於六部橋，陰伺侂胄，突出邀截。

是夕，侂胄三夫人滿頭花，正在慶祝生辰。張鎡素與侂胄為通家至好，故意移庖侂胄私第，佯送壽筵，以疏其防，與侂胄猜枚行令，徵歌選舞，歡飲通宵。這日夜間，侂胄的私黨周筠，已有風聞，密函告變。侂胄飲酒已醉，開函看了，搖首笑道：「誰敢圖我。這癡呆漢，又來亂言了。」隨手將密函於燭爐上焚去。到了天明，逕自駕車入朝。

周筠又攔車諫阻。侂胄發怒道：「誰敢為亂，他難道不要性命麼？」遂登車而行。將至六部橋，見前面有禁軍排列，便問有何事故？夏震挺身應道：「有詔罷太師平章軍國事，特令震齎詔前來。」

侂胄道：「既有詔命，我為何不知，莫非有人假傳詔命麼？」

夏埒不由分說，指揮鄭發、王斌等，引了禁軍，擁了侂胄之車，竟由玉津園夾牆內，把侂胄拖出了車。夏震立即取出御批，宣詔道：

韓侂胄久任國柄，輕啓兵端，使南北生靈枉罹凶害，可罷平章軍國事。陳自強阿附充位，可罷右丞相。

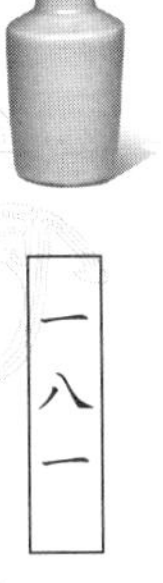

夏震還未讀畢，夏挺已舉鐵鞭，向侂胄背上力擊。哪知侂胄因預防刺客，身裹軟纏。中了一鞭，雖然倒地，仍未受傷。夏挺乃以鐵鞭力搗陰囊，方才身死。當侂胄被禁軍擁往玉津園時，寧宗聞信，忙出御批，命殿司速往追回韓太師。

楊后連忙出阻，手持御批，且泣且言道：「陛下若下旨追回他，妾請先死於此。」寧宗始淚而止。後人有詩一首，詠此事道：

夜半中宮調虎符，軟纏能敵鐵鞭無？
九重尚抆追回淚，去國誰憐趙汝愚。

當夏震率兵邀截侂胄，史彌遠等在朝門守候消息，久未得信，恐事不成。驚惶異常，幾欲易服而逃。恰值夏震馳馬前來，報告事已了當，於是眾皆大喜，互相稱慶。陳自強心內甚是不安，錢象祖從懷中出御批，付自強道：「韓太師與丞相皆已罷職了。」

自強道：「我有何罪，竟至罷職。」

象祖道：「你不瞧御批說是阿附充位麼？」自強方才無言可說，怏怏而去。

史彌遠、象祖入見寧宗於延和殿，奏稱韓侂胄已經伏誅。寧宗尚不相信，台諫論列侂胄罪狀，還不加批答。過了三日，方知侂胄真個死了，方敢下詔，暴侂胄之罪，頒示中外；並籍沒侂胄家產，抄出物件，皆屬輿服等物，其家中寢榻、青紬帳後，皆以羅木包圍，以防刺客。所有各種珍寶，均為寵妾張、王二人搗毀，因此二妾坐徒。

侂胄雖有四妾十婢，並未生育。養子韓玧，流配沙門島。陳自強竄永州；蘇師旦伏誅於韶州；郭倪、鄧友龍、郭僎皆安置於遠州。張岩、許及之、葉適、薛叔似、皇甫斌，均坐侂胄私黨落職，連李壁亦至降官。

先是韓侂胄嘗與趙師睪，同赴南園山莊，偕行至東村別墅，宛然如鄉村景象，遙見林薄中有個牧童唱歌而來，細聽其詞道：

朝出耕田暮飯牛，林泉風月共悠悠；
九重雖竊阿衡貴，爭得功名到白頭。

趙師睪聽得他歌詞，貪著譏刺之意，遂呵叱道：「平章在此，誰敢唐突。」牧童悠然而逝，遂即不知所往。侂胄深為驚異，因與師睪追尋牧童蹤跡，行過樹林，未及

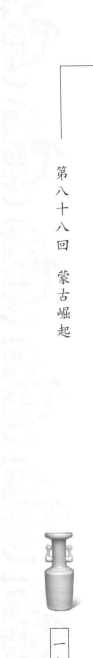

數武。忽然有一茅蘆，二人相偕入內，並無人跡，只有屏上寫著兩句詩道：

玉津園內行天討，
怨血空啼杜宇紅。

那字跡有碗口大小，寫得龍蛇飛舞，墨跡淋漓，還是剛才書成的。前後搜尋，又無人影，不明白這兩句詩內的意思，也就拋將開去；相偕回來，並不把此事放在心上。及至侂冑被誅於玉津園，方才明白這兩句詩竟是預先示兆的。

後人也有一詩，詠此事道：

唐突平章是牧童，朝耕暮飯唱林風；
尋詩趙尹偏多事，屏上空題杜宇紅。

侂冑既誅，寧宗乃立榮王曮為皇太子，改名為洵；以錢象祖為右丞相兼樞密使，衛濕、雷孝友參知政事，史彌遠同知樞密院事，林大中簽書院事，楊次山晉開府儀同三司，賜玉帶，夏震升任福州觀察使。改元嘉定，決意與金議和。先是遣右司郎中王柟，如金軍，請依靖康故事，以伯父禮事金，增歲幣為三十萬，犒軍錢三百萬貫。金將完顏匡仍要索韓侂冑、蘇師旦首級。王柟答稱和議定後，當丞首以獻。完彥匡遂轉奏金主。

金主命匡移書宋廷，索侂冑首，並改犒軍錢為銀三百萬兩。完顏匡奉到詔命，恰值宋丞相錢象祖致書金軍，說是韓侂冑已經伏誅。完顏匡召王柟入內，問道：「韓侂冑貴顯已有多少年了？」

王柟道：「已十餘年，平章國事僅二年餘。」

完顏匡又道：「今日可能除去此人麼？」

王柟尚未知侂冑已誅，只得答稱主上英明果斷，除去此人，並非難事。完顏匡笑道：「韓侂冑已伏誅了，你回去可速送首級來罷。」王柟應允而回，入奏此事。

寧宗命朝臣會議，吏部尚書樓鑰道：「和議為重，奸惡既已伏誅，還可惜一個頭顱，不使速成呢？」於是廷議遂決，命臨安府開侂冑棺，取首級。開棺之後，取了首級，竟將侂冑之屍，用蘆束縛，淺土瘞於其母魏國夫人墓旁。後來有人過此，見其屍體尚半露於外，權奸結果也算慘酷的了。

蘇師旦的首級也由韶州遞到，遂函了兩人首級，一併付金。到了金部，金主御應天門，建黃麾，設杖鉞，受了兩個首級，然後懸竿通衢示眾，並令士庶縱觀。過了三日，方才添首藏於庫內。乃與王柟訂定和約，共計四款：

一、兩國境仍如前。

二、嗣後宋以侄事伯父禮事金。

三、增歲幣為銀三十萬兩，絹三十萬匹。

四、宋納犒師銀三百萬兩與金。

和約已訂，金主召完顏匡等班師回國，交還侵地。王柟南返，詔以和議告成，曉諭天下。以錢象祖為左丞相，史彌遠為右丞相，雷孝友知樞密院事，樓鑰同知樞院事，樓鑰參知政事。

錢象祖不久即行免職。史彌遠以母喪去位；不過一年，有詔起復，自此史彌遠便獨專政柄。

嘉定三年，金主璟殂，無子，群臣立世宗第七子衛紹王永濟嗣位，尊故主璟為章宗。永濟因章宗遺詔，妃嬪裡面有兩人得孕，生男當立為儲貳，深恐帝位搖動，即令僕散端任平章政事，秘密商議。僕散端詐稱先帝承御賈氏，當於十一月分娩，現已過期；范氏產期應在正月，今醫生診視，胎形已失，自願削髮為尼。永濟即以賈氏為無娠，范氏損胎，佈告國內。元妃李氏，承御賈氏，因有違言，為永濟鴆死，托言暴病而亡。

任僕散端為右丞相，以酬其功，人民因此不服；又值蒙古部長成吉思汗崛然興起，甚是勇悍，侵犯金國邊境，竟有些招架不住。

原來，金國的東北方面，斡難河旁，杭愛山下的蒙古部落，自哈不勒汗受金冊封為蒙兀國王。傳到曾孫手裡，名字叫鐵木真，便是後來元朝的太祖。

他的始祖，名為乞顏，在阿兒格乃袞山下，闢地居住。傳了數十代，到了朵奔巴延手裡，其妻阿蘭郭干，生了兩個兒子，朵奔巴延便一病死了。阿蘭郭干忽夢金甲神人與她交媾，又連接生下三個兒子，最小的一個，取名勃端兒，生得狀貌魁梧，勇力絕人。後來子孫蕃昌，遂各自為部，聚族而居。五傳至哈不勒，便是受金封的蒙兀國王了。

其孫名也速該併吞鄰部，威勢日盛，其妻訶額倫，生產一子，初下地時，手握凝血，堅如赤石。那也速該恰巧攻取塔塔兒部，擒了酋長鐵木真，得勝回來，聞報生了兒子，便取名為鐵木真。後來也速該為塔塔兒部仇人謀死。鐵木真長大了，非但為

父報仇，並且東征西討，併吞了不少的部落。鄰近的乃蠻部最為強悍，也為鐵木真滅了，殺死酋長太陽汗，因此遠近部落盡皆畏懼，情願尊奉他為成吉思汗。

第八十九回　報應不爽

鐵木真威勢日盛，遠近部落莫不畏懼，盡願尊奉他為成吉思汗。他們所稱的汗字，就是中國主子的意思，成吉思汗乃是最大的意思。鐵木真即了汗位，居然建了九斿白旗，率兵攻掠西夏。

西夏久已臣服金國，現在的夏主叫做李安全，正當內亂相仍，國勢衰弱，又兼夏主懦弱無能，如何抵擋得這新出雄師鐵木真呢？因此，屢戰皆敗，被鐵木真一直殺至都城。夏主屢向金國求救，又不見有援師前來，到了無可奈何，只得城下乞盟，把自己的愛女察合，獻於鐵木真為妾。鐵木真最愛的是女色，自然一口答應，訂定和約，班師回去受用這個美人了。

回到部落，卻值金主永濟頒到接位詔書，欲令鐵木真北面拜受。鐵木真問道：

「新天子是何人？」

金使答道：「係衛紹王入嗣。」

鐵木真當面唾道：「我道中原天子，必是天上神人，豈知這樣庸奴，也居然要做皇帝，我何能屈居其下。」遂喝令左右，將金使趕出，一面簡士搜乘，整軍經武，預備南下。

原來永濟做衛紹王的時候，鐵木真親至靜州，獻納歲幣，曾與永濟會晤，知他是個懦弱無能之人，現在聞得永濟做了金國皇帝，如何還肯屈服，正要預備南侵，那夏主李安全，又因累乞救援未見一應，深怨金國。他也不自揣力量如何，竟發兵往攻金之葭州，被守將慶山奴痛殺一陣，大敗而回，損了無數人馬。夏主愈加惱恨，便北訴蒙古，請出兵伐金。

鐵木真正要南下，又得西夏之請，要顯自己的威風，即帶了長子朮赤（卓齊特）、次子察合台、三子窩闊台（諤格德依）領了人馬，浩浩蕩蕩，殺奔金國。

金主永濟得報，命平章獨吉千家奴、參政完顏胡沙虎，前往抵禦，被蒙古兵一陣亂斫，敗潰而逃。鐵木真拔烏沙堡，陷烏月營，破白登城，進攻西京，留守紇石烈、胡沙虎突圍逃走。

鐵木真即入西京，又令三個兒子分道攻下雲內、東勝、武、朔、豐、靖諸州郡。

金主連得警報，又命招討使完顏九斤、監軍完顏萬奴等，督兵四十萬，扼守野狐嶺。

這野狐嶺高峻異常，雁飛過此，也要遇風墜落，乃是西北一個要隘。部將明安，勸完顏九斤頓兵固守，不肯依從；勸他發兵襲擊，又復不許。鐵木真又進兵獾兒嘴，完顏九斤方遣明安去問他，何故入寇？明安因主將不從其言，心懷怨望，遂降了鐵木真，引了人馬，乘夜來攻。完顏九斤未及防備，被蒙古兵殺得落花流水，棄甲拋戈而逃。完顏胡沙虎前來接應，聞敗而走，至會河堡，被蒙古兵追到，殺得全軍覆沒。

完顏胡沙虎僅以身免，走入宣德州。鐵木真陷晉安縣，撲居庸關。守將完顏福壽棄關而去。鐵木真又入居庸關，徑抵金都。金主惶急萬分，意欲徙往汴京，卒得衛兵誓死力戰，遂將蒙古兵殺退。

鐵木真見金都攻打不下，留兵把守居庸關，帶了三個兒子逕自回國。金主乃征上京留守徒單鎰為右丞相，紇石烈、胡沙虎為右副元帥。胡沙虎從西京逃歸，到了蔚州，擅取官庫金銀，又擅殺淶水縣令。金主絕不加罪，反命為副帥。胡沙虎愈加驕橫，時出怨言，金主方將他罷職。適值金益都防禦使楊安兒，逃回山東，聚眾橫行，四出劫掠。

千戶耶律留哥，原是遼人，此時也降了蒙古，攻取遼東州郡，自稱遼王。金將完

顏胡沙虎率兵往討，大敗而回。金主仍命紇石烈、胡沙虎為副元帥，率兵屯守燕北。

紇石烈、胡沙虎因前次罷職，心中怨恨，竟生異志，與私黨完顏醜奴等定計，只說奉詔入討大興府徒單南平，率兵直入金都屯駐廣場門。令人召徒單南平來營，說他謀反，一刀殺死，遂至東華門，護衛敘烈、和爾等引了胡沙虎入宮，自稱監國都元帥。命武士迫脅金主永濟出宮，移居衛邸，留兵二百人監守。又使黃門入宮收璽，璽為尚宮左夫人鄭氏收掌，大聲叱道：「璽為天子之物，胡沙虎乃是人臣，何敢索取。」

黃門道：「現在時局如此，主子亦難自保，何況一璽呢。」

鄭夫人怒道：「汝輩乃是近侍，受恩尤重，主上有難，當以死報，如何反為逆賊索璽呢？我頭可斷，璽不可與。」說罷，閉目不視。胡沙虎乃遣人奪取宣命御寶，除授亂黨數十人。

丞相徒單鎰，因墜馬傷足告假在家。胡沙虎自欲僭位，以徒單鎰素為民望，親自往訪。徒單鎰對他說道：「翼王珣為章宗之兄，眾望所歸，元帥宜決策迎立，以建萬世功勳。」胡沙虎默然，遂令宦官李思中，鴆殺金主永濟，令人至彰德，迎升王珣至燕京即位。

珣初封翼王，進封升王；至是即位，立子守忠為皇太子，追廢永濟為東海郡侯。胡沙虎又誘領縉山行省事完顏綱回都，伏兵殺之，盡撤沿邊防禦。鐵木真聞得金防盡撤，又入寇懷來。

金元帥右監軍朮虎高琪與戰大敗。蒙古兵薄中都。胡沙虎適有足疾，乘車督戰，大敗蒙古兵，足疾因此益甚，遂召朮虎高琪入衛，限日至都。高琪違限而至，胡沙虎欲行斬首。金主珣諭令免死。胡沙虎乃益高琪兵責令出戰，並當面飭道：「勝則免罪，敗必斬首。」高琪率兵迎戰。自夕至曉，北風大作，金兵在下風不能開目，大敗而退。

高琪對部下說道：「我等雖得逃回，仍歸難免一死，不如殺了胡沙虎，再為計較。」部兵將皆答應，一哄至胡沙虎私第，團團圍住。

胡沙虎欲越後垣而逃，無如足疾未癒，不便扳登，墜落地上，傷股不能起。高琪趕來，一刀殺死，取首詣闕，自請坐罪。金主珣反加撫慰，下詔暴胡沙虎罪，追奪官爵。命高琪為左副元帥，將士們皆論功行賞。

蒙古兵已四出分略，連陷九十餘郡，兩河、山東數千里，屍骸遍地，村落為墟，又進兵攻中都。鐵木真遣人告金主道：「你國山東、河北皆為我有，你們所守不過

燕京，我不難一鼓蕩平。但天既弱你，我不忍再加逼迫，可速行犒師，消我諸將的怒氣，我即回兵了。」

金主珣乃命右丞完顏承暉，出城議款。鐵木真道：「你主子有子女麼？何不遣來侍我？」完顏承暉回報，金主只得將故主永濟的少女假稱公主，獻於鐵木真，並將金帛童男女各五百，馬三千匹犒師。鐵木真乃率兵回去，出居庸關，將所虜兩河、山東少壯男婦盡行殺死，奏凱而歸。

金主珣懼蒙古再來，欲遷都汴京。左丞相徒單鎰，再三諫阻，金主珣不從，徒單鎰憂憤而亡。金主乃命完顏承暉為都元帥，穆延盡忠為左丞，護太子守忠，留守中都，自率六宮，啟程赴汴。

鐵木真聞得金主徙汴，不禁怒道：「既已講和，還要遷都，這明明是疑我了，我豈肯為他所欺。」遂大閱軍馬，再舉南下。

巧值金國金糺軍作亂，戕殺主帥索溫，另推卓達為帥，遣使至蒙古請降。鐵木真令降將明安等，出兵助卓達圍攻燕京。

金主珣得知燕京被圍，忙召太子守忠赴汴。太子一去，燕人益懼，蒙古將木華黎，又分兵遼西，攻金北京。守將銀青，出戰敗回，為部將完顏昔烈等殺死，共推寅答虎為帥。寅答虎見蒙古兵勢甚盛，遂即迎降。遼西州郡，望風納款，燕京危急萬分。留守都元帥完顏承暉，因穆延盡忠，久列戎行，盡將兵權付與，自己總攬大綱，飛書向汴京乞援。

金主珣命左監軍永錫，左都監烏古倫慶壽，率兵數萬，分道往救。又命御史中丞李英，專主運餉，行省孛朮魯為後應。李英到了大名，終日飲酒。蒙古兵前來劫糧，他還不曾知道，行抵霸州，途遇蒙古兵，把所有糧草盡行劫去。李英還醉眼模糊，似醒非醒，似睡非睡的坐在馬上，口中連說好酒！好酒！早被蒙古兵趕到馬前，亂槍搠死。永錫、慶壽的兩路人馬聞得糧已盡失，只得逃回。燕京救援既絕，完顏承暉便約穆延盡忠誓死力守，盡忠語言支吾。

完顏承暉知道不妙，乃辭別家廟，修了遺表，付於尚書省令史師安石，齎赴汴京，遂即仰藥而死。盡忠見承暉已死，決計南還，攜了家眷，行到通元門，有無數留在燕京的妃嬪求著帶了逃走。盡忠詐言出城開路，再來攜帶同行。妃嬪放令出城，他便帶了家眷急急南奔。妃嬪們進退無路，被蒙古兵一擁而入，老年、醜陋的盡作刀下之鬼，少年美貌的全行擄去，任意姦淫。

燕京既破，宮室焚毀，府庫珍寶搜刮淨盡，金國祖宗的神主也取投溷廁。金人入

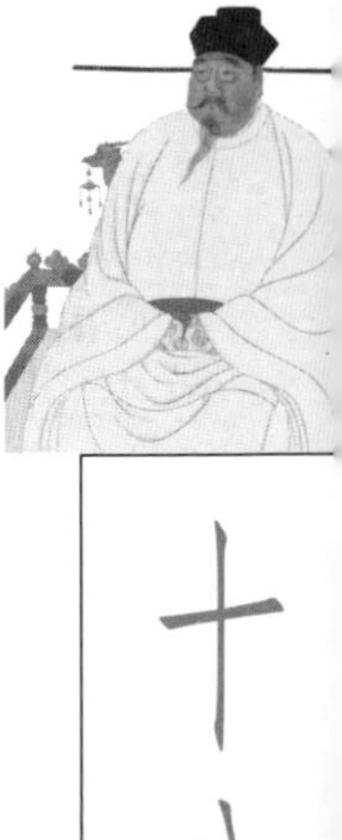

汴京，擄掠寧朝的時候，也沒有到這樣地步，這才是天理昭彰，報應不爽哩！

金主珣得了完顏承暉的遺表，也沒旁的言語，但追贈承暉尚書令，晉爵廣平郡王。穆延盡忠，拋棄燕京的罪名，非但不問，反用為平章政事。蒙古兵勢如破竹，進攻潼關，急切攻打不下，便從嵩山小路繞道汝州，直抵汴京。金主忙命花帽軍前去阻截，殺敗了蒙古兵的前隊，鐵木真方才退回。

哪裡知道，蒙古兵方退，山東又大亂起來了。原來自從楊安兒逃往山東，群盜響應，勢頗猖狂。

這楊安兒自小無賴，以鬻賣馬鞍為營生，所以人皆喚他為楊鞍兒，他即以此為名，自稱安兒。他還有個妹兒，名喚楊四娘子，善用雙刀，勇悍無敵，連安兒也殺她不過。因此，兄妹二人招募了許多無賴之徒，日夕攻掠，且結了一寨，稱為楊家堡。金行山東省事完顏霆，命人招撫安兒，授為防禦使。蒙古兵攻燕京時，金人令唐括合打為都統，安兒為副，往救燕京。安兒行至雞鳴山，逕自逃回，率眾劫掠州縣，戕殺官吏。

其時恰有濰州北海人李全，本是農家子弟，生得蜂目蛇頭，虎背狼腰，頗精騎射，善使鐵槍，運動如飛，人皆稱之為李鐵槍。聚集徒眾，出沒青、沂二州，部眾盡衣紅衲襖，以為識別，因此又取名紅襖賊。打家劫舍，放火殺人，十分厲害。各村堡莫不畏懼。盡出牛酒往犒，期免抄掠。惟楊家堡恃著楊安兒兄妹，英雄無敵，與李全各不相下。李全也聞得楊安兒之名，便與尋他決鬥。

安兒出戰，勢將不支，幸得妹兒楊四娘舞動雙刀前來替代。李全又與楊四娘決戰，一男一女，戰了一晝一夜，兩下不分勝負。安兒見李全與自己妹兒本事相同，竟是一對好夫婦，便命人通知李全，願以妹子嫁他為妻，兩家言歸於好。李全也因楊四娘英雄了得，心內愛慕，便一口應承。即日宰牛殺馬，大開筵宴，便在楊家堡結為夫婦。安兒自與李全合併，聲勢更加浩大，居然夜郎自大，僭號稱王，改元天順，稱霸一方。

金將僕善安貞奉了金主之命，統花帽軍來至山東，與行省事完顏霆會同征討。楊安兒奮力迎戰，究係烏合之眾，敵不來紀律之師，連遭敗衄，航行入海，金人懸賞購緝安兒、李全之首。舟人曲成，襲擊安兒於舟中，安兒投水而亡。楊四娘仗著勇猛，殺了數人，得脫性命。時李全已還青州，安兒黨徒劉全等，收拾餘眾，權奉四娘為主，號為姑姑，亟遣人往速李全回救。

李全星夜奔歸，與楊四娘合力再戰，又為金軍所敗，退入東海。金兵又剿平他盜

劉二祖等，餘盜如霍義、彭義斌、石圭、夏全、葛德廣、時青等，窮無所歸，往來島嶼間以劫掠為生，李全與楊四娘也四出擄掠，藉此度日。

宋知楚州應純之，令鎮江武鋒卒沈鐸，定遠民李先，招撫群盜，號稱忠義軍，分兩路伐金。李全遂引五千人來歸，副將高忠皎，與他合兵攻克海州，因糧餉不濟，退屯東海。既而李全又與其兄李福襲金，克復莒、密、青諸州。應純之奏稱山東群盜皆已歸正，中原可復，請授李全官秩，以勵餘眾，有詔授李全為武翼大夫兼京東副總管。

金主珣自遷汴京後，遣使報告宋朝，並督催歲幣。寧宗令輔臣會議，廷臣主張不一，有請絕金歲幣的，有仍請和金的。起居舍人真德秀，上疏請絕歲幣，圖自治。寧宗見了真德秀之疏，遂罷金歲幣。西夏主李安全歿，族子遵頊繼立，致書宋廷，請夾攻金人，恢復土地，寧宗不答。後又命使，賀金人正旦。

邢部侍郎劉鑰，及太學諸生，上章諫阻，皆不報。未幾，命真德秀為江東轉運使，德秀陛辭，上言五事：一、祖宗之恥不可忘。二、比鄰之盜不可輕。三、幸安之謀不可恃。四、導諛之言不可聽。五、至公之論不可忽。五事以下，又有十失，反覆開陳，約有一二萬言，寧宗不置可否，好似沒有聽見一般。

到了嘉定十年，金主珣聽了王安世之言，意欲南侵，遂用王安世為淮南招撫使。朮虎高琪也勸金主侵宋。金主即命烏古倫慶壽、完顏賽不，率兵渡淮，取光州中鎮渡，殺死榷場官盛允升。烏古倫慶壽，分兵犯樊城，圍棗陽光化軍，另遣完顏阿璘入大散關攻西和、階、成諸州。宋廷得了警報，命京湖制置使趙方，江淮制置使李珏、四川制置使董居誼，分頭抵禦，便宜行事。

趙方，字彥直，衡山人，曾從張栻遊，通曉大義，淳熙中舉進士第，授青陽縣令，常對人說：「催科不優是催科中撫字，刑罰無差是刑罰中教化。」因此政績卓著，累遷至京湖制置使。

此時聞得金人入寇，亟召二子範、葵，說道：「朝廷忽戰忽和，議論紛紜，莫衷一是。今敵兵已出，我只有死戰報國了。」遂率二子往襄陽，檄調統制扈再興、陳祥、鈐轄孟宗政等，往援棗陽。分派軍馬，扼守要隘，以為犄角。

扈再興等方至團山，已見金兵蟻附而來，勢如風雨驟至。亟令陳祥、孟宗政率兵埋伏，自率兵迎戰，略略交鋒，即便退卻。金兵乘勝追殺，一聲炮響，兩路伏兵分左右殺出，扈再興揮軍回擊，金人三面受敵，頓時潰亂。宋軍奮勇追殺，直殺得金兵屍骸横藉，血肉横飛。孟宗政乘勝而進，馳赴棗陽。圍困棗陽的金兵，骸潰而退，孟宗

政馳入棗陽。

趙方接到捷報，心下大悅！即令宗政權知棗陽軍。既而趙方部將王辛、劉世興又連敗金人於光山、隨州之間，趙方遂請旨伐金，寧宗聞得連次獲勝，也就膽大起來，便下詔，詔諭中原官吏軍民人等，各申議憤，合力討金。

這詔下後，兩邊備戰日亟。金完顏賽不，又率眾十萬進攻棗陽。孟宗政約扈再興為外應，修城掘壕，誓眾守禦，與金兵相持三月之久，大小七十餘戰，無一次不勝。完顏賽不忿甚，依仗人馬眾多，環壕築壘，誓必攻下棗陽。宗政乘隙出擊，壘不能成，又盛兵薄城。宗政隨機應變，城終不下。隨州守許國，率兵來援，抵白水，鼓聲相聞，宗政即統兵出戰，金人披靡，相率遁去。

金將完顏贇引步騎萬人，西犯四川，破天水軍，進大散關，入皂莢堡。利州統制王逸，召集兵民，驅逐金兵，奪回大散關，追斬金統軍完顏贇，進秦州，至赤谷口。沔州都統制劉昌祖，命其退兵，竟至全部潰散。金人復合長安鳳翔之兵，再攻西和、成、階諸州，進薄河池。興元都統聶吳政，率兵馳禦，殺退金人，盡復所失之地。

金主珣聞得各路勝敗無定，心下也覺追悔，更兼河北郡縣，盡為蒙古所破，腹背受敵，只得命開封府治中呂子羽為詳問使，渡淮議和。行到中途，為宋人所拒，只得折回。金主珣命僕散安貞為副元帥，輔助太子守緒南下，並命西路諸軍會攻西和、成、鳳諸州，入黃牛堡，吳政陣亡。金兵入武休關，破興元府，陷大安軍，直下洋州。沿途州縣，望風而潰，董居誼也隨眾逃走。都統張威，令部將石宣等，至大安軍，截擊金兵。

第九十回　權相秉國

都統張威令部將石宣等赴大安軍，截擊金軍，殺敵三千餘人，擒住金將巴圖魯安，金兵遂即退回。宋廷下詔，坐董居誼罪，以聶子述為四川制置使。子述資望淺薄，不能壓服眾心。興元戍卒張福、莫簡為亂，以紅布裹首，竄擾利州。子述反退至劍門。其時前制置使安丙，已罷職為醴泉觀使，其子安癸仲，知果州，子述檄令討賊。張福聞知，即侵掠果州及閬州。

宋廷乃起復安丙，命知興元府兼利州路安撫使。百姓聞得安丙重來，相與稱慶，張福又掠遂寧，入普州，據茗山以自固。安丙自遂寧檄調各人馬，圍困茗山，繼絕樵汲之道。張福屢次衝突，皆不能脫，沔州都統張威又率兵到來。張福知不能敵，只得乞降。張威執獻安丙，丙命斬首以徇，張威復捕獲莫簡及賊眾千三百人，盡行伏誅，紅巾賊乃平。安丙還利州，金兵亦不復敢來。

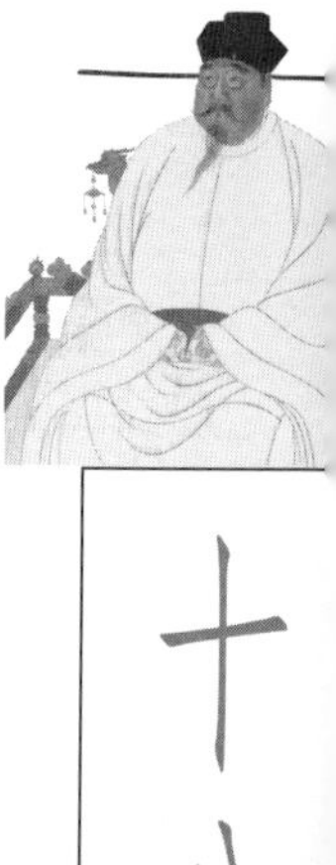

金太子守緒南下，命金將完顏訛可，再圍棗陽。孟宗政悉力拒守，告急襄陽。趙方命趙範、趙葵，會同許國、扈再興兩軍，進攻鄧、唐二州，期金人解棗陽之圍，來救唐、鄧，所以並不猛力進攻。誰知金兵並不回援，圍攻棗陽如故。趙方乃令許國退歸隨州，扈再興與趙範、趙葵速救棗陽。棗陽已被圍八十餘日，金將完顏訛可百計攻城。均為孟宗政設法堵禦，時出奇兵，擊敗金人。趙範等轉戰而南，連敗金兵，抵棗陽城下。

孟宗政見救兵已至，遂自城中出擊：趙範外攻，內外夾擊，自傍晚殺至三更，殺死金兵三萬人。完顏訛可單騎逃去。孟宗政與趙範等，金兵追至馬磴寨，焚毀城堡，奪獲資糧器械，不計其數。金人自此不敢再窺襄漢，且懼宗政威名，盡呼之為孟爺爺。

棗陽之兵雖退，淮西一路，尚有金左都監紇石烈牙吾答，駙馬圖海，圍攻安豐軍，並滁、濠、光諸州。又分數路，攻石磧、全椒、天長、六合等處，淮南大擾。江淮制置使李珏，令池州都統制武師道、忠義軍都統陳孝忠，前往援應，皆逗留卻顧，不敢前進。淮東提刑賈涉，繼應純之後權知楚州，節制京東忠義軍。

聞得江淮危急，飛檄陳孝忠赴滁州，夏全、時青赴濠州，季先、葛平、楊德廣赴滁濠，李全與兄李福，截金人歸路。李全奉檄，至渦口，與金將紇石烈牙吾答，戰於化湖陂，斬金將數人，並奪獲金牌，金人乃解諸州之圍，盡行北返。

李全追至曹家莊，又斬首數百級，遂回軍獻俘，並上所獲金牌，向賈涉求賞。先是賈涉嘗懸賞格，有殺死金太子者，賞節度使；殺親王者，賞承宣使；殺駙馬者，賞觀察使。

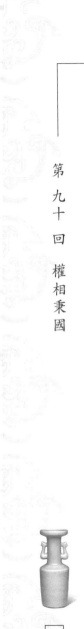

李全詭稱殺死駙馬圖海，請如約受賞，賈涉也不細察，即請朝廷，受李全為廣州觀察使。趙方以金人屢次受創而回，必定不肯甘心，還要再來，不如先發制人，遂令扈再興、許國、孟宗政等，領兵六萬，分三路伐金。臨行時，當面吩咐道：「毋深入，毋攻城，只要焚毀寨堡，劫奪糧草，撤他守備，就足以示威了。」

扈再興、許國奉令而行，分攻唐、鄧兩州，見金人有備，便沿途抄掠，遂即退還。金兵追來，進抵樊城。趙方親率諸軍，殺退金兵。孟宗政的一路人馬，又進破湖陽縣，擒金千戶趙興兒。許國令部將耶律均與金戰於北陽，復殺金將李提控。扈再興又攻入高頭城，金人屢敗，自此聲勢十分窮蹙了。

惟廣州觀察使李全，因屢立戰功，漸漸驕橫，佯與賈涉交歡，暗中已蓄異圖。此時賈涉受命主管淮東制置司，節制京東河北軍馬，分忠義軍為兩屯，仍以陳孝忠為都

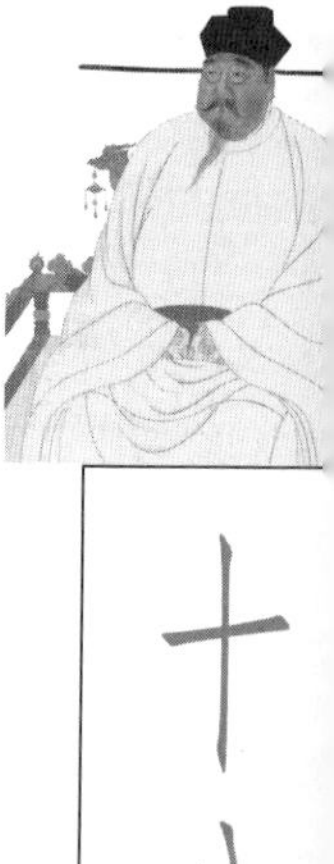

統，另派季先為副。李全自率一軍，管領五寨。季先素性豪俠，為降眾所敬服。

李全胸懷妒忌，陰結賈涉左右莫凱，令譖季先。賈涉不察，信以為真，乃偽令季先往樞密院議事，暗命心腹，將季先刺死於中途，遣統制陳選，代統季先部眾。季先部下以主將無辜被冤，心懷不服，當有裴淵、宋德珍、孫武正、王義深、張山、張友等，為季先發喪，拒絕陳選，潛迎舊黨石圭為統帥。陳選被拒，回報賈涉。賈涉無法可施，只得保舉石圭為漣水忠義軍統轄，藉此籠絡。

李全見季先雖死，石圭又來，仍是自己的敵手，又要設法除去石圭，一面招降金益都守將張林，得青、莒、密、登、萊、濰、淄、濱、棣、寧海、濟南諸州郡，買取朝廷歡心；一面襲取金泗州、東平，自耀威武，宋廷一再獎勵，賈涉也十分慰勞，降軍大半不服。

時青先叛降金，金命為濟州宣撫使。蒙古將木華黎，乘隙入濟南。降將嚴實亦至蒙古軍軍前投降，木華黎授為行尚書事，因此石圭亦有異志，竟欲謀叛。李全即乘機請於賈涉，自願往討石圭。賈涉遂調李全軍至楚州，石圭見勢不妙，即往投蒙古軍。李全乃請於賈涉，乞兼統漣水軍。

賈涉舉以付之，李全愈益驕橫，遂藉超度國殤為名，至金山寺作佛事。知鎮江府喬行簡，以方舟迎接，舟中設盛筵，邀李全高坐暢飲。李全見左右滿列吳姬，粉白黛綠，不禁銷魂。到了金山寺，出外遊賞，觸目皆是繁華，到眼盡屬佳麗，不覺暗中稱羨道：「六朝金粉，果然名不虛傳，我他日得志，當在此處營一菟裘，方才如願哩。」設醮已畢，仍還故鎮，煽動徒黨道：「江南繁華，甲於天下，你們也要前往遊覽麼？」大眾齊聲贊成。李全遂造方舟，寄泊膠西，扼寧海要衝，令其兄李福守舟榷貨。

時當互市初通，南貨價值十倍北貨。李全誘致商人，車載舟運，與商分利，舟歸李福主管，車由張林執掌。張林一無所獲，心內很是不快，其時張林已受命為京東總管，全恃監場稅則，作為軍餉。李福要與他分場，張林如何肯允。李福大怒道：「他敢忘恩負義麼？當告知吾弟，取其首級。」張林大懼，遂以京東諸郡，向蒙古乞降，木華黎授他為行山東路都元帥府事。

李福深懼來襲，逃回楚州。知濟南府仲賛，往討張林，林敗走，李全乘機取青州，宋廷遂授為保寧軍節度使兼京東河北鎮撫副使。賈涉嘆道：「朝廷只知以爵賞收人心，哪知愈寵愈嬌，將來恐不可制了。」

原來右丞相史彌遠，久已要授李全節鉞，賈涉屢次諫阻。此時朝廷忽下此詔，賈

涉知道李全必定有變，遂力求還朝，又不得請。賈涉憂急成疾，始得卸任南返，行至途中而死。其時京湖制置使趙方，四川宣撫使安丙，也相繼病逝。宋廷追贈趙方為銀青光祿大夫，封太師，諡忠肅。安丙追贈少師，立祠沔州，理宗朝賜諡忠定。

金主珣因侵宋失敗，歲幣又絕，尚不甘心，聞得趙方、安丙俱死，又令完顏訛可行元帥府事，節制三路軍馬南侵，並以同簽書樞密院事時全為副，從潁壽濾淮，至高橋市殺敗宋兵，進攻固始，破扈州守將焦思忠救兵，後來聞得宋與蒙古通好，深恐南北連合，兩面夾攻，沒有歸路，完顏訛可決計北返，行至淮水，將欲北渡。時全矯稱奉密旨，留軍淮南，令每人割取宋麥三石，以作軍需，因此逗留三日，未能渡淮。

完顏訛可說道：「現在淮水淺涸，尚可速渡，倘若暴漲起來，非但不便渡軍，還恐宋人追擊，那時便不能全師歸去了。」

時全不聽，豈知夜間大雨忽至，淮水驟漲，完顏訛可決意渡淮，造橋濟師，魚貫而進，驀聞一聲炮響，鼓角齊鳴，宋兵在後殺來，時全惶急無措，連忙乘船先渡。部兵渡淮不及，多半溺水而死。尚有在岸上的，都做了宋軍刀頭之鬼。完顏訛可歸罪時全，金主下詔誅戮，從此不敢再行南下了。

蒙古木華黎受鐵木真之命，加爵太師，進封國王，經略太行山南，攻取河東各州郡，進拔太原，蒙古降將明安，領兵趨紫荊關。金元帥張柔乞降，引蒙古兵南下，攻下雄、易、保安諸州，陷河北各郡。金主不得已，大封郡公，責令恢復。真定經略使武仙，封恆山公，財富兵強，推為諸郡之首了。遇了蒙古兵屢戰屢敗，竟以真定投降。其餘諸郡更是望風而潰了。

金主此時雖然去奸任賢，力求振作，勢已無及，只得向蒙古求和。木華黎不肯允許。金宣宗在位十一年，沒有一年不被兵，也沒有一年不弄兵，北受挫於蒙古，南又敗衄於宋朝。至金主守緒即位，國勢愈加不振了。

且說宋寧宗，本來立榮王曮為太子，改名為詢，太子詢於嘉定十三年病歿，諡為景獻。寧宗因後宮無所出，只得另擇皇嗣。初，孝宗孫，沂王柄無子，曾立燕王德昭九世孫均為後，賜名貴和。寧宗遂以貴和為皇嗣，改賜名為竑，但是竑既立為皇嗣，沂王一支，又要擇人承嗣。寧宗乃命選太祖十世孫，年過十五的，養育宮內，擬仿高宗擇立孝宗的故事。

史彌遠也密勸寧宗，慎於擇嗣，可藉為沂王立后的名目，多選數人，以備採擇。彌適史彌遠的館客余天錫，以性情謹厚深得彌遠信任，因欲回紹興秋試，請假而行。彌

遠密囑他道：「沂王無後，你此去可沿途留心，宗室中如有佳子弟可以攜帶同來。」

天錫渡過浙江，至越西門巧值大雨如注，便至全保長家避雨。保長知道天錫是史丞相的館客，十分殷勤，置酒款待，有兩個少年，侍立左右。天錫便問何人？保長道：「是敝外孫與莒、與芮，都是系出天潢，乃太祖者十世孫。」天錫起立道：「失敬得很。」保長連忙邀他入座。

天錫又細問兩人的履歷，方知其父名希瓐，母全氏，乃保長之女。與莒初生之時，室中有五采爛然，紅光燭天，如日之方中。養下三日，家裡的人聽得門外有車馬喧闐的聲音，亟出觀看，絕無所見。到了三五歲，偶於白晝假寐，身上忽然出現龍鱗，鄰居皆傳為異事。嘗有日者，為弟兄二人推算命造，說是與莒之命，貴不可言，就是與芮，也非凡品。

天錫聽了這番話，便記在心內，等得秋試已過，仍回臨安，即將此事告知史彌遠。彌遠即使天錫至越，召與莒、與芮前往一觀。全保長見天錫奉了丞相之命來召，真是天賜富貴，好不歡喜！便賣了幾畝田，替兩個外孫備了衣冠行裝，同往臨安，入見彌遠。

彌遠見了兩人的相貌，暗暗稱奇，深恐事泄於禁，命二人重行回去。全保長大為失望，快快而返。哪知不到幾時，彌遠已奏明寧宗，召與莒至臨安，立為沂王之後，賜名貴誠，授秉義郎。其時貴誠年已十七歲了，秉性端重好學不倦。每逢朝參待漏，人皆言笑，貴誠但整肅衣冠，不輕言語。彌遠暗中窺他舉動，暗中嘆為大器。

這時史彌遠內結楊后，外連黨羽，內外要職，以及藩閫將帥，都是彌遠引薦，攬權擅政，莫敢誰何。皇子竑心內很不以彌遠為善。彌遠也有些覺得，知道皇子竑最愛彈琴，便以重價購一善彈琴的美女獻於皇子竑，命她暗伺動靜。

皇子竑哪裡知道，因為此女善琴，合了自己所好，便把她當作知音，深加寵愛；胸中的積鬱一齊向她傾吐無遺，常常把楊后及彌遠的罪惡記在冊上，後面還加著斷語道：「史彌遠當遠配八千里。」又指了壁上懸掛的地圖，對著美人說道：「我他日得志，必置彌遠於瓊崖。」有時且呼彌遠為新恩，言將來竄謫彌遠，不是新州，就是恩州。

哪知種種言語，都由這個美人暗中轉告彌遠。彌遠不覺大驚，遂立意排擠皇子竑了。其時真德秀，兼充皇子竑的教授，嘗進諫道：「殿下須要孝順慈母，敬禮大臣，天命自然來歸，否則就恐有危險之事了。」皇子竑只是不肯悛改。

一日，史彌遠在淨慈寺，為其父浩建醮，以資冥福。百官皆來助薦，國子學錄鄭

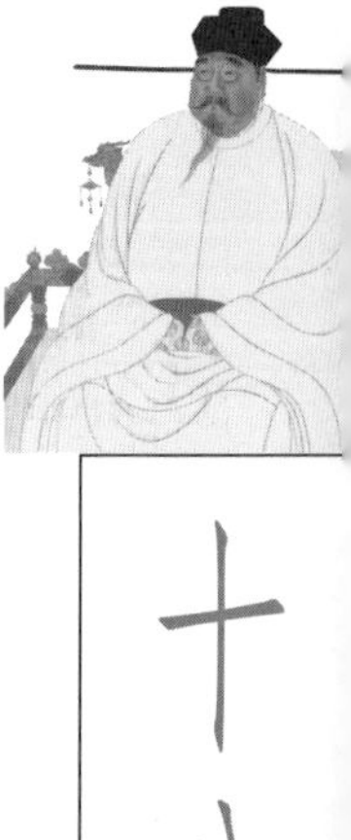

清之，也欣然而來。彌遠密地邀他至慧日閣上，私下說道：「我看皇子不堪負荷，聞得沂邸後嗣其賢，現在要擇一講官，我意屬君善為輔導，將來我的坐位，便是君的坐位了。但是今日之語，出我之口，入君之耳，並無第三人得知，倘有洩漏，你我皆要滅族了。」

清之連連答應道：「相公儘管放心，此事都在清之一人身上。」

彌遠大喜，次日即派鄭清之教授貴誠。清之每日教導貴誠作文，又把高宗御書令他勤習。貴誠天資聰明，進功異常捷速。清之就去見彌遠，將貴誠的文字付他觀看，並說貴誠品行醇厚，實非凡品。彌遠遂於寧宗之前稱譽貴誠，歷詆皇子竑的短處。寧宗聽了，還是莫明其意。

到得寧宗抱病，彌遠即令鄭清之赴沂王府，密告貴誠易儲之意。貴誠噤不發聲，清之再三詰問，只是不答。清之不禁著急道：「丞相因清之從遊多年，特命以心腹之言相告，現在不答一語，令清之如何回答丞相呢？」

貴誠始拱手答道：「紹興尚有老母，我何敢自專。」清之便把這話告之彌遠，遂共嘆為不凡。

過了幾日，寧宗病勢已危，彌遠即矯詔立貴誠為皇子，賜名昀，授武泰軍節度使，封成國公。

寧宗駕崩，彌遠令楊后之侄楊谷、楊石兩人將廢立之意入告楊后，楊后愕然道：「皇子竑乃先帝所立，安可擅自更易。」谷、石二人出告彌遠，再令入請，楊后不允，一夜之間，往返七次，楊后還是堅持不許。

楊谷等泣拜於地道：「內外軍民皆已歸心成國；若不策立，恐有它變。楊氏無噍類了。」

楊后遲疑半日，始問道：「此人何在？」楊谷不待言畢，便令人請成國公入內。彌遠立命急足前往宣昀，並面囑道：「今日所宣，乃沂王內的皇子，不是萬歲巷中的皇子，你若錯誤，立即斬首。」

皇子昀奉召入宮，朝謁楊后。楊后撫其背道：「汝今日為我子了。」彌遠引昀至柩前舉哀，然後命召皇子竑，皇子竑早已聞訃，翹足而待，積久不聞傳宣，心內疑惑，遂啟門以俟。只見有急足經府前而過，並不入內，心下甚是疑慮！

到等日暮，又有數人騎著馬，簇擁一人過去，只因天已昏黑，分辨不出是何人。直至黃昏時候，始有人來宣召。亟帶侍從匆匆入宮，每過一重門，即有衛士呵止從人，到得靈前，已剩了單身一人。史彌遠出來，引至柩前哭臨，哭畢，即送出帳，命

殿帥夏震監視，不能自由行動。

皇子竑心內愈加疑懼，忽聽殿內宣召百官，恭聽遺詔，百官入殿排班。皇子竑也相隨入內，由傳宣官引往舊日班位，皇子竑大驚道：「今日是何時候，還要我仍立舊班麼？」

夏震道：「向例於未宣制前，應立舊班，待宣制以後，方可登位。」

皇子竑方始無言，不上片刻，殿上燈燭齊明，已有一位新天子，身登寶坐，宣詔即位，宣贊官呼百官拜賀，皇子竑此時方瞧清登座受賀的，乃是貴誠，便兀立班中，不肯下拜。被夏震在後掀首令跪，無可奈何，跪拜殿下，拜賀禮成，又傳出遺詔，授皇子竑開府儀同三司，晉封濟陽郡王，判寧國府，尊楊后為皇太后，垂簾聽政，是為理宗，大赦天下，又進封皇子竑為濟王，賜第湖州，追封本生父希瓐為榮王，母全氏為國夫人，以弟與芮承嗣。改次年為寶慶元年，葬寧宗於永茂陵。共計寧宗在位三十年，改元四次，享壽五十七歲。

理宗即位，有志求賢，召知潭州真德秀，入直學士院。知嘉定府魏了翁，入為起居郎，真、魏兩人，皆理學名家，一時並召，深合人望。不料改元方才數日，湖州忽有謀立濟王的消息，傳將前來，原來湖州人潘王，與從兄甫、弟丙，因史彌遠妄行廢立，甚為不平。恰值濟王奉祠，居住湖州，意欲立濟王為帝，成不世之功。暗中令人往告李全，約其相助。

李全意欲坐觀成敗，佯為應諾。潘王大喜，與他約期舉事。到了約定之期，不見李全兵至，潘王十分惶急，深恐密謀洩漏，遂招集雜販鹽盜千餘人，裝為李全之軍，聲言自山東來的，求見濟王。

第九十一回　姑息養奸

潘王等聚了千餘無賴，詐稱李全之軍從山東到來，求見濟王。濟王慌忙匿水竇裡面，不肯出見。潘王等將濟王搜出，擁護到州治裡面，硬將黃袍披在他的身上。濟王大哭不從！

潘王等齊聲道：「此舉已是眾所共聞，大王若是不允，我們只得與大王同死了。」

濟王被逼無法，只得向大眾說道：「你們能不害太后同皇上麼？」

潘王等又齊聲道：「當遵大王之諭。」於是盡發府庫，犒賞軍士。潘王等又假作李全榜文，揭示通衢，聲討史彌遠廢立之罪，並有「率大軍二十萬，水陸並進」等語。到了天明，濟王暗中遣人出城，探看虛實，哪裡有李全的兵馬，岸上只有幾個巡兵，水中只有幾隻太湖漁船，連李旗幟也沒一面，濟王知道斷難成事，便與知湖州謝周卿密議，令州吏王春元，入朝陳報，親自帶領了州兵，討平潘王。

等得宋廷得信，史彌遠遣殿司將彭王，領了禁軍赴湖州時，濟王已經平定亂事了。史彌遠始終放不過濟王，詐稱濟王有病，命余天賜同了御醫，來至湖州，說是奉了密旨，把濟王縊死，反以病歿上聞。有詔貶濟王為巴陵郡公，又降為縣公，改湖州為安吉州。真德秀、魏了翁、洪諮夔皆為濟王鳴冤。史彌遠大怒，遂薦梁成大、李知孝、莫澤同入諫院，當時目為三凶。

三凶之中，梁成大尤為無恥，一意諂事彌遠，從知縣超擢御史，專以排斥正士為己任，適值太后撤簾，理宗親政。彌遠暗嗾三凶，交劾真德秀、魏了翁，說他私袒濟王，朋比誤國，真、魏兩人相繼罷職。員外郎洪咨夔亦連坐罷斥，後又謫魏了翁於靖州，梁成大致書親友，且稱真德秀為真小人，魏了翁乃偽君子，當時目為狂吠，因此皆呼梁大成為成犬。未幾，接得淮東警報，制置使許國，為李全所逐，縊死途中。

原來賈涉死後，朝廷命許國繼任。國奉詔赴鎮，李全適往山東，其妻楊氏出郊相迎，許國拒絕不見。視事之後，又痛抑北軍，犒賞銀十減八九；又遣人至青州，令李全來見。李全不允，許國屢致厚饋，堅欲邀他一見。李全羽黨劉慶福，探知許國無加害之意，遂通知李全不妨來見，乃至楚州晉謁。賓贊對全說道：「節使當用庭參禮，制使自當免參。」

李全入拜，許國端坐不動。李全出外，對人說道：「全歸朝後，未嘗不拜人，但恨他非文臣，與我同是武夫，從前他任淮西統制，入謁賈制帥，嘗免其庭參。他有何功業，一旦位居我上，就這樣自大麼？須知全亦心報國，並不造反呢？」

許國聞得此言，亦復追悔，遂設盛筵，款待李全，慰勞備至，李全心總不快！

李黨劉慶福，謁許國幕賓章夢先。夢先但隔幕唱喏，慶福亦怒，與李全暗謀為亂。李全欲往青州，恐國不允，遂折節為禮，下拜至再。國喜謂家人道：「我已折服此虜了。」李全請往青州，國許之。及至青，即遣慶福，返楚為亂，與全妻楊氏密謀，欲蓄一妾男子，偽託宗室，暗約盱眙四軍。盱眙軍皆不允從亂，慶福乃決意止除許國。

計議官苟夢玉，聞得密謀，勸許國預為防備。國反大言道：「儘管任他謀變，變即加誅，我豈書生不知兵麼？」

夢玉見許國不從其言，恐禍及己身，遂求檄赴盱眙。臨行時反密告慶福道：「制使要圖謀你了。」

慶福乃迫不及待，率眾趁許國晨起視，露刃而入。許國瞥見，料知有變，厲聲

道：「不得無禮。」語音未畢，箭已射中額角，血流滿面而走。由親兵數十擁護奔避，掖登城樓，縋城逃命。

慶福指揮亂黨，殺進署內，將許國全家誅戮，縱火焚署，搶劫府庫。許國行止中途，聞得全家被害，遂解帶自縊而死。

楚州既亂，揚州亦復震動。史彌遠聞報，還想將就了事，因大理卿徐晞稷，嘗知海州，與李全友喜，即命為制置使。晞稷赴楚州，李全亦來，佯責慶福，不能壓眾，戮亂黨數人。一面上表待罪，一面往參晞稷。晞稷連忙降等止參。李全方才喜悅，因此愈加驕橫，不可復制。晞稷一意取悅李全，稱之為恩府，全妻楊氏為恩堂。李全竟檄恩州，謂許國謀反伏誅，汝等應聽我節制。

恩州守將彭義斌，雖係降盜，卻有忠心，見了檄文，當即大怒道：「逆賊！背國厚恩，擅殺制使，我必報此仇。」遂南向告天，誓師而行。

李全聞報，亦復大怒，立即率眾攻恩州，彭義斌出城迎戰，殺敗李全。劉慶福引兵來援，亦為義斌所敗。

李全不覺氣餒，請晞稷代向義斌講和，晞稷居然出面排解。義斌知道晞稷懦弱所能，致書沿江制置使趙善湘，請共誅全。盱眙四總管，亦願協力討賊。知揚州趙範，亦上書史彌遠，勸勿養盜貽害。彌遠一味姑息偷安，禁止妄動。彭義斌以山東未定，欲先圖恢復，再誅李全，乃移兵攻東平。東平守將嚴實已降蒙古，表面與義斌連合，暗約蒙古將勃里海（博勒和）合攻義斌。

義斌行至真定，道出西山，與索里海兵相遇，上前迎戰。嚴實又從背後截殺，全軍大戰。義斌馬躓被擒，蒙古將史天澤勸他降順。義斌大聲道：「我乃大宋臣子，豈降狄虜。」遂為所害。

蒙古兵連陷京東州郡，進圍青州。李全以青州為巢窟，聞知被圍，慌忙往救，屢戰不利。李福勸全，間道南歸，請兵救援。李全搖首道：「敵兵強悍，兄非其對手，不若由我守城，兄去乞援。」李福乃縋城往楚州。史彌遠聞得李全被困，又欲乘間圖之。調回徐晞稷，改任知盱眙軍劉琸為淮東制置史。

劉琸赴任，只調鎮江軍三萬同行。盱眙忠義軍總管夏全請從，劉琸恐其不易駕馭，令他留鎮。適鎮江副都統彭㤂，調任盱眙，也欲調開夏全，免為己患，對全說道：「楚州賊黨不到三千人，健將又在青州。劉制使到鎮。即可平賊。太尉何不前往，共立大功呢？」夏全甚以為然，待劉琸啟程，即率部兵五千，追躡而往。劉琸到了楚州。夏全亦至，只得留以自衛。

李福回楚，欲分兵救青州，劉琸不肯允從。福與全妻楊氏，遂令部眾鼓噪不已。劉琸命夏全領兵，駐屯楚州內外，加以嚴防，限令李福、楊氏三日出城。楊氏遣人告夏全道：「將軍也是山東歸朝的，兔死狐悲，物傷其類。李氏今日滅，夏氏明日亦休了，願將軍垂憐。」

夏全不覺心動，遂往李全宅中欲見楊氏當面計議。

楊氏盛裝出迎，夏全見楊氏美豔動人，裝飾耀目，不禁神為之奪。楊氏又故意留他飲宴，親自相陪，殷勤勸酒。夏全幾至神魂顛倒。楊氏見他已經入彀，遂即說道：「聞得三哥（指李全）已死，我一婦人如何還能自立，此後當奉侍太尉，已是一家人了，何故還要戕害呢？」

原來，夏全曾封太尉，所以彭忙、楊氏皆如此稱呼。夏全聞言，心癢難搔，含笑問道：「此語可是真的麼？」

楊氏道：「太尉能除去劉琸，一切惟命。」夏全欣然允諾，即召李福入議。議既定，遂於次日，合攻州署，焚毀官署民舍，全城大亂。

劉琸幸有鎮江兵，保護了縋城而出。鎮江軍盡力與戰，將校皆多傷亡，器械錢糧一齊失去。夏全逐去劉琸，前去會晤楊氏，哪知到了門前竟閉門不納，只得仍回盱眙，沿途縱兵擄掠，十室九空。

盱眙守將張惠、范成進，已得探報，閉門拒絕，且將夏全母妻一齊斬首，拋至城下與他觀看，夏全急得暴跳如雷，揮兵攻城。城中縱兵出擊，將他殺得大敗而奔。夏全無法，只得投降金人去了。

朝廷嚴責劉琸，琸至揚州，憂懼而死。史彌遠又命軍器少監姚翀知楚州兼淮東制置使。姚翀臨行，將母妻留居臨安，另購二妾相攜同行，到了楚州城東，不敢逕自入城，艤舟治事，探得楊氏沒有加害的意思，方才入見楊氏，諂媚阿諛，更甚於徐晞稷，楊氏乃許他入城居住，翀見州署焚毀，只得借居僧寺，日與二妾取樂追歡，頗不寂寞。

未幾，李全以青州難守，投降蒙古。劉慶福分守山陽，意欲殺死李福，為自己贖罪地步。李福亦有所聞，也要殺死慶福。

一日，楊氏請姚翀議事。姚翀哪敢推卻，遂即前往，見慶福亦已在彼。楊氏對兩人說道：「大哥有疾，不能主持軍務，故請姚制使、劉總管共議軍情。」

慶福道：「李大哥何時抱恙，現在略略輕減否？」楊氏正要答言，李福已令人請慶福入內議事。慶福以為李福真個有病，絕不疑忌，坦然而入。到了臥室，遙見李福

睡在床上，並未解衣，心內也不免疑慮！只得步至床前問道：「大哥有何貴恙？」李福答道：「心內很覺煩悶。」

慶福左右回顧，見床側劍已出鞘，心內益懼，連忙退出。李福已持劍從床上躍起，直砍慶福，慶福徒手，哪裡能夠抵禦，遂為所殺，提首出外，交付姚翀。翀大喜道：「慶福首禍，奸猾異常；今日頭顱，也落入窮措措大手內麼？」立刻馳還僧寺，入告朝廷。有詔到來，獎諭姚翀，加李福官秩，楊氏封楚國夫人。

楚州自夏全之亂，倉庫如洗，供運不繼。李福向姚翀索餉，翀無以應。李福怒道：「朝廷既不養忠義軍，何用建閫開府。現在建閫開府，不給糧餉，這明是用閫帥來壓制我們了。」便與楊氏計議，欲逐姚翀，遂邀翀赴宴。翀昂然而往，入坐客次，不見楊氏出外。

未及片刻，又見自己二妾也被召入內，姚翀不明其意，正在遲疑，只見許多兵士擐甲露刃，向客座內獰目而視。姚翀情知不妙，起身急走。

只聽一片聲嚷道：「姚制使逃走了，姚制使逃走了。」嚇得姚翀膽裂魂飛，抱頭鼠竄而出，到了門前，兵刃環繞，幾乎無路可行，幸得李全部將鄭衍德，保護出圍，還聽得後面追喊不絕。姚翀只得剃去鬚髯，縋城奔逃，逃至明州，因病而死。朝廷以楚州禍亂頻仍，屢逐閫帥，遂欲輕淮重江，楚州不再建閫，即用統制楊紹雲兼制置使，改楚州為淮安軍。

盱眙守將彭忭要乘機立功，遣張惠、范成進入淮安，對李全部下國安用、閻通說道：「朝廷不發忠義軍糧餉，皆因李福、劉慶福謀亂的緣故。現在慶福雖除，李福猶存，何不一併除去，替朝廷弭患呢？」國、閻兩將竟為所動，遂與王義深、邢德互相聯絡，意欲舉事。恰值張林又復降宋，也要殺了李福，以報前仇。因與四人合謀，同往李福家內。

李福出外詢問，被邢德一刀砍了首級，殺入內室，斫死李全次子通，四下尋覓楊氏。哪知楊氏早已逃入海州，見床下有個婦人藏匿，便拖出斬首，說是楊氏，與李福首級送至楊紹雲處報功。紹雲齎送臨安，有詔命彭忭經理淮東。

張惠、范成進未能得賞，又因兵餉缺乏，擬執了彭忭，同去降金。即還盱眙，設筵邀彭忭共飲，將他灌得大醉，捆縛了竟往投降金人。李全奉了蒙古之命，經略山東，聞得李福被殺，要報兄仇，請於蒙古元帥。蒙古元帥不允所請，李全斷指為誓道：「全若再歸南朝，有如此指。」蒙古帥始命他進取淮南，李全改服蒙古衣冠，移文兩淮，自稱山東淮南領行省事。

楊紹雲見了移文，避往揚州。王義深逃降金人，安國用斬了張林、邢德兩人首級往迎李全。全遂不殺國用，與他同入淮安，又佔據海州、漣水等處。楊氏仍來淮安，與全團聚。史彌遠仍主招撫，令人說全，毋用兵淮南，當仍加節鉞。

李全因東南利用水戰，陽為降順，陰造舟楫，練習水戰。又與金人合縱，願以盱眙畀金。金封全為淮南王，全佯辭不受。從此佔據淮境，對宋稱臣，索餉養兵；對蒙古也稱臣，將淮南商稅鹽利一併收取，作為歲貢。對金人虛與委蛇，免得作梗。

宋廷諸臣皆知李全懷著異志，只因史彌遠一意羈縻，無人再敢多言。李全因未得節鉞，遣人入朝，請建閫山陽，未得所請，密令部將穆椿等，至臨安焚毀御前軍器庫，將所貯兵甲盡付一炬，朝廷明知李全所為，不敢詰責。李全又有糴麥舟，經過鹽城。知揚州翟朝宗，令兵士奪麥。

李全大怒，立率水陸兵攻鹽城，守將陳益、樓強，知縣陳邁，悉行逃去，乃留部將董友、鄭祥守鹽城，自提兵回淮安，上言捕盜過鹽城，縣令等逃去，恐軍民驚擾，所以入城安眾，現已回楚。史彌遠反稱李全能守臣節，授彰化保康節度使，兼京東安撫使，諭令釋兵，李全勃然道：「朝廷待我如小兒，啼則授果，我要節鉞何用。」

史彌遠又為他罷免翟朝宗，命通判趙璥夫暫攝州事。李全又致書璥夫，托詞防備蒙古，須增給五千人錢糧，並求誓書鐵券，朝廷尚遣餉不絕。他軍士見了，都說朝廷恐賊不飽，叫我們如何殺賊。

其時趙範、趙葵，奉令節制鎮江滁州軍馬，趙善湘為江淮制置使。這三個人，皆視李全如仇敵，力主用兵。適值史彌遠請假，廷臣皆不置可否，參政鄭清之深為憂慮！與樞密袁韶，尚書范楷，力勸理宗討賊。理宗准奏，清之轉告彌遠，彌遠亦復允許。遂削李全官爵，並下詔宣佈罪狀，飭江淮守臣整軍討賊，且懸重賞，購李全首級。其詔書道：

君臣天地之常經，刑賞軍國之大柄，順斯柔撫，逆則誅夷。惟我朝廷，兼愛南北，念山東之歸附，即淮甸以綏來，視爾遺黎，本吾赤子；故給資糧而脫之餓莩，賜爵秩而示以寵榮，坐而食者踰十年，惠而養之如一日，此更生之恩也，何負汝而反耶？蠢茲李全，儕於異類，蜂屯蟻聚，初無橫草之功；人面獸心，曷勝擢髮之罪。謬為恭順，公肆陸梁，因饋餉之富以嘯聚儔徒，挾品位之崇以脅制官吏，凌蔑帥閫，殺逐邊臣，虔劉我民，輸掠其眾，狐假虎威以為畏己，犬吠主旁若無人，姑務包含，愈滋猖獗，稔茲恣暴，用怨酬恩，舍是弗圖，孰不可忍。

李全可削奪官爵，停給錢糧，敕江淮制臣，整諸軍而討伐；因朝廷僉議，堅一意以剿除。蔽自朕心，誕行天罰，肆予眾士，久銜激憤之懷；暨爾邊氓，期洗沉冤之痛。益勉思於奮厲，以共赴於功名。凡曰脅從，舉宜效順，當察情而宥過，庸加惠以褒忠。爰飭邦條，式孚眾聽。能擒斬全首者，賞節度使，錢二十萬銀，絹二萬匹，同謀人次第擢賞，能取奪現占城壁者，州除防禦使，縣除團練使，將佐官民兵，以次推賞。逆全頭目兵卒，皆我遺黎，豈甘從叛，良由刱制，必非本心，所宜去逆來降，並與原罪。若能立功效者，更加異賚。噫！以威報虐，既有辭於苗民；惟斷乃成，斯克平於淮蔡，佈告中外，咸使聞仇。

這道詔書，乃鄭清之的手筆。

宣布以後，李全即率兵攻揚州。趙璥夫慌張欲遁，副都統丁勝，竭力諫阻，始閉門拒守。史彌遠聞知李全攻揚城，又致書趙璥夫，令遣人告全，許增萬千人糧，勸他率兵速歸。璥夫奉命，令部吏劉易，持書往諭。李全笑道：「史丞相勸我歸，丁都統與我戰，這不是騙我麼？」遂擲書不受。

劉易還報璥夫，璥夫發牌印至鎮江，迎接趙範。範約弟葵同往救援。葵統雄勝、寧淮、武定、強勇四軍，共一萬五千名，馳往揚州。

其時李全信同黨鄭德衍之言，先往攻通、泰二州。既至泰州，知州宋濟迎降，全掠子女財帛，回轉揚州，中途得報，趙範已至揚州，即以馬策撾鄭德衍道：「我原要先取揚州，汝勸我取通、泰，今二趙已入揚州，還容易攻取麼？」鄭德衍不敢聲響。李全乃分兵守泰州，親自引眾攻揚州。

趙、葵即在城濠上，問李全何故來此？李全答道：「朝廷動輒猜疑，現在又絕我糧，故來索取。」趙、葵聞言，便說出幾句話來。

第九十二回　宋主報仇

趙葵聽了李全的言語，不覺怒道：「朝廷把你當忠臣孝子一般看待，你反攻城掠邑，如何不要拒你錢糧？你現在稱兵反戈，還說不是謀叛，想欺哪個呢？你可說來。」

李全受了詰責，無言可答，抽矢彎弓，一箭向趙葵射來。趙葵舉槍將箭撥落壕內，意欲開城出戰，李全率兵退回。

到了次日，悉銳攻城，被趙葵殺退。自此屢次攻薄，趙範、趙葵更番守禦，無懈可擊。且各處救兵，陸續到來，一時如何攻打得下？李全十分焦灼，便要築起長圍，盡力攻打。趙範用輕兵牽綴，自率銳卒，截殺李全之軍。又令偏將金玠，襲全糧草，奪獲糧船數十艘。李全屢次敗衄，還自恃兵多，不肯退去。

從紹定三年冬季，相持至次年孟春，尚是圍攻不退。趙範兄弟，令諸將出城掩

擊。李全沒有防備，遁入土城，兵馬折損無數。

趙範便立成陣勢，向賊營挑戰。李全固壘不出，趙葵說道：「賊人欲待我退師，出兵追擊了。」當下令將校李虎，埋伏於破垣之內，佯作收兵誘賊，賊兵果然掩殺過來。李虎奮起力戰，城上矢石如雨，賊兵敗回。

到了上元這日，趙範於城中張燈設樂，故作閒暇之狀。李全也在海陵召妓侑觴，張燈宴飲。次日又置酒高會於平山堂，有堡塞候卒，見槍上垂有雙拂，知道李全在此，忙去報告趙範。

趙範對趙葵道：「此賊好勇而輕，既出土城，不難成擒了。」遂授計於李虎，然後挑選精銳出城攻擊李全，故意建了贏卒旗號，誘他來戰，李全望見旗號，奔突而前。趙範、趙葵揮軍並進，軍鋒甚是銳利，勇不可當。李全難以招架，且戰且走，意欲退回土城。將到甕門，忽地一彪人馬突然殺出，大叫道：「逆賊休走，李虎在此。」李全見了，無心再戰，拍馬奔逃。

趙葵、李虎前後相逼，殺得李全走投無路，一陣亂奔，到了新塘，那新塘內，泥淖深有數尺；又值天氣晴朗已久，泥淖上面，積滿塵埃，如同燥壞。李全領了數十騎，匆遽奔逃，急不擇路，更兼天已昏黑，望不清楚行到哪裡，李全同了部兵一齊陷入淖內。官軍隨後追來，盡用長槍亂搠。

李全高聲喊道：「不要搠我，我是頭目。」官軍聞得「頭目」二字，愈加搠得厲害，遂將李全搠死，支解其屍，各奪鞍馬，回營報功。原來，官軍營中早有賞格，獲一頭目，即有重賞。

李全陷在淖中，自稱頭目，原是要官軍知道不是賊帥，便可僥倖免脫，豈知官軍早有賞格，所以愈加搠得厲害，到他死了，還恐分奪不勻，把他支解了，前去報功。李全既死，賊黨皆欲散去，國安用還不肯就此解散，要奉楊氏為主，退至淮安。

趙範、趙葵統兵追殺，大破賊黨，方才散去。趙範兄弟收兵回來掩埋新塘骸骨，見有一具屍體左手缺了一指，方知李全真個死了，方才奏報臨安。

那臨安自得李全兵犯揚城的警報，史彌遠束手無策，盈廷惶急，民心憂懼，一夕數驚，岌岌可危。一日夜間，忽然訛傳，揚州兵敗城陷，李全人馬已經渡江，直趨臨安。史彌遠睡在床上，得了這個報告，嚇得面無人色，連忙披衣而起，走出房來，直奔後園，意欲投池自盡，幸得愛妾林氏追隨前來，見彌遠要投身池內，連忙一把拖住道：「相公且耐性少待再作區處。」言罷泣下。

史彌遠為林氏勸住，方才回身，每天愁眉不展，憂急得寢食不安，好容易挨過了

數日，接得揚州捷報，心內的憂愁方才釋去。後人有詩，詠史彌遠聞報投池道：

鐵槍雄盜渡淮南，泣別紅妝赴碧潭；
後夜捷音仍不至，相公區處又何堪。

臨安接到了揚州的捷報，滿朝相慶，下詔加趙善湘為江淮制置大使，趙範為淮東安撫使，趙葵為淮西提刑，諸將皆賞賚有差。趙範兄弟再統步騎十萬，直搗鹽城，殺敗賊黨，遂薄淮安，擊斃賊眾萬餘，焚毀二千餘家，淮安城內哭聲震天。

李全妻楊氏對鄭德衍道：「二十年梨花槍，天下無敵，現在時勢已去，不能再支，你們尚未出降，想必因我在此的緣故了。我今離此它去，你們便可出降了。」遂帶了親卒百人闖出城外，向北而去。

後來竄入山東，又過了幾年方才病死。楊氏去後，偽參議馮垍等，納款軍門。趙範許降，淮安平定，海州漣水等處，亦即克復，十年強寇至此方才掃蕩盡淨。

其時蒙古主鐵木真，使木華黎經略南方，自己經略北方，已經滅了西遼，平了西域，直殺至印度河口，方才班師回國。

鐵木真因西征曾征夏兵，夏主不允，命他遣子入質，夏主又不肯從，鐵木真已經惱怒！恰值木華黎病死，鐵木真決計征伐西夏，乘便經略中原。遂領了大兵，浩浩蕩蕩殺奔西夏，行至中途，忽然抱病，便遣使責備夏主，叫他遣子為質，即便回兵，夏主仍不肯從，鐵木真大怒！帶病領兵勢如破竹，一直殺至夏都。

夏主勢窮力蹙，只得出降。蒙古兵出城，將子女玉帛盡行掠去，所有夏主的宮眷官屬或殺或辱，靡有孑遺。

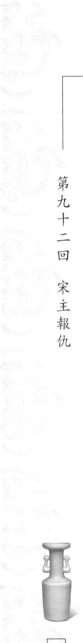

鐵木真因病居住六盤山，自知不起，對左右說道：「西夏已滅，金勢益孤，我原想乘勝滅金，無如大命已盡，不能再活。嗣君能繼我志，南下中原，莫妙於借道宋朝，由唐、鄧直趨大梁，不愁金國不滅了。」言畢而逝。遺言命少子拖雷監國，享年六十六歲，蒙古人稱為太祖。

到了次年，開蒙古大會，由諸王貝勒及各路將帥齊集會議，共推太祖第三子窩闊台為大汗。窩闊台即了汗位，欲承父志，盡力攻金。宋理宗紹定三年，與弟拖雷等入陝西，連下山寨六十餘所，陷鳳翔，惟潼關攻打不下，便想起太祖遺言，命速不罕為行人，赴宋借道，為沔州統制張宣所殺，窩闊台得報大怒，命拖雷引騎兵三萬，趨寶雞，攻下大散關，破鳳州，屠洋州，出武休，圍興元，軍民死者數十萬。又令別將

入沔，趨大安軍，開魚鱉山，撤屋為筏，濾嘉陵江，略地至蜀，四川制置使桂如淵逃歸，蒙古兵連破城寨四百四十餘處，有詔命李皷為四川制置使，知成都府；趙彥吶為副使，知興元府。這邊李、趙兩使方才出發。

那蒙古主窩闊台尚不欲遽絕宋朝的和好，不過藉此示威，便將拖雷召回，會兵攻下了饒鳳關，渡了漢江，東趨汴梁。金主守緒，忙命諸將分屯襄、鄧，領行省完顏合達與移刺蒲阿，領兵入鄧州；楊沃衍、陳和尚、武仙等皆來會合，出屯順陽。蒙古兵渡過雙江，來襲金兵後路。

完顏合達見蒙兵來勢甚盛，打算走避。哪知敵已馳至，幾乎招架不住，幸得部將蒲察定住，率軍截擊，蒙古兵方才退去。

完顏合達駐屯四日，不見敵兵，引了部下，回歸鄧州。不意行至半途，敵騎大至，將輜重完全劫去，金兵潰逃。蒙古兵得了輜重，亦即退回，始得返至鄧州。合達反報告金主，奏稱大捷，金廷相率慶賀。

不上幾時，窩闊台親自南下，進抵鄭州，命速不台引軍攻汴。金主大驚！忙召完顏合達、移刺蒲阿，還兵救援。哪知合達與蒲阿，還救汴京。拖雷又領了三千精騎，隨後追來。金人回兵交鋒，他便退去，金兵啟行，他又來襲，弄得金兵不能休息，只得且行且戰，至黃榆店，又值大風雨雪，勢難前進，等到雪霽，汴京遣人催促赴援。合達只得前行，剛抵三峰山，蒙古兵兩路會齊，四面抄殺。金兵大敗，遂被蒙古兵圍住，無從得食，餓了三日，遂即潰散。合達與陳和尚等突圍而出，走入鈞州。窩闊台又遣將與拖雷會合，攻破鈞州，合達、陳和尚等盡為所殺。

蒙古又移兵攻潼關，守將李平迎降，進圍洛陽。留守撒合，因生背疽不能迎敵，投壕而死。兵民推警巡使強伸為府僉事，堅守三月，蒙古未能攻下，即行退去。窩闊台意欲北返，諭令金主速降。金主乃封荊王守純之子訛可為曹王，命尚書左丞李蹊送往蒙古軍前，納質請和。蒙古將速不台，仍盡力攻城，幸而汴京城池堅固，相持十六晝夜，尚未能下，方才許金議和。金主遣戶部侍郎楊居仁，備下酒肉珍寶等物，出犒蒙古兵。速不台揮軍而退，散屯於河洛之間。

未幾，蒙古行人唐慶，來金通好，為飛虎軍頭目申福等殺死，因此窩闊台又欲大舉，遣使臣王旻，至宋京湖制置使史嵩之處，商議協力攻金。史嵩之轉奏朝廷，廷臣皆以為機不可失，應該乘勢復仇，淮東安撫使趙範上言：「宣和時，海上定盟，卒以取禍，不可不鑑。」理宗不從，命史嵩之遣使往報，願出兵攻金。史嵩之令鄒伸之往報，蒙古窩闊台面許成功之後，當以河南地還宋。鄒伸之還報，宋乃決意出兵。

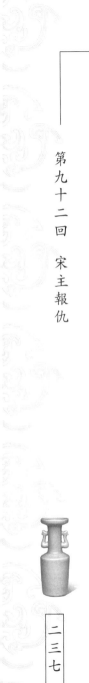

其實金主守緒，自知糧盡兵虛，汴京終難保守，即議從都避難。命右丞相賽不平章白撒，左丞相李蹊等，率軍護駕，留參政奴申，樞密副使習捏阿不等守汴，自與太后、皇后、妃主等告別而去。出城後，茫無定向，不禁大哭！群臣請幸河朔，遂從蒲城渡河，歸德統帥石盞女魯歡，送糧至蒲城，留舟二百艘，張布為幄，請金主登船北行。渡未及半，狂風大起，波浪沸騰，後軍不得再渡。

蒙古將回古乃，又引兵追來，金元帥賀喜，力戰而亡，部兵溺死千人。金主急奔漚麻岡遣白撒攻衛州，蒙古兵來戰，白撒急退，為蒙古將史天澤殺得全軍覆沒，白撒單騎逃回，金主忙趨歸德，遣人往汴京奉迎太后及皇后、妃主。

不料汴京西面元帥崔立，乘機謀變，殺死了留守大臣，請故主永濟子梁王從恪監國，自為太師，尚書令、都元帥、鄭王舉城投降蒙古。蒙古將速不台，進軍青城。崔立盛服往見，稱之為父。速不台大喜，賜以酒宴。崔立酣醉而還，托言金主在外，索隨駕官吏家屬，名為送往行在，實則暗中挑選麗姝充為姬侍，日亂數人，尚不知足。一面將天子袞冕服御，出獻速不台，一面又劫太后、皇后、梁王從恪、荊王守純及各宮妃嬪送往蒙古軍。

速不台殺死荊、梁二王，所有金太后、皇后以下，皆派兵送往和林，在途艱苦萬狀，比徽、欽二帝北去時尤為虐待，可見天理循環，報應昭彰了。

速不台入汴京，蒙古兵徑入崔立家內，將他的妻子、財帛盡行掠去。崔立還在城外，聞報歸家，已是一無所有了，崔立頓足大哭了一場也就罷了。

金主在歸德，聞得汴京已陷，合宮被擄，十分憂急。元帥蒲察官奴，請率海州石盞女魯歡竭力諫阻。蒲察官奴竟殺了女魯歡及左丞相李蹊等三百人，將金主禁錮於照碧堂。金主憤恨已極，暗與內侍局令宋圭奉御女奚烈完出、烏古孫愛實等，同謀討賊。恰值東北路招討使烏古論鎬，運米四百斛至歸德，勸金主南徙蔡州。金主諭官奴南遷，官奴不從，且號令軍民道：「敢有言南遷者斬。」金主遂與宋圭定計，令完出、愛實二人，埋伏門內，佯召官奴議事。官奴昂然而入，完出、愛實左右殺出，刺死官奴。金主御門，撫慰反側，留元帥王璧守歸德，經往蔡州。蒙古兵進薄洛陽，留守強伸，力盡被擒，不屈而死。

宋京西兵鈐轄孟珙，又自棗陽出師，殺金唐州守將武天錫於光化，俘將士四百餘人，進克順陽，迫金帥武仙至馬磴山，斬首無數。武仙逃往石穴。孟珙冒雨而進，武仙又逃。追至鯰魚寨，及銀葫蘆山，兩戰皆捷。武仙易服逃至澤州，為戍兵所殺。餘兵七萬人，盡降於宋。

孟珙收軍還襄陽，方才解甲，奉到史嵩之檄文，知道嵩之已與蒙古都元帥塔察兒，議定攻金，令孟珙速取蔡州。孟珙乃與統制江海，率兵二萬，運米三十萬石，向蔡州進發，往會蒙古軍。

金主守緒還不知道，反令完顏阿虎帶至宋乞糧，面諭他道：「我不負宋，宋實負我。我自即位以來，常戒飭邊將，勿犯南界，現在乘我疲敝，來奪我土地。須知蒙古滅國四十，遂及西夏。夏亡及我，我亡又必及宋。唇亡齒寒，勢所必至。若與我聯合，借糧濟急，為我亦是為彼，卿去可以此言轉告。」

阿虎帶到了宋廷，即以此言轉陳，宋廷哪裡肯依，頓時下令驅逐出境。阿虎帶空手而歸，返報金主。金主無法，只得對天祝禱，並賜宴群臣，面諭他們，為國效力。

酒尚未散，忽報蒙古兵殺來，武將皆起座願戰。金主乃命諸將分為二隊，一隊出戰，一隊守城。這次的出戰，果然人人奮勇，將蒙古兵殺退。塔察兒親自來攻，也遭敗衄，因此不敢進逼，築了長壘，困住城池。宋將孟珙、江海已帶兵運糧而來。

塔察兒見了，甚是歡喜，便與孟珙約定，蒙古軍攻北面，宋軍攻南面，各不相犯。議約已定，遂安排攻具，分頭薄城。金尚書右丞完顏忽斜虎見勢已危急，忙把國家厚恩、君臣大義，激勵軍民，誓死固守。但是斗大一座蔡州，怎禁得兩國的兵力攻打呢？

次日，柴潭樓已為宋軍奪去。孟珙喜道：「金人全仗此水，若決堤注河，此潭立涸了。」立命步兵決堤，堤防一潰，水便泄出，遂令劉薪填潭，以便通道。蒙古兵也決練江而入，兩軍同濟，攻入外城。

完顏忽斜虎慌忙守禦內城，金主守緒已知不能支持，對侍臣涕泣道：「我為金紫十年，太子十年，人主十年，自思無甚罪惡，死亦無恨，但恨祖宗之祚，傳了百年，至我而絕，與古來荒暴的君主，同一亡國，未免痛心！君死社稷，乃是正義。朕決不受辱虜廷，為人奴隸的。」

左右聞言，莫不大哭，金主即出所有金器分賞戰士，殺廄馬犒軍。

其時已是宋理宗端平元年，蔡州城內，糧絕援窮，人困馬乏。孟珙見黑氣壓城，日色無光，便命諸軍運了雲梯，密佈城下。

金主守緒急召東面元帥完顏承麟入內，諭令傳位。承麟泣拜不受，金主守緒道：「朕此舉實出於不得已。朕身體肥重，不勝鞍馬。卿平時矯捷，且有才略，若得脫圍，保存一線宗社，朕死也瞑目了。」

承麟聞言，方才起身受璽。

次日，承麟即位，百官也照例朝賀。忽報宋軍已入南城，完顏忽斜虎忙去巷戰。只見宋軍吶喊而來，蒙古兵也跟隨而至。自己手下不過千人，如何抵敵。完顏忽斜虎已起了必死之心，哪裡還顧什麼眾寡不敵呢？奮呼搏戰，鬥了多時，部眾傷亡殆盡，完顏忽斜虎還不肯就死，要見金主一面，方才殉國，遂又退至幽蘭軒，聞得金主守緒已自縊而亡，便對將士說道：「我主已亡，我還在此做什麼呢？但死也要死得明白，諸君可善自為計罷。」說畢，躍入水中，隨流而去。

將士都道：「相公能死，我們難道不能死麼？」於是兀朮魯、中婁室等以下，相繼從死，共計五百餘人。

完顏承麟退保子城，因金主自盡，與群臣入內哭靈，對大眾道：「先帝在位十年，勤儉寬仁，圖復舊業，有志未遂，實是可哀！應上尊諡為哀宗。」群臣皆以為然，乃酹卮為奠。奠猶未畢，子城復陷，奉御完顏絳山，奉金主守緒遺命，亟焚屍骸，一剎那頃，宋軍四集，殺入裡面，完顏承麟等皆死於亂軍之中。

宋將江海搶入金宮，恰值金參政張天綱，便將他捉住，孟珙也隨後到來，問道：「你主何在？」天綱道：「已殉國了。」孟珙命他引往看視。到了幽蘭軒，房屋早已成灰燼，令軍士撲滅餘火，撿出金主屍骨，已是枯焦。

蒙古元帥塔察兒也已到來，遂議定將金主守緒遺骨，分兩份，一份歸蒙古，一份歸宋。所有寶玉法器也分為兩份，各取一份。且議以陳蔡西北地為界，北屬蒙古，南屬宋朝，商議既定，彼此告別，奏凱而歸。

總計金自太祖阿骨打建國，傳至哀宗，共歷六世九主，一百二十年而亡。孟珙回至襄陽，當將俘獲，由史嵩之齎送臨安。

第九十三回　將門之子

史嵩之將金哀宗遺骨、寶玉法器及俘囚張天綱、完顏好海等，解獻臨安。知臨南府蘇瓊，見了張天綱，即叱道：「你有何面目來此？」

天綱道：「亡國之事，何代無之，我金亡國，比較你們二帝如何？」

蘇瓊不禁慚沮，入奏理宗。理宗召天綱問道：「你難道不怕死麼？」

天綱道：「大丈夫不患不得生，但患不得死。死苟中節，有何可怕？請即殺我。」理宗亦為嗟嘆再三！

刑官又逼天綱供狀，令他書金哀宗為虜主。天綱道：「要殺就殺，還有什麼供狀。」刑官無法，只得令他隨意書供。天綱但書「故主殉國」四字，此外更無他言。

理宗遂獻俘太廟，並藏金哀宗遺骨於大理寺獄庫。時人以孟珙滅金，能報國仇，嘗繪將軍嘗後圖以美之。後人有詩道：

太廟埋魂骨已枯，復仇九廟獻軍俘；
拼香棄雪清風鎮，誰寫將軍嘗後圖。

理宗賞滅金功，加孟珙帶御器，江海又諸將皆論功行賞有差。先是孟珙出兵攻蔡，外由史嵩之主持，內由史彌遠等力贊大計。蔡州將下之時，彌遠已晉封太師並左丞相，鄭清之為右丞相，薛極為樞密使，喬行簡、陳貴誼參知政事。未幾，史彌遠即因疾乞休，遂解左丞相職，加封會稽郡王，奉朝請。彌遠疾病加重，不久即死，入相二十六年。

理宗因其有定策功，恩禮隆重，始終不衰；二子一婿五孫，皆為顯官。初為相時，頗欲引用賢才，力反韓侂胄所為。後因濟王竑受冤而死，廷臣嘖有煩言，遂援引僉王，排斥正士，權傾中外，朝野側目。理宗竟為所制，不能自主。及彌遠死，理宗始得親政，改元端平，逐三凶，遠四木，朝政略有起色。但三凶已見前回，這「四木」又是什麼故事呢？

原來「四木」乃薛極、胡榘、聶子述、趙汝述，名字上面都有一個「木」字，所以當時稱為「四木」。這四人皆是史彌遠的私黨。理宗既逐去了三凶四木，遂召洪諮夔、王遂為監察御史。兩人相繼入朝，獻可替否，薦賢劾邪，朝右始知有諫官。

到了史嵩之獻俘，舉朝相慶，王遂獨劾嵩之，素不知兵，矜功自恣，謀身詭秘，欺君誤國，在襄陽多留一日，即多貽一日之憂！疏上不報。洪諮夔又上言，殘金雖滅，鄰國方強，嚴加守備，尚恐不及，如何可以相賀？理宗頗為嘉納。太常少卿徐僑，嘗值經筵，開陳友愛大義，暗中代濟王竑鳴冤。理宗亦為感悟，復還竑官爵，飭有司檢視墓域，按時致祭。濟王妻吳氏，自請為尼，賜號慧淨法空大師，月給衣貲緡錢，朝政方才略覺清明。

那趙範、趙葵，卻因蔡州已復，上疏請據河守關，撫定中原，恢復三京。朝臣皆以為未可。即趙範的參議官邱岳亦勸趙範道：「蒙古正強，中國新與結盟，如何可背？況中原土地為蒙古百戰而得，豈甘拋棄。我軍一動，彼必來報。那時釁端既開，非但進退兩難，且恐不易收拾。」

參政喬行簡，正在請假，聞得這個消息，上疏竭力諫阻，其餘諫阻的人也很是不少。獨鄭清之卻力贊趙範之議，勸理宗允行。理宗即命趙範、趙葵移司黃州，克日興兵，又命知廬州全子才，合淮西兵萬人赴汴。

汴京由崔立留守，都尉李伯淵、李琦素為崔立所虐待，聞得宋軍已至，即通書約降，假意與崔立商意守備，即拔匕首將他刺死。李伯淵把崔立之屍繫在馬尾，號令軍前道：「崔立殺害劫奪，烝淫暴虐，大逆不道，古今所無，應該殺麼？」大眾齊聲應道：「該殺！該殺！他的罪惡，寸斬還嫌輕的。」當下割了崔立的首級，在承天門，遙祭金哀宗，屍骸橫在街上，軍民臠割，頃刻而盡。

李伯淵等出迎宋軍，全子才進了汴京，留屯十餘日。趙葵引淮西兵五萬到來，見了全子才即道：「我們的計畫是據關守河，你兵已到此半月，不速攻潼關洛陽，還待什麼時候呢？」

子才道：「糧餉未隨，如何行軍？」

趙葵作色道：「現在北兵未至，正好乘虛襲取，若待糧餉文集，北兵已南下了。」

子才無法，遂令淮西制置使機宜文字徐敏子，統帥鈐轄范用吉、樊辛、李光、胡顯等，引兵一萬三千名，即行西上，又令楊誼領廬州強弩兵一萬五千，作為後應，兩軍各懷五日糧而行。

徐敏子到了洛陽，城中沒有守兵，只得人民三百多家，開城出降，敏子率軍入城，次日便沒了糧餉，只得採蒿和麵，作餅充饑。

太常簿朱揚祖奉命至河南，祭謁祖陵，剛至襄陽，有偵騎報告，蒙古前哨已到孟津、陝西、潼關、河南，皆增兵備，駐紮淮東的蒙古兵，也從淮西往汴，朱揚祖得了這個信息，不覺戰戰兢兢，進又不能，退又不敢，急與孟珙計議。

孟珙道：「敵兵雖然兩路前來，計算也要旬餘才能到汴。我挑選精騎送你前往，晝夜兼程，不過十日，即便竣事，敵兵到來，你已南返了，怕什麼呢？」

朱揚祖聽了這話，仍是不敢前去，孟珙便允許他相偕而往，遂疾馳前進，到了陵下，祭謁禮成，重回襄陽，去來都很平安，朱揚祖謝別孟珙，自往臨安覆旨去了。

那楊誼引了人馬，做徐敏子的後應，行至洛陽東面三十里，諸軍散坐蓐食。忽見數里之外，隱隱的有麾蓋過來，紅的黃的其色不一，遙遙而至。諸軍不禁錯愕！忽然一聲胡哨，蒙古兵四下殺來。楊誼沒有防備，倉猝之間如何抵敵，慌忙上馬，向南奔走。部兵見主將已逃，自然潰散。

蒙古兵追至洛水，宋軍溺死者不可勝計，楊誼單騎而回。蒙古兵進迫洛陽，徐敏子出城迎敵，雖然不分勝敗，但是沒有糧草，如何支持，只得棄了洛陽而歸。趙葵、全子才屢次催史嵩之解糧，始終不見解到。蒙古兵又從洛陽來攻汴京，且決河水灌城。宋軍已經乏糧，怎經得再遭溺斃？也只得引軍南還前功盡棄了。

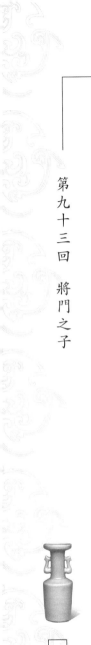

趙範因師出無功，要想脫罪，不但上表彈劾全子才，連自己的兄弟趙葵也連帶在內，說他們輕遣偏師，所以撓敗。有詔將趙葵、全子才各降一秩，其餘諸將也貶黜有差。

史嵩之上疏求去，准予免職，鄭清之亦力請辭職，理宗下詔慰留，以趙範為京湖制置使，代史嵩之職。未幾，蒙古令使臣王檝前來責問敗盟之故，宋廷無可答辯，王檝悻悻而去。

當時南宋的將材，無過於孟珙的。珙為孟宗政之子，智勇足備，頗有父風，在襄陽任上，招集中原健兒一萬五千名，編為鎮北軍，分屯於漢北樊城一帶地方，防備蒙古。理宗命為襄陽都統制，孟珙至樞密院共議軍務，乘便入見，理宗道：「卿為將門之子，忠勤體國，破蔡滅金，功勳卓著，朕深加厚望哩。」

孟珙謝道：「此乃宗社威靈，陛下聖德與諸將之功，臣何力之有。」

理宗道：「卿不言功，益見謙沖。」乃授為主管侍衛馬軍司公事，並命出駐黃州。孟珙陛辭，理宗問及恢復大計，孟珙對道：「願下寬民力，蓄人材，靜俟機會，待釁而動。」又問議和可好麼？孟珙頓首道：「臣以軍旅事陛下，但當言戰，不當言和。」理宗深善其言，優加賞賚。

孟珙叩謝之後即赴黃州，修城濬壕，搜簡軍實，招集邊民，增置保寨，黃州遂成重鎮。理宗又俯從民望，召遠真德秀為翰林學士，魏了翁直學士院。真德秀入朝，即進陳所著《大學衍義》，並請理宗屏除一切娛樂無益之事。魏了翁入對，也以修身齊家，任賢建學為言。理宗斂容聽受，面加慰諭。

原來，真、魏兩人所言，看是空談，實在是有指而言。只因理宗初年議選中宮，那時曾經選入數人，一為故相謝深甫侄孫女；一為故制置使賈涉女。賈女生得異常美豔，深為理宗所愛，欲立為皇后。楊太后卻對理宗道：「謝女端重有福，宜冊為后。」理宗不敢有違，只得冊謝女為后，封賈女為貴妃。

那謝皇后幼時，一目生翳，面目黧黑，父名渠伯，久已亡故，家亦中落，後嘗親自汲水烹飪，到得深甫做了宰相，兄弟輩欲納女入宮，其叔樺伯道：「此女面貌，僅可充一灶下婢，即使勢有可援，選入後宮，也不過做一個老宮人，況且要厚備妝奩，一時間又從何處措備呢？」經此一阻，事即中止。

恰值元夜張燈，天臺縣內，忽有群鵲巢於燈山，大家都以為是后妃的預兆。天臺縣的巨宦，首推謝氏，遂集資摒擋行裝，送后入宮，樺柏要想阻止，已是不及。謝后一路前往臨安，忽然發疹，及至痊癒，創痂脫落，面色轉白，膚如凝脂，目翳亦得良

醫治好，竟成了一個姣美女子。

楊太后聽得有這樣的異事，又因自己得冊為后，謝深甫曾於暗中相助，所以一力主張，冊謝氏為后。但是謝后雖然轉陋為美，那輕顰淺笑，舉動宜人，究竟不及賈貴妃，因此冊立謝后時，內侍宮人都暗中說道：「不冊立真皇后，倒反冊立假皇后了。」

只是謝后秉性謙和，馭下寬厚，對於賈貴妃的擅寵爭嬌，絲毫沒有嫉妒之意，事奉太后，亦能先意承順，因此楊太后更稱她賢慧，即理宗也深加敬禮，不敢輕慢。

過了一年，楊太后崩逝，上尊謚為恭聖仁烈，賈貴妃更加恃寵而嬌。其弟似道，年少無賴，憑藉賈貴妃的內援，居然授為藉田令。似道倚仗勢力，行為更不檢束，日日縱遊妓家。到了夜間，還挾妓遊湖，燈火徹曉，絲竹管弦，盈耳不絕。

一日夜間，理宗登高，憑欄遠眺，見西湖上面池燭輝煌，耀得如同白晝。理宗對左右道：「想必又是賈似道在那裡挾妓遊湖了。」次日，命內侍出外察訪，果是似道所為，因命京尹史岩之，嚴加戒飭。

那史岩之，因賈貴妃深得寵愛，正要設法巴結，恃為內援，見理宗命他戒飭似道，一則懼怕賈貴妃的勢力，不敢得罪他的兄弟；二則藉此獻此殷勤，好保全自己的祿位。遂即奏道：「似道少年性情，落拓不羈，但堪大用，陛下不當拘以小節。」

理宗聽了這話，只得似道真有大才，便有用他之意。那時後宮裡面，除了賈貴妃之外，還有一個宮人閻氏，生得體態苗條，嫵媚動人，理宗也甚為寵幸，封為婉容。這閻婉容與賈貴妃，並擅恩寵，暗與內侍董宋臣等，表裡為奸，勢傾朝野，炙手可熱，所以真德秀勸理宗屏除一切娛樂無益之事。

魏了翁又勸理宗修身齊家，正是對症發藥，並非一派空談可比。理宗雖然當面嘉納，宮內變寵仍舊如故，當即以真德秀參知政事。其時真德秀已是抱病，力請辭職，罷為資政殿學士，提舉萬壽宮，未幾，病歿，追贈為光祿大夫，予謚文忠，後世稱為真西山先生。

真德秀既歿，只剩了一個魏了翁在朝，他卻不避利害，遇事直言，理宗要命為參政，執政暗中排擠，未能任用。

蒙古主窩闊台又因宋人背盟，欲雪前恨，三路入寇。第一路命其子闊端（庫騰）、大將塔海入蜀；第二路命忒木解（特穆德克）、張柔等侵漢；第三路命溫不花（琨布哈）、察罕等侵江淮。三路人馬，大舉南下，兵鋒甚銳，各路告急的奏章，如雪片一

般飛到宋廷，宋廷又未免惶恐起來。

此時鄭清之任左丞相，喬行簡為右丞相，兩位宰相，會議之下，居然保舉魏了翁督視京湖軍馬。理宗因兩位丞相都薦魏了翁知兵體國，文武兼全，立即授為端明殿學士，同檢書樞密院事，督視京湖軍馬。

恰值江淮督府曾從龍，因憂懼而死，遂把江淮之事也擱在他一人身上，舉朝臣僚均皆大駭，上書諫阻，理宗又不肯允，竟命了翁即日視師，且賜便宜行事，如當初張浚的故事。了翁辭謝了五次，皆不獲命，料知執政大臣有意傾陷，若再推辭，必加以遇事規避的罪名了，因此就不顧利害，把這千斤重任挑在肩上。

陛辭的時候，理宗御書唐人嚴武詩，並「鶴山書院」四個大字，以寵其行，又命宰相餞行。了翁啟程，徑赴江州，開府視事，用吳潛為參謀官，趙善瀚、馬光祖為參議官，申儆將帥，分派援軍，又獻邊防十策，倒很有一番作為。

蒙古將溫不花率兵至唐州，全子才棄師而逃。趙範來援，擊敗敵兵於上閘，敵始退去。闊端的人馬到了沔州，知州事高稼，以孤軍迎戰，力竭陣亡。蒙古兵進圍青野原。利州都統制曹友聞，夤夜赴救，才得解圍，又轉援大安軍，殺敗蒙古先鋒汪世顯。兩路軍報，到了宋廷，還以為蒙古兵並不厲害。

鄭、喬兩相因傾陷魏了翁，未能如願，恐他反因此得立功勞，遂奏請理宗召了翁回朝，授為簽書樞密院事。了翁力辭不受，改為資政殿學士，出任湖南安撫使兼知潭州。了翁仍復辭謝。乃命提舉臨安府洞霄宮，不久病逝，理宗深為惋惜！特贈少師，賜諡文靖。

蒙古兵日形猖獗。趙範在襄陽任用北軍將士王旻、李伯淵、樊文彬、黃國弼等為心腹，北軍勢力高於南軍。南軍心懷不平，交訌起來。趙範又撫馭不善。王旻、李伯淵縱火燒城廓倉庫，投降蒙古。南軍將士李虎等，又乘著北軍縱火，大掠而去。襄陽城內，自岳飛恢復之後，貯積甚富，經此一番劫掠，將累年積蓄掃蕩無餘。趙範因此削職，以趙葵為淮東制置使兼知揚州。趙葵屯墾治兵，嚴飭邊防，頗能自守。

但是襄漢一帶，被蒙古將忒木解破棗陽，下德安府，陷隨州，長驅直入，至荊門軍。溫不花也攻入淮西。蘄、舒、光諸州，皆望風奔潰。溫不花由信陽至合肥。闊端這一路，破武休，陷興元，直入平陽關。利州統制曹友聞，與弟友萬、友諒，皆戰歿。闊端率兵入蜀，不到一月，西蜀全境，幾乎盡皆陷沒。

闊端在成都府屯兵數日，又移兵北攻文州。知州劉銳、通判趙汝鄉，固守逾月，知不能免，劉銳令全家服毒，幼子方才六歲，服藥之時，尚下拜接受。等到闔家已

死，劉銳積薪焚屍，所有金帛誥命，亦付一炬，然後自刎。州城被陷，趙汝薌罵賊而亡，軍民同死者數萬人。

警報至臨安，理宗追悔前失，鄭清之、喬行簡上疏辭職，遂即罷免。起史嵩之為淮西制置使，進援光州，趙葵援合肥。沿江制置使陳韡，遏和州，為淮西聲援。史嵩之聞忒木解至江陵，急檄孟珙赴援。孟珙令民兵部將張順先渡，親引全軍繼進為後應，連破蒙古二十四寨，救出難民二萬有餘。蒙古將察罕攻真州，知州事丘岳，連卻敵兵，又於胥浦橋設伏誘敵，擊死蒙古將士，方才退去。理宗又改端平五年為嘉熙元年，仍用喬行簡為左丞相兼樞密使，鄭清之知樞密院兼參知政事。

蒙古主窩闊台既已南侵，又命將撒里塔征伐高麗。高麗本來臣服宋朝，遼金迭興，即屬遼金。到得蒙古強盛，又降順蒙古。只因高麗王曒新近嗣位，不知利害，殺死蒙古使臣，所以命撒里塔領兵東征。高麗人如何敵得過蒙古，屢戰敗北，只得遣使謝罪，情願增加歲幣。撒里塔報知窩闊台，窩闊台命他遣子為質，方許議和，高麗王只得答應。

未幾，窩闊台又命將綽馬兒罕，平定了西域，再命太祖之孫拔都、速不台等，西征欽察，攻入阿羅思部，並屠也烈贊城，陷莫斯科，進兵歐洲，分兵入馬札兒、索烈兒，歐洲北境諸國合力迎敵，俱為蒙古所敗，全歐大震，捏迷思部民竟至荷擔逃去。

窩闊台因為西征歐洲，所以把南方的軍務略為擱置。現在西路接連報捷，他又銳意圖南，命溫不花進攻黃州。孟珙自江陵回救黃州，將蒙古兵殺退。溫不花移攻安豐軍。宋將杜杲，憑城堅守，幸得池州都統制呂文德，率軍馳至，兩下夾攻，方將溫不花殺退。史嵩之已奉命為參政，督視京湖江西軍馬，開府鄂州，聞得蒙古將察罕入寇廬州，又要調兵救援了。

第九十四回　叩閽上書

史嵩之聞得蒙古將察罕領兵往攻廬州，急調杜杲前往救援。杜杲奉檄即行，馳入廬州，預備守城，遙見蒙古兵蜂屯蟻附而來，約有數十萬之眾，所攜攻城器具，不可勝計。杜杲見了，並無懼色，但看敵人如何來攻，他便如何應付，隨機而動，絕無匆遽之態。

只見蒙古兵，既抵城下，便撤運土木，盡力築壩。不到多時，已築得高於城齊。杜杲力命兵士用油灌草，燃之以火，拋擲壩下，一剎那頃，火勢隨風而旺，所築之壩盡行焚去。

蒙古兵見壩已被焚，即用炮轟城。杜杲就敵樓內，築起七層雁翅，抵擋炮火。蒙古兵開炮打來，悉為雁翅所阻，射回敵營，反打傷了自己人馬，蒙古兵不覺驚慌起來。杜杲便乘這機會出城邀擊，蒙古兵大敗而逃。杜杲追逐了數十里，方才回

來，又練舟師，扼守淮河，遣其子遮，與統制呂文德、聶斌等，分伏要險。蒙古兵不能進，方才退去。杜杲奏捷臨安，有詔命為淮西制置使；又命孟珙為京湖制置使，規復荊襄。

孟珙奉了朝命，對部下道：「欲圖規復，必得郢州，乃可通餉運；必克荊門，乃可出奇兵。」遂檄江陵節制司進搗襄鄧，自赴嶽州，召集諸將，指授方略，命各進兵。諸將依計深入，遂復郢州，克荊門軍。又命將取了信陽、光化軍及樊城、襄陽。

孟珙方才上疏，奏陳保守方法道：

取襄不難，而守為難，非將士不勇也，非軍馬器械不精也，實在乎實力之不給爾。襄、樊為朝廷根本，令百戰而得之，當加經理，如護元氣，非甲馬十萬，不足分守，與其抽兵於敵來之後，孰若保此全勝，上兵伐謀，此不爭之爭也。

理宗得了此奏，便詔孟珙便宜行事。孟珙乃編蔡息降人為忠衛軍，襄郢降人為先鋒軍，擇要駐守，襄、漢以固。

蒙古將塔海，又引兵入蜀。制置使丁黼，誓死堅守，選遣妻孥南返，然後登陴拒敵。塔海由新井進兵，詐建宋軍旗幟，以誘城內，丁黼果然墜入計中，疑是潰兵，令入招徠，等到已及城下，方知是蒙古兵，遂引軍夜出城南，於石筍街迎戰，眾寡懸殊，兵敗身死。塔海遂進陷漢、邛、簡、閬、篷諸州，又破重慶、順慶諸府，直趨成都，再赴蜀口，欲出湖南。

孟珙得了消息，料定蒙古兵必由施黔出川，急運粟十萬石，分發軍餉，令三千人屯峽州，一千人屯歸州，命其弟瑛，率五千人駐紮松滋，聲援夔州，並增兵戍守歸州隘口的萬戶谷，添派一千人屯施州。忽聞得塔海渡江東下，忙又分派戰船，增設營寨，遣兵由簡道至均州，扼守要衝，等得蒙古兵渡過萬州湖灘，施、夔大震。孟珙之兄孟璟知峽州，拒敵於歸州大理寨，殺退蒙古兵前哨。進兵邀截於巴東，又獲勝仗，夔州乃得保全。

孟珙復偵得蒙古主帥在襄、樊、信陽、隨州諸處招集軍民佈種，又於鄧州的順陽境內，屯積船料，即分兵查察，嚴密防範，且設計將蒙古所儲材料，暗地焚毀，又遣兵暗入蔡州，燒了所屯的糧草，蒙古兵遂不敢進窺襄漢。

理宗因四川未定，特下詔調孟珙為四川宣撫使兼知夔州，節制歸峽鼎澧軍馬。孟珙奉詔赴鎮，招集散民，編為寧武軍，用回鶻降人愛里巴圖魯等，為飛鶻軍。適值四

川節置使陳隆之，與副使彭大雅，不能和協，互相訐奏。孟珙致書責備他們道：「國事如此，合智並謀，尚恐不克。兩司猶事私鬥，豈不聞廉藺古風麼？」

陳隆之、彭大雅得了此書，各懷慚愧，遂改怨為睦，互相和協。

孟珙又釐正宿弊，訂立條目，頒發州縣，內中有最緊要的幾句話道：「不擇險要立寨柵，無從責兵衛民；不集流離安耕種，無從責民養兵。」其餘如賞罰不明，克扣軍餉，官吏貪婪，上下欺罔等弊，皆嚴加申戒。因此吏治一新，兵備嚴整。

後又兼任夔州路制置屯田兩使，遂調夫役築堰，募農人給種，由秭歸至漢口，為屯二十，為莊七十，為頃十八萬八千二百八十。又設南陽、竹林兩書院，居住襄、漢、四川流寓人士，用李庭芝權施州建始縣。李庭芝到任之後，訓農治兵，招募壯士，勤加訓練，方及一年，士民皆知戰守，無事服農，有事出戰。孟珙乃將李庭芝所行諸法，飭各屬遵照仿行。

其時喬行簡已晉爵少傅，平章軍國重事，李宗勉為左丞相兼樞密使，史嵩之為右丞相，督視江淮四川京湖軍馬。這三人之中，還是李宗勉清謹守法；那喬行簡遇事模稜，無所可否；史嵩之執拗任性，惡聞直言。當時的人評論三位丞相，都說喬行簡太浮泛，李宗勉太狹隘，史嵩之太專擅，三個丞相皆各有一失。

未幾，喬行簡乞休，遂即病死，李宗勉亦歿。史嵩之竟得專政，朝右的正人，如杜範、游侶、劉應起、李韶、徐榮叟、趙騰諸人，皆與史嵩之不合，相繼罷斥，只有孟珙一人向為嵩之所尊敬，因此，每有所請，無不准行，並無掣肘之虞。理宗到了嘉熙五年，又改為淳祐元年。

那時蒙古主窩闊台亦以病殂，蒙人稱之為太宗。第六后乃馬真氏（鼐瑪錦氏）稱制，調歸拔都等西征各軍，惟南軍獨不調回。塔海令部將汪世顯等，復行入蜀，進圍成都，制置使陳隆之，堅守十餘日，誓必與城共存亡。誰知副將田世顯，已送款於蒙兵，乘夜突入衙署，執住陳隆之，殺其家屬數百口，開城出降。陳隆之被執至漢州。蒙古將汪世顯，令他招降守將王夔。隆之高聲對王夔道：「大丈夫當捨生取義，何畏一死，幸勿降虜。」語至此，已為蒙古兵殺死。王夔率漢州軍三千出戰，兵敗遁去，漢州遂陷，人民盡為屠戮，蒙古兵又移師出蜀。

其時蒙古使臣王檝，已第五次來宋議和，兩下相持不決，王檝竟病死於宋。宋廷送王檝靈櫬回去。蒙古又遣月里麻思伊拉瑪斯赴宋，繼續議和，同行的共有七十餘人，方抵淮上，為守將阻住，勸他歸降。月里麻思不從，被拘於長沙飛虎寨。

蒙古聞之，又令也可那顏、耶律朱哥等引兵由京兆，取道商房，直薄瀘州。孟珙

得報，忙分軍邀截，一軍屯江陵及郢州；一軍屯沙市，一軍從江陵出襄陽與諸軍會合。又遣一軍屯涪州，並令守城將士不得失棄寸土。權開州梁棟，因軍糧缺乏，棄城而回。孟珙怒道：「竟敢違令棄城麼？」立斬以徇，諸將相視戰慄，奉命惟謹。蒙古將士聞得守備甚嚴，遂不敢進兵。

宋廷又命余玠為四川制置使兼知重慶府。余玠，蘄州人，家世寒微，為人落拓不羈，往見淮東制置使趙葵。趙葵與語，頗奇其才，留於幕府，後令率舟師泝淮，入河抵汴，所至克捷，累遷為淮東副使。自陳隆之戰歿，四川制置使懸缺未補。余玠入朝，奏對稱旨，授為四川宣撫使，後又改任四川制置使。

四川財賦，甲於天下，自寶慶三年，失去關外之地。端平三年，蜀境又遭蒙兵殘破，所存州郡已是無幾。因此，國用愈加窮迫，歷任的宣撫制置諸使，皆十分支絀，束手無策。監司將帥各自為令，不相統屬，官無法紀，民生凋敝。自余玠到鎮之後，大革弊政，重賢禮士，簡選守令，嚴加申儆，又在署左擇地，建築招賢館，量才任使，皆得其用。

播州有兄弟二人冉璡、冉璞，俱有文武全才，隱居蠻中，不肯出任。前後閫帥，皆加辟召，均辭不就。及余玠至蜀，二人聞其賢名，不召自至，詣府晉謁。余玠待以上賓之禮，冉璡與弟璞，居館數月，未獻一策，亦無陳請。余玠極為懷疑，暗中遣人偵察二人所為何事，但見兄弟二人相對踞坐，終日以堊畫地，有時繪山川，有時繪城池，從旁看了，都不解其命意所在，回報余玠，也莫測其淺深。

又過了十餘日，兄弟二人忽來晉謁，請屏左右。余玠即飭退從人，拱手請教。冉璡獻議道：「為今日的西蜀計，莫有過於徙合州城一事最為重要。」

余玠聽了，又離座言道：「玠亦見及於此，無如無地可徙。」

冉璡答道：「蜀口形勢，無過釣魚山，請徙城於彼處，擇人扼守，積粟以待，可以抵得十萬雄師，巴蜀即可固於金湯了。」

余玠大喜道：「我固知先生非淺識者流，那些譏議先生的人，真是毫無見識了。但玠得此奇謀，不敢掠為己功，當為先生請於朝廷，即日照行。」冉璡兄弟退出，余玠立刻拜表，依議陳請，且請授二人官職。有詔命冉璡為承事郎，冉璞為承務郎，權通判州事。徙城工作盡委二人辦理。

此詔既下，合府皆知，頓時大嘩。余玠勃然道：「此城若成，全蜀賴以安，否則玠一人坐其罪，與君並無干涉。」眾人始不敢反對。遂就青居、大獲、釣魚、雲頂、天生諸山，建築十餘座城池，皆因山為壘，棋布星羅，將合州舊城移徙於釣魚山，專

守內水；利戎舊城，移徙於雲頂山，以禦外水。表裡相維，聲勢聯絡，屯兵聚糧，為保守計，蜀民乃有依賴，共慶安居。

但江淮之間，仍遭寇掠，蒙兵渡淮，攻入揚、滁、和諸州，進屠通州。史嵩之因江淮保障，重在江陵，請調孟珙知江陵府，借資守禦，理宗准奏。恰值嵩之之父去世，嵩之應丁難守制，方才居廬數日。理宗即下詔起復，仍命為右丞相兼樞密使。將作監徐元傑請收回成命，理宗不從。太學生黃愷伯等一百四十四人，叩閽上書，劾論史嵩之不守父喪，遽行起復，大逆不道，無過於此。

這篇疏書，洋洋數千言，直將史嵩之奸回心腸完全抉出。錄在下面，閱者看了，就知史嵩之的罪惡，實是不赦。理宗的信任不疑，也可謂昏庸極了。其疏道：

臣等竊謂君親等天地，忠孝無古今。事親孝，故忠可移於君。自古求忠臣必於孝子之門，未有不孝而可望其忠也。昔宰予欲短喪，有期年之請。夫子猶以不仁斥之，宰予得罪於聖人；而嵩之居喪，即欲起復，是又宰予之罪人也。且起復之說，聖經所無；而權宜變化，衰世始有之。我朝大臣若富弼，一身關社稷安危，進退係天下輕重。所謂國家重臣，不可一日無者也。

起復之詔，凡五遣使，弼以金革變禮，不可用於平世，卒不從命，天下至今稱焉。至若鄭居中、王黼輩，頑忍無恥，固持祿位，甘心起復，滅絕天理，卒以釀成靖康之禍，往事可鑑也。

彼嵩之何人哉？心術回邪，蹤跡詭秘，曩者開督府，以和議惰將士心，以厚貲竊宰相位，羅天下之小人，為之私黨；奪天下之利權，歸之私室；蓄謀積慮，險不可測。在朝廷一日，則貽一日之禍；在朝廷一歲，則貽一歲之禍；萬口一辭，惟恐其去之不速也！嵩之亡父，以速嵩之之去，中外方以為快，而陛下乃必欲起復之者，將謂其有折衝萬里之才歟？嵩之本無捍衛封疆之能，徒有劫制朝廷之術。將謂其有經財用之才歟？嵩之本無足國裕民之能，徒有私自封殖之計。陛下眷留嵩之，將以利吾國也，殊不知適以貽無窮之害爾。

嵩之敢於無忌憚，而經營起復，為有彌遠故智，可以效尤。然彌遠所喪者庶母也，嵩之所喪者父也，彌遠奔喪而後起復，嵩之起復而後奔喪。以彌遠貪黷固位，猶有顧恤，丁艱於嘉定改元十一月之戊午，起復於次年五月之丙申，未有如嵩之之匿喪罔上，殄滅天常，如此其慘也。

且嵩之之為計亦奸矣，自入相以來，固知二親耄矣，必有不測，旦夕以思，無一

事不為起復張本。當其父未死之前，已預為必死之地，近畿總餉，本不乏人，而起復未卒哭之馬光祖。京口守臣，豈無勝任，而起復未終喪之許堪。故里巷為十七字之謠曰：「光祖作總領，許堪為節制，丞相要起復援例。」夫以里巷之小民猶知其奸，陛下獨不知之乎？台諫不敢言，台諫嵩之爪牙也；給舍不敢言，給舍嵩之腹心也；侍從不敢言，侍從嵩之肘腋也；執政不敢言，執政嵩之羽翼也。嵩之當五內分裂之時，方且擢奸臣以司喉舌，謂其必無陽城毀麻之事也；植私黨以據要津，謂其必無惠卿反卿反噬之虞也。

自古大臣不出忠孝之門，席寵怙勢。至於三代，未有不亡人之國者。漢之王氏，魏之司馬氏是也。史氏秉鈞，今三世矣。軍旅將校，惟知有史氏，而陛下之前後左右，亦惟知有史氏。陛下之勢，孤立於上，甚可懼也！

天欲去也，而陛下留之，堂堂中國，豈無君子，獨信一小人而不悟，是陛下欲藝祖三百年之天下，壞於史氏之手而後已。臣方惟涕泣裁書，適觀麻制有曰：「趙普當乾德開創之初，勝非在紹興艱難之際，皆從變禮，迄定武功。」夫儗人必於其倫，曾於奸深之嵩之，而可與趙普諸賢，同日語耶？

趙普、勝非之在相位也，忠肝貫日，一德享天，生靈倚之以為命，宗社賴之以為安。我太祖、高宗，奪其孝思，俾之勉陳王事，所以為生靈宗社計也。嵩之自視器局，何如勝非，且不能企其萬一，況可匹休趙普耶？臣愚所謂擢奸臣以司喉舌者，此其驗也。臣又讀麻制有曰：「諜報憤兵之聚，邊傳哨騎之馳，況秋高而馬肥，近冬寒而地凛。」

方嵩之虎踞相位之時，諱言邊事，通州失守，至逾月而復聞，壽春有警，至危急而後告。今圖起復，乃密諭詞臣，昌言邊警，張惶事勢以恐陛下，蓋欲行其劫制之謀也。臣愚所謂擢奸臣以司喉舌者，又其驗也。臣等於嵩之本無私怨宿忿，所以爭趨闕下，為陛下言者，亦欲揭綱常於日月，重名教於丘山，使天下為人臣，為人子者，死忠死孝，以全立身之大節而已。孟軻有言：「學則三代共之，皆所以明人倫也。」臣等久被化育，此而不言，則人倫掃地，將之嵩之胥為夷矣，惟陛下義之！

這道奏疏，把史嵩之的奸心揭出無遺。理宗見了，也應感悟。哪知仍如石沉大海一般，毫無影響。武學生翁日善等六十七人，京學生劉時奉、王元野等九十四人，又接連上書陳請，令史嵩之終喪，以維綱常大節，理宗只是不省。

徐元傑又入朝面陳道：「嵩之起復，士論譁然，乞許嵩之薦賢自代，免叢眾謗。」

理宗諭道：「學校雖是正論，但所言也未免太過了。」徐元傑對道：「正論乃是國家的元氣，今正論猶在學校，要當力與保存，幸勿傷此一脈。」理宗默然不答。徐元傑遂自求解職，理宗不許。徐元傑只得退出。左司諫劉漢弼，也入奏理宗，請聽嵩之終喪，理宗方才有些感悟。

恰值史嵩之也自知難逃公議，也上疏奏請終喪。理宗乃下詔從嵩之所請，以范鍾為左丞相，杜範為右丞相，皆兼樞密使。那杜範係黃岩人，素有令名，時人皆以公輔期之，現在做了宰相，自然大家都屬望他有一番施為了。

第九十五回　三不吠犬

理宗因太學生伏闕上書，臣僚入諫，方才聽令史嵩之守制終喪，任范鍾、杜範二人為左右丞相並兼樞密使。范鍾雖是個庸庸之輩，杜範卻豐裁峻峭，態度端凝，素有令名，為士大夫所屬望，一旦入相，必然有一番作為了。

果然不到兩日，杜範便入陳五事。哪五事呢？一、正治本；二、肅宮闈；三、擇人才；四、惜名器；五、節財用。

這五樁事情，已是切中時要，接連著又上陳十二事：一、公用捨；二、儲材能；三、嚴薦舉；四、懲贓貪；五、專職任；六、久任使；七、杜僥倖；八、重閫寄；九、選軍實；十、招土豪；十一、溝土田；十二、治邊理財。

各事都詳細規劃，悉合時宜，又勸理宗早定國本和安人心。

自從高宗南渡，建炎初年，李綱入相，有過這樣的規劃，以後的宰相哪有如此的

施為。理宗見他盡心為國，知無不言，倒也很為嘉納。

其時孟珙正移鎮江陵，駐軍上流，朝廷又疑他兵權過重，日後恐不可制。孟珙知道這事未免危懼，惟有交歡執政，以免他患。便致書杜範，加以頌揚。

杜範覆書道：「古人謂將相調和，士乃豫附，此後願與君同心為國，若以虛言相籠絡，殊非範所期望了。」孟珙見了這封覆書，十分愧服！

杜範又擢徐元傑為工部侍郎，一切政事皆與諮議。徐元傑知無不言，言無不盡，極有裨益。臨安人士，方才喁喁望治，誰料天不假年，老成凋謝，杜範竟以疾卒，共計他在相位，不過八十日。理宗甚為悲悼！追贈少傅，賜諡清獻。

過不到月餘，徐元傑於入值的前一日，謁見左丞相范鍾，在閣中吃罷午飯，下午歸去，忽然腹內不快，到了黃昏時候，寒熱交作，方才四鼓，竟至指爪爆裂，大叫數聲而死。三學諸生聞知此事，皆說徐元傑為人謀害而死，共抱不平，伏闕上書，略言「歷期以來，小人之傾陷君子，不過使之遠謫，觸冒煙瘴而死。今蠻煙瘴雨，不在嶺南，轉在朝廷，臣等實不勝驚駭！」

理宗見了此書，有詔將閣中承侍吏役逮交臨安府審訊。但此事毫無佐證，那裡還有實供。臨安府尹又因事關重大，審了出來，干連的人必是極有權勢的，犯不著結這個怨恨觸犯權奸，便任他拖宕下去，不去詳加審問。

哪裡知道，一波未平，一波又起，劉漢弼又以會食閣中，忽得腫疾身死。太學生蔡德潤等一百七十三人，又叩閽上書，為之訟冤。理宗至此也無法可施，只得頒給徐元傑、劉漢弼二人家屬官田五百畝，錢五千緡，作為撫恤之費，眾議愈加沸騰，竟有人說：「故相杜範，也因為人嫉妒，中毒而亡。」因此一番議論，在廷諸臣人人危懼，到了閣堂會食，無人再敢下箸。

究竟是什麼人下此毒手，卻又沒有跡兆，可以跟尋。只有一事可疑，因為此事發生之後，史嵩之的侄兒史璟卿，因平日勸諫嵩之，惹了嵩之的惱恨，居然也以暴病而亡。有此一事，大眾皆疑是史嵩之的主使，只是沒有證據，也只好空自議論罷了。

未幾，知江陵孟珙，以病乞請罷職，理宗下詔，授為寧武軍節度使，以少師致仕。哪知使命方至，孟珙已卒，時為淳祐六年九初旬，這月的朔日，有大星隕於江陵境內，聲如暴雷。孟珙死的一日，又有狂風大作，走石拔木。訃達朝廷，理宗為之震悼輟朝，賻銀絹各一千，贈太師，封吉國公，予謚忠襄，立廟享祀，號曰威愛。

孟珙既逝，襄漢已恐不能保全。哪知理宗還不慎擇帥臣，竟命賈似道往代其任。

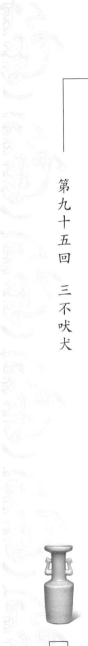

試想這個賈似道，只有挾妓遊湖是他的長技，除此以外，一無所長，忽把這樣重任付託於他，如何能夠擔當呢？未幾，范鍾以年老乞休，遂罷左丞相職，提舉洞霄宮，起鄭清之為右丞相兼樞密使。

清之自罷職後，閒居家中，日日遨遊湖上，與寺僧談禪說法，且放浪形骸，到處遊行。起復之詔到門，清之正在遊湖，寄居僧寺，次日方才回家接詔，入朝懇辭。理宗不許，又以趙葵為樞密使，督視江淮京湖軍馬兼知建康府，陳韡知樞密院事，任湖南安撫大使兼知潭州。

那趙葵非但有專閫之才，且精擅文學，性情倜儻，家中婢女侍妾亦善詩詞。既任樞密，退朝歸來，姬侍皆不知所往，無人承值。趙葵心下詫異道：「往日我歸家中皆爭先承迎，惟恐或後，今日如何一人不見呢？」遂親往後園尋訪她們，卻見諸姬皆在園內，聚集一處，共摘青梅。

趙葵見她們如此高興，也覺欣然，故意責備諸姬道：「你們拋了正事在此遊戲，我退朝回來，連承值的人都沒有了，照例應該重責，現在姑從寬貸，可吟詩一首以贖罪。」便有一姬應聲朗吟道：

析聲默報早春回，滿院春風繡户開；
怪得無人理絲竹，綠蔭深處摘青梅。

趙葵見她才思敏捷，深為讚許！

一日，天氣炎熱，趙葵在園中的水亭上避暑，偶然興至，便作詩道：

水亭四面朱欄繞，簇簇游魚戲荇藻；
六龍畏熱不敢行，海水煎徹蓬萊島。
身眠七尺白蝦鬚，頭枕一枚紅瑪瑙。

吟成了六句，忽然身體困倦，擲筆睡去。有個侍兒送茶前來，見趙葵酣呼大睡，不敢驚動，將茶盞放於案上，瞥眼見了詩箋，吟哦一遍，知道尚未作完，遂即續上兩句道：

公子猶嫌扇力微，行人多在紅塵道。

趙葵醒來，見自己的詩已有人續成，詰問之下，方知是婢女續的，心內也很愛她聰慧，因此將這婢女另眼看待，深加寵愛。

試想這趙葵，有這樣的風雅才調，就是不由科目出身，有甚要緊呢？偏生有個言官，上章彈劾，說趙葵非由科目進身，難任樞密。趙葵經此糾彈，遂即上疏辭職，辭表中有儷語道：「霍光不學無術，每思張詠之語以自慚；後稷所讀何書，敢以趙抃之言而自解。」這四語流傳人口，理宗竟以趙葵為觀文殿大學士兼判譚州。

史嵩之此時已經服闋，仍復覬覦相位，理宗也有起用的意思。殿中侍御史章琰，右正言李昂英，監察御史黃師雍，劾嵩之無父無君，竟至落職。翰林學士李韶，又與同官抗疏力諫，方才命嵩之致仕，示不復用。又升賈似道為兩淮制置使兼知揚州。李曾伯為京湖制置使兼知江陵府。

自理宗淳祐紀元以來，京湖一路有孟珙，西蜀一路有余玠，淮西一路有招討使呂文德，都能搜軍簡乘，安排守禦無隙可乘，且因蒙古又有內亂，所以屯兵境上，並不敢前來侵擾。

但是蒙古有什麼內亂呢？也須略略表明。看後方有頭緒。

原來，蒙古自窩闊台第六后乃馬真氏稱制，國內無君，已經四載。乃馬真氏又寵用侍臣奧都刺合蠻與回婦法特瑪，這兩個人內外勾通，稍不如意，即將其人置之死地，因此朝中的故舊大臣罷斥殆盡，中書令耶律楚材，意以憂憤而亡。

太祖之弟帖木格大王，聞得朝右如此混淆，便奮然而起，竟自藩鎮提兵欲入清朝政。乃馬氏得了這個消息，不免惶懼，遂召長子貴由入都，立為國主，藉此可以止住帖木格的人馬。帖木格聞得貴由已立為君，果然收兵而回。

但是，貴由雖然嗣位，朝政仍由乃馬氏主持，不過徒擁虛名罷了。過了幾時，乃馬氏病逝，貴由即將奧都刺合蠻與法特瑪等一齊處死，宮祭肅清，朝政略有起色。無如貴由素多疾病，以為都城的水土與自己身體不合，意欲遷居西域，惟恐臣僚諫阻。遂托言西巡，直至横相乙兒，住了年餘，即行逝世。皇后斡兀烈海迷失，抱侄兒失烈門聽政，尊貴由為定宗。諸王大臣心皆不服，又開庫里爾泰大會，共推拖雷子蒙哥為大汗，馳入都城。

那時蒙古已定和林為皇都，蒙哥既至，都城官民爭出迎接，進城即位，殺定宗皇后斡兀烈海迷失及失烈門生母，又徙太宗后乞里吉帖思尼出宮，放失烈門於沒脫亦，禁錮終身。

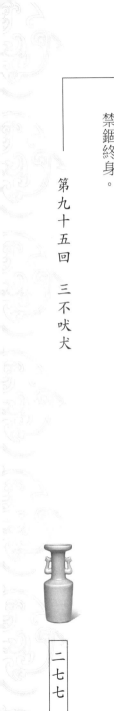

蒙哥之弟名忽必烈，佐兄定命，素有大志，奉命統治漠南，開府於金蓮川，延攬舊臣，收羅豪俊，尊崇文學之士，訪求治道。一時知名之士，如劉秉忠、姚樞、許衡、廉希憲盡皆歸命。忽必烈又能量材器使，授官分職，各得其宜，因此京兆稱治。忽必烈修明了內政，遂銳意圖南，命察罕等窺伺淮局，一面又在汴京分兵屯田，待隙而動。

此時的理宗，還是姑息偷安，毫不設備。鄭清之仍為左丞相，只因年力已衰，政歸妻孥，以致賣官鬻爵，招權納賄，無所不為。未幾，告老致仕，授為醴泉觀使，過得六天工夫，就病歿了。理宗又要起用史嵩之，詔已草就，不知因何，又改用謝方叔為左丞相，吳潛為右丞相。吳潛素有賢名，謝方叔卻意氣用事，以致西蜀長城從此隳壞了。

原來余玠鎮守四川，地方安靖，邊關無警，西蜀甚為太平。利州都統王夔，綽號王夜叉，素性強悍，不受制使節制，所至殘破。蜀民聞得王夜叉到來，莫不畏懼！余玠亦有所聞，遂藉閱邊為名，到了嘉定，王夔引部兵迎謁，班聲如雷，江水為沸，所張旗幟，都寫著斗大的王字，鮮明異常。幕府諸人見了這般行徑，莫不相顧動色。余玠卻態度眾容，宣令王夔入見，徐徐垂問，語言爽朗，豐度端重。

王夔見了，心為之折，出外對人說道：「不料書生中乃有此人！」

余玠命左右頒賞，事畢返鎮，與親信將士楊成計議道：「王夔驕悍已極，終難制服，但於此時誅之，恐他部下或有違言，反致激變，此事殊覺棘手。」

楊成道：「今若不加誅戮，養成勢力愈加難圖，它日若有變動，西蜀恐不能保全了。」

余玠點首道：「所言甚是，此時只有用計除之。」遂與楊成附耳數語，楊成奉命而行。余玠乃於夜間召王夔議事。王夔方才離營，楊成已單騎而入，傳出余玠軍令，暫代其職。到了次晨，王夔已為余玠斬首，懸首桅檣，宣示罪狀。部眾互相驚詫，但也不敢為亂。

有統制姚世安，要想繼王夔之任，運動戍州都統，貽書保薦。余玠因軍營中舉代最為弊害，覆書不允，且調騎兵四千至雲頂山下，另命都統往代姚世安。那姚世安卻與謝方叔暗中結合，遣人向臨安求助。謝方叔竟奏請理宗，調余玠入都授為資政殿學士。原來余玠鎮蜀以都統張實治軍旅，安撫使王惟忠治財賦，監撫朱文炳治賓客，諸事皆有常度。

寶慶以來，治蜀的閫師，要推余玠為第一。但是一切軍政便宜行事，未免專擅，

就是平日奏事，語句中也不加檢點，理宗心內甚為不快，因此謝方叔一經奏請，即行調回，另任知鄂州余晦為四川制置使。

余玠方因姚世安擁兵拒代，意欲進討，忽接召回的詔命，心中鬱鬱不樂，又聞得謝方叔進讒，更加憂悶，余晦還沒有抵蜀，余玠早已暴卒。有人說是因為憂讒畏譏，深恐回朝之後不能免禍，所以仰藥自盡的。余玠死後，蜀人皆悲悼不置，侍御史吳燧反劾論余玠聚斂罔利七罪，理宗不加查察，竟命籍余玠家產犒師賑邊，並責其子孫認錢三千萬，追比數年，方得繳清。

余晦赴鎮，令都統甘閏，率兵數萬築城於紫金山。蒙古將汪德臣簡選精騎，銜枚夜進，襲擊甘閏部兵。甘閏得蒙古兵前來，立即奔逃，全軍大潰，所建新城遂為蒙古奪去。理宗接得甘閏敗報，還不肯調去余晦。

參政徐清叟，本與謝方叔同排余玠，此時又啟奏理宗道：「朝廷命令，不行西蜀，已是十二年了，今天斃余玠，正是陛下大有為的機會，如何以素無行檢，輕儇浮薄的余晦充任制使，臣恐五十四州軍民，必致解體。就是蒙古聞之，也要竊笑中國無人了！」

理宗遂召還余晦，命李曾伯繼任。那余晦，小名再五，安撫使王惟忠聞得余晦鎮蜀，不禁嘆道：「余再五也來鎮蜀，大事去了。」

余晦聞得此言，心中大怒，遂誣陷王惟忠私通敵國，有詔逮捕惟忠下大理獄。推勘官陳大方力加諫鏈，罪應斬首。惟忠臨刑，高呼大方之名道：「我死之後，當上訴天閽，必不令陳大方久居人世。」果然惟忠受刑以後，大方也就死了。

其時蒙古藩王忽必烈，命速不台之子兀良合台，統帥大兵進攻大理，虜了國王段智興；又攻吐蕃，國王蘇固圖驚駭乞降，忽必烈又轉圖西蜀。理宗還安享承平，改元寶祐。賈貴妃已是病死，閻婉容晉封貴妃。內侍董宋臣，因與閻貴妃互相聲援，遂得理宗信任，奉命管辦祐聖觀。董宋臣引誘理宗，大興土木，建梅堂，造芙蓉閣，改造香蘭亭，擅奪民田，假公濟私，民怨沸騰。

理宗日事淫樂，董宋臣還恐理宗察出自己的隱弊，便引了許多娼優入宮，蠱惑理宗，使之縱情聲色，無暇問及政事。不但所作的弊端不至發覺，還可以任所欲為，肆無忌憚，因此臨安人士都稱董宋臣為董閻羅。

監察御史洪天錫彈劾宋臣，也不見報；又有內侍盧允升，亦因夤緣閻貴妃，深得主眷與宋臣狼狽為奸。

蕭山縣尉丁大全，本為貴戚侍婢之夫，面帶藍色，人皆稱之為藍貌鬼，性善鑽營，以財帛饋董、盧二內侍，托他們在閻貴妃前寬容，並進獻許多金珠。閻貴妃心內自然歡喜，極力援引，不上幾日，便擢為右司諫，除殿中侍御史。時陳大方以夤緣宮禁，除右正言。胡大昌亦因閻貴妃之援授侍御史。都人目此三人，為三不吠犬。

恰值四川地震，浙閩大水，臨安雨土，洪天錫力陳陰陽消長之理，論劾董、盧兩內侍，疏至六七上，皆如石沉大海一般，絕無消息，洪天錫解職自去。宗正寺丞趙崇嶓，致書責備謝方叔與洪天錫，朋比為奸。理宗遂免方叔職，奪洪天錫官階，右丞相吳潛已免職奉祠，理宗仍任董槐為右丞相。

董槐，定遠人氏，久任外職，頗著政績，及入為參政，亦遇事敢言，不畏強禦。既任右丞相，懇請澄清宦途，改革弊政，入奏理宗，極陳三害：一是戚里不奉法；二是執法大吏擅威福；三是皇城司不檢士。力請除此三害。

理宗尚是疑信參半，那班小人，聞知此事早已深恨董槐，要想將他除去。那丁大全深恐祿位不能保全，密令心腹，與董槐交歡。董槐正色言道：「自古大臣無私交，我只知竭誠為國，不知交結，請速為我謝丁君。」

大全得報，老羞成怒，日夜伺隙，預備攻擊。董槐又論劾大全，不應重任。理宗道：「大全並未毀卿，願卿勿疑。」

董槐頓首道：「臣與大全並無嫌怨，不過因其奸邪。臣若不言，是負陛下拔擢之恩，今陛下既信任大全，臣難與共事，願陛下賜歸田里。」

理宗不悅道：「卿亦未免太激了。」董槐退出。丁大全上疏參劾董槐，理宗還沒有批答。大全竟用台檄，調兵百餘名，露刃圍相府，逼董槐入大理寺。

第九十六回　結怨鄰邦

丁大全參劾董槐，理宗尚未批答。大全仗著閻貴妃的內援，竟用台檄，調兵百餘名，逼脅董槐入大理寺。董槐徐步而往，果然有內批發出，罷董槐相職。臨安士大夫，見了丁大全強行至此，人心共憤！

三學生交章諍諫。理宗始授董槐觀文殿大學士、提舉洞霄宮。太學生陳宜中、黃鏞、林則祖、曾唯、葉黻、陳宗六人，聯名上書，攻擊丁大全。大全暗嗾御史吳衍劾陳宜中等妄言亂政，遂將六人削籍，編管遠州。大全恐太學生再行攻擊，奏請立碑太學，禁止諸生妄議朝政，當時稱陳宜中等為六君子。

理宗罷了董槐，任程元鳳為右丞相。元鳳謹飭有餘，風厲不足，變成了婦寺專橫，戚幸交通的世界。未幾，又命丁大全簽書樞密院事，馬天驥同簽書院事。天驥也因閻貴妃引援而進，朝門外面，忽發現匿名揭貼，上面大書八字道：「閻馬丁當，國

勢將亡。」大全見了，毫不介意。

理宗還是一味糊塗，到了寶祐五年，且進賈似道知樞密院事，程元鳳又自請罷職，遂以丁大全為右丞相兼樞密使。丁、賈兩人並掌朝權，宋室哪裡還能保呢？

那蒙古主蒙哥，又因前行人月里麻思被宋朝拘住，禁錮而死，要興兵報仇，決計自行南下。命少弟阿里不哥留守和林，當下分兵三路，諸王莫哥，由洋州趨米倉；萬戶李里又由潼關趨沔州。蒙哥親統率大軍，由隴州趨散關。又命忽必烈率兵攻鄂，召回兀良台合西征之兵，往應忽必烈，東西並進，宋廷大震。

四川制置使蒲擇之，聞報蒙古入寇，急令安撫使劉整等，出據遂寧江箭灘渡，斷敵東路。蒙古將紐璘既至，見宋軍已截住渡口，揮兵大戰，自晨至暮。劉整等抵敵不住，只得敗退。

紐璘長驅而入，直抵成都，蒲擇之又令楊大淵等守劍門與靈泉山，親自引兵至成都城下。誰知紐璘徑襲靈泉山，大敗楊大淵軍，進圍雲頂山城，扼斷蒲擇之歸路。擇之軍餉匱乏，頓時潰散。成都及彭、漢、懷、綿等州盡陷。威茂諸蕃，又降了蒙古。

蒙哥汗聞知前軍得利，即渡嘉陵江，率兵繼進，行抵白水，命帥總汪德臣，造浮梁繼師，進薄苦竹隘。守將楊立、張實皆被殺，直搗長寧山，守將王佐、徐昕又相繼敗亡，鵝頂堡不戰而降，青居、大良、運山、石泉、龍州等處皆望風納款。

宋廷連得警報，忙遣京湖制置使馬光祖，移司峽州，六郡鎮撫使向士璧，移司紹慶，兩軍會合，共擊蒙古兵，戰於房州，殺敗了蒙古兵。蒙哥汗乃轉趨閬州，宋將楊大淵，從靈泉山敗退至此，聞敵兵又來，急整軍守城。

蒙哥汗督兵猛攻，炮石齊上，泥堞橫飛。楊大淵見不能守，開門出降。蒙哥汗進取合州，先命降人晉國寶招諭守將王堅。王堅將他呵叱而出，已行至峽口。王堅又令人把他捉回，牽到講武場，責他不忠不孝，梟首示眾，涕泣誓師，登城死守。蒙哥汗親自引兵攻城，王堅乘其初來，率兵出戰，將士捨命奮鬥。蒙古兵大敗，退至五十里外安營。王堅收兵入城，仍復堅守。

宋廷調回蒲擇之，命呂文德往代其任。文德領兵救蜀，攻破涪江浮橋，轉戰至重慶，引艨艟千餘艘，溯陵江上渡。蒙古將史天澤，分兵為兩翼，順流衝擊。文德兵處逆流，不能抵擋，被蒙古奪去艨艟百餘，敗退而回。

蒙哥汗得了捷報，便會集各軍併力攻取合州。幸王堅守禦得法，相持數月，竟不能下。又值軍中大疫流行，兵士十病六七，蒙哥汗不勝惱恨！前鋒將汪德臣，募集壯士，夜登外城。王堅揮兵堵截，戰了一夜，殺傷相當。汪德臣單騎至城下，高呼王

堅怏怏出降，我當活汝。語音未畢，巨石飛來，汪德臣連忙躲閃，擊中右肩，大叫落馬，兵士慌忙救回，竟至傷重身亡。蒙哥汗因良將身死，心內鬱悶！

又值秋雨連綿，兵士困頓，不能進攻。蒙古汗抑抑成疾，遂登合州城外的釣魚山養病，竟至病殂。諸王大臣以二驢載屍，用繪槽掩蔽，擁護北去，合州始得解圍。王堅報告臨安，擢為寧遠軍節度使。王堅乃繕城修壕，防敵再至。

那蒙古諸王大臣，擁護蒙哥汗之屍回國，尊為憲宗，遂即治喪頒訃。忽必烈正在悉銳渡江，自率兵進大勝關，命張柔進虎頭關，分道而入，所至殘破。兀良合也引兵下橫山，入賓州、象州，陷靜江府，破辰沅，直薄潭州。又有李全之子李璮，也奉了蒙古之命，攻入海州漣水軍，京湖江淮告急文書，雪片飛來。

宋廷還改元開慶，專靠賈似道一人為長城，命為京湖南北四川宣撫大使，兼督江西兩廣兩淮軍馬。那賈似道奉命之後，只是躲躲閃閃不敢前進。忽必烈早已瞧破他是個無用之人，正要揮軍大進，忽然凶訃南來，召他北返。忽必烈如何肯拋棄了機會，遽然北去，便對諸將道：「我奉命而來，安可無功而退。」遂登香爐山，俯瞰大江。見大江之北有武湖，武湖之東有陽邏堡，南岸便是滸黃洲，宋軍以大舟濟師，軍容甚盛。忽必烈欷歔嘆道：「北人乘馬，南人使船，此言果然不錯。」

正在說著，身旁躍出一將道：「長江大險，宋人恃此立國，非破他一陣，不足揚威，末將願去一試。」忽必烈看時，乃是董文炳，點首許之。文炳從山上疾趨而下，命其弟文忠，率領敢死之士數百名，駕了戰艦，鼓棹渡江。文炳自引馬軍，沿岸往戰。水陸兩路人馬，殺得宋軍抱頭鼠竄，逃得無影無蹤，一剎那傾，兩岸已是肅清。忽必烈親自率兵接應，董文炳之軍早已渡江。次日全師皆濟，進圍鄂州，分兵破臨江，轉入端州。

右丞相丁大全，平日隱匿軍報，不使上聞，此時蒙兵渡江，人人皆知，無從隱匿，只得申奏軍情，並乞休致。理宗遂罷大全為觀文殿大學士判鎮江府。中書舍人洪芹繳、御史朱貔孫、饒虎臣等，文章糾劾，理宗始命大全致仕，召吳潛為左丞相兼樞密使，並出大內銀幣，犒賞軍士，又將右丞相一職與賈似道，命他進軍漢陽，為鄂聲州外援。內侍董宋臣，因邊報緊急，竟請理宗遷都四明。軍器太監何子舉，密報吳潛道：「車駕一出，都中百萬生靈，何所依賴。」吳潛連忙入阻，朱貔孫亦上疏力諫。

理宗還在遲疑，後經謝后堅請留蹕，以安人心，方將遷都一事擱置不提。蒙古兵圍鄂州。副都統張勝，望援不至，不得已使敵兵道：「這城已為你們所有，但子女玉

帛，盡在將台，何不往取呢？」蒙古兵信以為真，遂焚城外居民，移師而去。

恰值襄陽統制高達引兵來救。賈似道也駐軍漢陽，遙作聲援。張勝又嚴修守備，蒙古將苫徹拔都兒復進兵攻城，並遣人入城，責張勝背約。張勝殺其來使，率兵往襲敵營。苫徹拔都兒早已防備，竟將張勝圍住，左衝右突，不能出圍，張勝拔劍自刎而亡。幸得呂文德、向士璧、曹世雄等，皆率重兵，相繼來援，請賈似道出馬督戰，似道見各軍大集，也就開放子膽前來。

高達自恃武勇，常常輕視似道，每每對人說道他只知飲酒賭博，懂得什麼軍情，也要來督視軍馬麼？因此遇到開營出戰，必須似道親自慰諭，善言相懇方才出兵，否則必使部下嘩噪軍門。

呂文德諂事似道，每使人呵叱道：「宣撫在此，你們不得亂嘩。」似道因此恨高和呂。還有曹世雄、向士璧，也瞧不起似道，一切令行進止，都不關白。似道心中也深恨二人，正在與敵軍相拒，忽有朝旨到來，命似道移師黃州。只因蒙古將兀良合台進攻潭州，江西大震，御史饒應予上言，鄂州已集重兵，可以無虞，當令似道改防，黃州在鄂州下流，正當兩湖及江西要衝，敵兵倘若渡江出湖，黃州很危險。

左丞相吳潛深然其言，故有此命。似道亦知北去十分危殆，但已奉朝命，不得不去。統制孫虎臣，帶了精騎七百護送似道，行抵蘋草坪偵騎飛奔來報道：「北兵將到了。」

似道聞報，嚇得面如土色，渾身發抖，口中連連說道：「這遭沒命了！這遭沒命了。」

孫虎臣倒還有些膽量，便安慰他道：「使相不必害怕，待末將去抵擋一陣，再作計較。」

似道戰戰兢兢的道：「我兵只有七百騎，如何能夠抵敵？」

孫虎臣見他嚇到如此地步，料知他不能督戰，只得說道：「使相且暫退一程，待末將領兵前去罷。」

似道抖著道：「你你你要小心了。」虎臣應聲而去。

似道匆匆的奔回數里，擇一隱僻之地，藏匿了身體，還一面篩糠似的抖著，一面說道：「死了！死了！可惜死得不明白。」一直等到日已過午，還不見孫虎臣的消息，只道虎臣已是沒命，更加著急！

好容易挨到天色已竟黑暗，方敢探出頭來，向外張望。適有兩個騎兵飛馳而至，見了似道道：「使相原來在此，好容易找尋到了，孫統制已經獲勝，捉了一員敵將，

先赴黃州，請使相入城。」似道聞言，轉憂為喜，夤夜趕到了城中。

到了次日，似道擺出威風鼓吹升座，命孫虎臣帶了捉住的一員敵將前來詢問，方知北兵乃是遊騎，並無大隊人馬，捉住的將士名叫儲再興，原是守將降蒙古的。似道傳令將儲再興斬首，並獎諭了孫虎臣幾句。

不到兩日，潭州、鄂州的警耗接連傳來，似道一無擺佈，心內不勝惶恐，沒奈何想了一條最下的計策，陰遣心腹宋京往蒙古營中，自願稱臣納幣，懇請退兵。忽必烈不允。宋京回報，似道正在著急，合州守將王堅，令部將阮思聰兼程來鄂，報告蒙古主已歿，北軍必退，可設計截他歸路。賈似道聞報，還是不肯相信，仍遣宋京往蒙古軍前請和。

忽必烈還堅持不許，部下郝經，暗中進言道：「現在遭了大喪，國家無主，宗族諸王盡生覬覦之心。若不先發制人，據有大位，恐大王腹背受敵，大事去了。何不許宋議和，速行北返，另遣一軍，迎先帝靈輿，收皇帝璽，召集諸臣發喪，議定嗣位問題，那時天位有歸，豈不甚善麼？」

忽必烈恍然大悟，遂與宋京定議，納江北地，每歲奉銀絹各二十萬，連夜撤兵北去，且檄兀良合台，解潭州圍，令偏將張傑、閻旺於新生磯，趕築浮橋，渡兀良合台，回軍北上。兀良合台奉檄，退兵至湖北，從新生磯渡了過去，還有殿卒未曾過渡，忽有宋軍殺來，蒙古兵無心戀戰，被宋軍殺死一百多人，毀去浮橋。

這支宋軍從何而來呢？因劉整獻計於賈似道，令夏貴截敵歸路，卻又遲了一步，只殺得百餘名殿卒，回來報告，似道竟想入非非，把稱臣納幣的和議隱匿起來，反報稱諸路大捷，鄂州解圍，江漢肅清，宗社危而復安，實為萬世無疆之幸福！理宗得報大喜，因賈似道有再造之功，詔令班師，似道將抵臨安，又命百官效勞，似道入見，再三獎諭，進封少師，加爵魏國公。

呂文德功列第一，授檢我少傅。高達授江寧軍承宣使，劉整知瀘州兼潼州安撫副史。夏貴知淮安州兼京東招撫使，孫虎臣為和州防禦使，范文虎為黃州、武定諸軍都統制。向士璧、曹世雄等亦各加官秩。

賈似道揑報欺君，得操國柄，第一件事情，便要從事報復，常對左右說道：「前日移師黃州，其議出自吳潛，令我受驚不小，幸虧福大，未遭不測，此仇不可不報。」因此日夜伺隙，排擠吳潛。恰值理宗因皇子緝早年夭逝，後宮未有生育，乃以母弟與芮子孜入宮，立為皇子，賜名禥，封為永嘉郡王，後又進封忠王。

至鄂州解圍，理宗接連改元，出兵時改元開慶，回兵時又改元景定，在賀捷的時

候，又要立忠王禥為皇太子，吳潛密奏道：「臣無彌遠之才，忠王無陛下之福。」

這兩句話，理宗聽了，很是不快，似道即乘機入陳立儲大計，暗令侍御史沈炎劾潛道：「冊立忠王，足慰眾望；吳潛獨倡異議，居心殆不可問。」理宗遂罷潛相位，似道竟得專政，仍令台官交章論劾吳潛，竄謫循州。

似道還放他不過，遙令武將劉宗申監守，伺隙將他毒死。吳潛早已防備，鑿井於臥榻下面，自行汲水，無從下毒。劉宗申難以覆命，遂托詞開筵，邀請吳潛赴席。潛再三辭卻，不肯前往。劉宗申乃移庖吳潛寓內，強令飲酒，吳潛不能再卻。席散以後，劉宗申辭去，吳潛便覺腹內絞痛，長嘆道：「我已中毒，性命不保了！但我無罪而死，天必憐我，試看風雷交作，便是上感天心了。」這夜吳潛暴亡，果然風雷大作，竟如所言。

吳潛，字毅夫，寧國人，夙懷忠悃，兩次入相，皆未久任。至是受毒而死，人皆為之扼腕。賈似道又恐難逃公議，便歸罪劉宗申，將他罷職，且准吳潛歸葬，以杜人口。似道又申請理宗建立皇儲，遂於景定元年六月，立忠王禥為皇太子。太子禥，生母黃氏，湖州德清人，與賈似道母胡氏原係同邑。兩人係出寒微，皆生貴子，黃氏以媵妾入榮王與芮邸，與芮見她面如梨花，姣美可愛，遂令侍寢，竟生忠王禥，黃氏遂封為隆國夫人。

賈似道母胡氏，本民家婦，偶在河畔浣衣。賈涉渡河，見了胡氏，不覺心動。胡氏也瞧著賈涉眉目含情。賈涉便隨胡氏至家，問其夫何在？胡氏答稱未歸。兩下互相調謔，胡氏半推半就，任憑賈涉擁抱入房，成就好事，春風一度，即便懷孕。等到胡氏之夫歸家，賈涉還沒有去，便出重價將胡氏買歸，生下一子，便是賈似道了。後來胡氏又以色衰被黜，嫁為民人之妻。似道年以長成，方才覓得胡氏，歸家贍養。

胡氏因似道少年無賴，日事飲博不務正業，深以為憂！有姻戚徐謂禮，常至其家，自誇精於相法，閱人多奇中，百不失一。胡氏遂問：「似道之相何好？現在這般荒唐，日後可有收成？」

徐謂禮道：「夫人不用憂慮，將來可為小郡太守。」

又有一日，賈似道跣足而臥，適有善於相法之人前來，見了似道雙足，再三嗟嘆！胡氏問他何故嗟嘆？那人道：「令郎貴極人臣，惜兩足心深陷，名為猴形，恐日後不免有萬里之行，因此嘆惜。」

胡氏聞言，惟恐似道墮落家聲，嚴加管束。似道甚懼其母。後人有詩詠此事道：

當年富貴付猴形，飲博場中幾醉醒；
相法若應為太守，可無萬里嘆伶仃。

及至景定年間，似道貴顯，胡氏已受封秦齊兩國夫人，出入禁中。忠王母隆國夫人，因其為自己同鄉，十分親暱，常與她同坐並起，恩禮頗隆，當時以一邑出兩個貴婦人，詫為奇事！

閒話休提，言歸正傳。

且說忽必烈引兵北還，行抵開平，諸王莫哥合丹等，皆願推戴忽必烈為大汗，忽必烈佯不敢受。旭兀烈亦遣使，自西域來勸進。忽必烈遂允所請，不待開庫里爾泰大會，遂即自立為大汗，於宋理宗景定元年，建號為中統元年，命劉秉忠、許衡改定官制，立中書省總理政事，設樞密院執掌軍務，置御史台管理黜陟，又建寺、監、院、司、衛府等種種名稱。外官有行省、行台、宣撫廉訪各官。牧民有路有府，有州有縣，一代制度完全創立。

正在改革之際，忽報阿里不哥稱帝於和林。忽必烈命廉希憲等，率兵討平之，任賢用能，國內大治。忽必烈又命郝經為國信使，至宋通好，並告即位，且促踐前日和約。郝經原任翰林學士，並非行人，因為中書平章政事王文統所忌，故令為使。暗中又嗾李璮潛師侵宋，陰圖陷害。

賈似道正命門客廖瑩中等撰《福華錄》，稱頌自己功德，忽接宿州報告，北使郝經南下，請求入國日期。似道恐郝經入朝，前日議和之事必然敗露，忙飛使止住郝經，不令入境。郝經又致書三省樞密院，欲指日入都。賈似道便把他拘了起來，那蒙古如何肯依呢？

第九十七回　似道無道

賈似道拘住了蒙古使臣郝經，經又上表宋廷，力以弭兵靖亂為言，非但不見宋廷還報，驛吏反棘垣鑰戶，意在恫嚇，郝經毫不動容。賈似道把郝經拘了，雖由蒙古責問，拘留信使，亦不答覆，惟將從前的議和一概瞞住，還怕官廷內外或有洩漏，遂將內侍董宋臣出居安吉州。盧允升孤立無援，勢力亦減，閻貴妃又復病逝，內侍更加無可依賴。

似道又勒令外戚不得為監司，郡守子弟門客，不許干涉朝政，將內外政柄一齊收為己有。又因前出外督師，除了一個呂文德，所有諸將皆看不起他，內中以高達、曹世雄尤為傲慢，引為大憾！遂令呂文德摭拾曹世雄之罪，把他處死，高達坐與同黨，亦復罷斥。

潼川安撫副使劉整，抱了兔死狐悲的觀念，已是心內不安，似道又知俞興與劉整

向有嫌怨，遂調俞興為四川安撫使。劉整知道俞興到來，必要藉端洩恨，正在憂愁！果然不出所料，俞興方才到任，即托詞奉了似道命令，要會集邊費，限期迫切。

劉整表請從緩，又為似道所阻，逼得劉整無路可走，便把瀘州十五郡三十萬戶的版圖獻於蒙古，竟是投降，蒙古授他為夔路行省兼安撫使。俞興督軍往討，圍攻瀘州，又被蒙古成都經略使劉元振，出兵與劉整兩下夾攻，殺得大敗而回。宋廷以俞興妒功啟戎，罷任鐫職；任呂文德為四川宣撫使。

呂文德入蜀，乘劉整往朝蒙古，奪回瀘州，有詔優獎文德，並改瀘州為江安軍。賈似道又藉了會計邊費之名，構陷諸將，如趙葵、史岩之等，皆莫不如願，坐了侵奪掩匿之罪，罷官追償，向士璧已謫至漳州，還說他侵蝕官帑，浮報軍費，拘至行部押償。幕屬方元善，逢迎似道，加意凌辱，士璧氣憤而亡，遂拘其妻子，傾產償官，方得釋放，又將王堅降知和州，王堅也鬱抑而死。理宗一意信任似道，復賜給鉡錢百萬，命他建第集芳園，並建造家廟。似道正在作威作福，十分得意，又有蒙古大都督李璮，舉京東地來降，似道大喜，奏請理宗，封他為齊郡王。

李璮初時入海州漣水軍，迭下四城，盡殺宋軍，淮陽大震。後因蒙哥汗病殂，忽必烈即位，李璮即從開平召回長子行簡，盡殲蒙古戍兵，舉京東地降宋。宋既封以王爵，又命他兼保信寧武軍節度使，督視京東河北路軍馬，並賜還其父李全官爵，改漣水軍為安東州。李璮又私通蒙古宰相王文統，藉為外援。

文統亦令其子蕘，與璮通好。誰知，為忽必烈所聞，將文統按法治罪，命哈必赤統諸道兵，往討李璮，又起復丞相史天澤，節制兵馬，史天澤對哈必赤道：「李璮詭計甚多，兵馬亦精，不可與他力戰，我們只要深溝高壘，困住了他，日子一久，自然疲敝，為我所擇了。」

哈必赤遂築長圍，將濟南困住，李璮漸不能支，乞援於宋，宋以銀五萬兩犒其軍，且遣提刑青陽夢炎，引兵往援。青陽夢炎至山東，懼不敢進，蒙古又添各路兵赴濟南，李璮出掠輜重，為蒙古兵邀截，殺得大敗虧輸。史天澤四面圍困，濟南城內，糧盡援絕，饑餓不堪，甚至以人為食。

李璮料知城不能守，遂手刃妻妾，自乘舟入大明湖。城即被陷，蒙古兵到處搜索，追至大明湖中，李璮投身入水，水淺不死，被蒙古兵擒獻於史天澤，即行斬首，且將屍體支解，號令軍前。蒙古兵東行略地，各城望風迎降，三齊仍為蒙古所有。

忽必烈以董文炳為經略使，文炳本來隨軍進征，受命後，輕騎便服，即入益都，不設警衛，召李璮將吏，撫諭庭前，眾皆悅服，先是李璮有沂漣二軍，兵數約有二

萬。哈必赤欲盡加屠戮，董文炳面請道：「若輩皆由脅從，未可俱殺，天子下詔南征，本為安民起見，若妄行殺戮，恐將軍亦難免罪戾了。」

哈必赤乃班師而回，留文炳居守。宋廷聞李璮敗死，贈檢校太師，賜廟額曰顯忠。忽必烈因宋廷背盟，拘使納降，理屈情虛，遂決意南下，授阿朮為征南都元帥，調兵侵宋。

宋人尚不以為意，賈似道還要設法斂財。知臨安府劉良貴，浙西轉運使吳勢卿，希承風旨，想了一條收買公田之法，獻於似道。似道目為奇計，上疏請行。其大意是規仿祖宗限田制度，請將官戶田產逾限的數目，抽出三分之一，買回以作公田，計得田一千萬畝，每歲收米六七百萬石，可免和糴，可充軍餉，可停造楮幣，可平物價，可安富室，一舉而收五利，是當今無上之良法。

理宗准奏，遂下詔置官田所，收買公田，命劉良貴為提領，通判陳訔為副，當下立了定額，每畝折價四十緡，不分肥磽。浙西田畝，有的值百緡，數百緡，甚至有值千緡的，經劉良貴等抑勒出賣，民間大嘩。

安撫使魏克愚，上疏諫阻，理宗手詔，亦謂永免和糴，原不若收買公田，但東作方興，且俟秋成後，再議施行。這詔一下，觸怒似道，竟奏請歸田，暗中卻諷令言官，抗章請留。理宗下詔慰勉，促其仍然就職，且因似道入朝，溫語諭道：「收買公田，當自浙西諸路開手，作為定則。」

似道進陳私議，理宗一概允行，三省奉命惟謹，似道先將浙西的私產一萬畝，為公田倡。榮王與芮，也出私田一千畝，趙立奎且自請投賣，從此以後，朝野無人敢言。

劉良貴等，又增立條款，硬行敷派，凡民家有田二百畝者，勒令賣出三分之二。後因公田不能足額，便是只有百畝田的人亦勒令賣出，現錢不敷，即以度牒告身等類代之，百姓失了實產，得此虛榮，毫無用處，因此百姓破家失業的不計其數。

不到數月，浙西買成公田三百餘萬畝，進劉良貴官兩階，他官亦各進秩。賈似道奏稱公田已成，請立四分司，分領浙西公田，這四分司一設，便將浙西公田照數徵收。誰知買收時皆虛報斛數，凡六七斗的，都作一石，因此，不足原數，四分司不能交御，便取償於田主，甚至迫呼逼迫流亡載道，賈似道還以為未足，又舉行推排法。凡江南土地，尺寸皆有稅，又廣發交子、會子等楮褚幣。因此物價愈昂，楮價愈賤，人民困苦不堪，江南元氣，斫喪殆盡。

至景定五年，理宗聖躬不豫，下詔徵醫，如有能治療的，白身授節度使，有官

及願就文資的，並與比附推恩，仍賜錢十萬，田五百頃。這詔雖下，始終無人應命。未幾駕崩，太子禥即位，追尊大行皇帝為理宗，尊皇后謝氏為皇太后，以次年為咸淳元年，是為度宗皇帝，葬理宗於永穆陵。總計理宗在位四十年，改元六次，享年六十二歲。

度宗以自己得立，功出似道，大加寵眷，授為太師，封魏國公，每逢似道入朝，必起座答拜，稱為師臣，不呼其名。似道於理宗山陵告竣，即棄官還越，密囑呂文德詐報蒙古入寇，敵兵已至下沱，朝中惶急，度宗即召似道，他便裝腔作勢，不肯應召，又經太后手詔敦促，方才昂然入都，晉見度宗，還口口聲聲要辭職還鄉，度宗再三挽留，只是不允，度宗沒法，只得向他下拜，求他留任。

參政江萬里本為似道門客，諸事阿附似道，此時實在忍不住了，連忙挽住度宗道：「自古至今，無君拜臣禮，陛下不應出此，似道亦不可一再言去。」

這一席話，說得似道很覺難以為情，急趨下殿，舉笏謝萬里道：「非公言，似道幾為千古罪人了。」

萬里只道他已知過失，故有此謝，哪知似道暗恨萬里，從此處處與他作對。萬里窺破隱情，再三辭職，任為湖南安撫使兼知潭州。

次年，冊妃全氏為皇后。后，會稽人，為理宗母慈憲夫人侄孫女，自幼隨其父昭孫知嶽州，當開慶初年，任滿回都，道出潭州，恰值蒙古將兀良合台圍潭州，全后與父避兵入城。未幾，蒙古竟解圍而去，因此潭人皆稱有神明保佑。及至臨安，其父又出受外任，病歿任所，先是理宗從丁大全言，為太子選妃，聘定知臨安府顧嵓女。大全被斥，顧嵓亦罷，台臣奏稱宜別選名族，以配皇子，理宗念及母族，遂召后入宮，且問她道：「父歿於王事至，今令朕又復追念后。」答道：「妾可念，淮湖人民更是可念。」理宗聞言，暗中稱奇，出語輔臣道：「全氏女言語甚善，宜妃冢嫡，以承祭祀。」遂冊后為太子妃，此時立為皇后，且以楊氏為美人，後封叔妃。冊后禮成，又上太后尊號為壽和，並加封貴戚勳臣。

賈似道上章乞休，度宗命大臣侍從，傳旨堅留，每日必四五次，中官加賜，每日且十數至，到了夜間，又命侍臣交守在他的私第外面，惟恐遁去，特授為平章軍國重事，一月三赴經筵，三日一朝，治事都堂，賜第於西湖的葛嶺。

這葛嶺在西湖的北面，乃晉葛洪煉丹之所，因此稱為葛嶺。似道即鳩工庀材，起造樓臺亭閣，最精雅的堂宇，取名為半閒堂，塑了自己的肖像，供奉於內，並延羽流，捧經禮懺，如供奉神佛一般無二。

後人有詩詠賈似道塑像道：

鴟夷不逐五湖雲，那肯熔金獨范君；
黃土博成終是偶，沉香爇盡更誰熏。

似道閒居葛嶺，終日裡尋花問柳，選色訪豔，無論娼妓女尼，略有三分姿色，便召入私第加以淫汙。臨安有賤娼潘稱心，最為似道所狎，日日攜之遊湖飲宴，一揮萬金，絕不顧惜。

度宗宮內有個宮女，名叫張淑芳，本是錢塘西山樵家之女。理宗朝，以姿色明媚選入後宮；又有宮女葉氏，也生得俊秀異常，似道見了，心中愛慕！居然脅迫兩人出宮，充作侍妾。度宗雖然知道，也不敢問。似道又將少年時那些無賴博徒，召集前來，共作樗蒲之戲，日夜縱博，男女混雜，漫浪笑傲，市井諧語，迭陳於前，無所顧忌。

他又喜鬥蟋蟀，到了冬季時候，養了許多蟋蟀，陳列於地。地上皆鋪以紅氈，與姬妾狎客，同蹲地上，各出彩注，以博勝負，詼謔嬉笑，心中方才大樂！有個狎客帶著笑，譏諷他道：「朝廷令太師平章軍國重事。這門蟋蟀，想必就是軍國重事了。」似道聞言，絕不著惱，反對他點頭微笑，頗現得色。

似道縱樂之暇，每逢風日晴和，常常攜了心愛的侍姬登樓閒眺，玩覽湖山景色。一日，倚欄閒望，諸姬隨侍，遙見有二少年葛巾野服，豐神瀟灑，乘小舟由湖登岸。忽有一姬稱揚道：「好美麗的兩個少年。」似道回顧道：「你愛他麼？我當把你許他，令他前來納聘。」此姬笑而不語。停了一會，相偕下樓。

似道忽又召集諸姬，令一人捧了金盒說道：「剛才某姬愛二少，我已替她納聘，汝等可觀聘禮。」啟了盒蓋，並無別物，乃是某姬的首級，血淋淋令人生懼！諸姬見了，相視股慄而退。

似道家內，金銀珍寶堆積如山，他尚心懷不足，貪得無厭，令心腹販鹽數百艘，至臨安發賣，獲取厚利。有太學見了，心中不平，遂於夜間題詩於似道私第的門壁之上道：

昨夜江頭湧碧波，滿船都載相公鹺；
雖然要作調羹用，未必調羹用許多。

次日，閽人啟門，見了此詩，報告似道。似道見了，知是諷刺自己的，不禁大怒，立命調查題詩人的姓名，捕來殺卻。因此臨安士大夫莫不惶懼！無人敢提及賈似道私事的，似道每日在葛嶺的私第裡面，迫歡取樂，哪裡還把國家的政事放在心上。

初時到了五日之期，尚乘了湖船入朝，順便到都堂裡面小坐，把內外的緊要公事略略展覽；後來竟是深居簡出，所有軍國重事都令堂吏送往私第，他如何還有工夫親自閱看，盡皆與館官廖瑩中，堂吏翁應龍代辦。只有台諫的彈劾和諸司的薦辟，還有京尹畿漕，一切事情，非先關白似道，得其可否，就是度宗也不敢逕自施行。因此端人正士，排斥淨盡，貪官污吏，悉慶彈冠。那些夤緣美缺，希圖升官的人，皆以賄進。

似道得了四方貢獻的奇珍異寶，便建一高閣，取名多寶，貯藏寶物，每天必定登閣觀玩，不忍釋手，就是門下的食客也家資巨萬，連閽人也做了富家翁了。

似道又恐有人暗中圖謀，設立禁令，無論軍民人等，不得擅窺私第，如有因事出入的，必先由閽人通報，方許進內。

一日，有似道愛妾之兄入內，閽人因他乃是姻戚，並未通報，恰為似道所見，喝令左右將他捆縛投入火內。那人連忙叫喊並自通姓名，方得牽出，已是燒得焦頭爛額，幾乎性命不保了，似道又嗔怪閽入，責他為何不先通報，閽人嚇得戰戰兢兢，一味叩頭謝罪，方才罷了。

賈似道正在作威作福，洋洋得意。哪知蒙古兵已南下，攻擊襄陽了。

原來，忽必烈久有南侵之意，只因自己即位之後，諸王尚多不服，又忙著改革政治，以劉秉忠為太保，參領中書省事。秉忠請遷都燕京，忽必烈乃就燕京繕城池，營宮室，擇期遷都，改中統五年，為至元元年，將諸王中不服的，一一平定，方命征南元帥阿朮與劉整等，經略襄陽，阿朮駐馬虎頭山，看見漢東白河口，欣然說道：「若在白河口築壘，斷宋糧道，襄陽不難攻取了。」遂督兵興工，築城於白河口。

其時呂文煥知襄陽府，聞蒙古築城白河口，情知不妙，忙報告其兄呂文德。文德反罵他妄言邀功，即使有了敵城，也不足憂！襄樊城池堅深，儲粟可支十年，叛賊劉整若來窺視，只要你能堅持過年，等到春水一漲，我順流來援，還怕不逃走麼？

文煥經此責備，只得繕城修甲，為固守之計。阿朮用劉整之計，造戰船五千艘，招募水軍，日夜訓練，風雨不懈，練成水軍七萬人，自白河進兵，圍攻襄陽。警報到

了臨安，盡為賈似道隱匿，不以上聞。葉夢鼎素有令名，以參知政事到致仕。似道欲從眾望，特行推薦，召為右丞相。夢鼎辭不肯就，似道再三勸駕，乃入朝受職，因利州路轉運使王價之子，請求遺澤。夢鼎檢查合例，准予給蔭，似道以恩非己出，罷斥省吏數人，夢鼎憤而求罷。事為似道胡氏所知，召似道怒加責備。

第九十八回　大勢已去

似道之母胡氏，怒加責備道：「葉丞相本來安居家中，你強他出來為相，又要牽制到如此地步，我看你的行為將來必要得禍，我寧可絕食而死，免得同受禍累。」

似道本來深畏其母，經此責備，方才出留葉夢鼎。夢鼎求去益力，度宗不許，後來聞得襄陽警報，又為似道隱匿，不以上聞，便長嘆了數聲，夜間乘了單車，出都而去。蒙古又命史天澤帶了人馬來幫助阿朮等，圍攻襄陽，京湖都統制張世傑，本為蒙古將張柔從子，因獲罪降宋，累擢至都統制，率兵往救樊城，孤軍不支，只得敗退。

度宗聞得張世傑兵敗，方知襄陽被圍，忙命夏貴為沿江制置副使，往救襄陽，又為蒙古截殺，大敗而遁。呂文德聞報兩路援師俱遭敗衄，方悔不早從其弟文煥之言，

心中鬱悶疽生於背而死。詔贈少師，封為衛國公。其婿即范文虎，似道念文德之功，升為殿前副都指揮使，命典禁兵。遂調兩淮制置使李庭芝轉任兩湖，督兵往援襄樊。文虎恐庭芝得功，自願入援襄陽，致書似道道：「提數萬兵入襄陽，一戰可平，但不要使受京閫節制，若托恩相威名，卒平大敵，功績當盡歸恩相。」

似道覽書大喜，即以文虎一軍歸樞府節制，不受庭芝指揮。

庭芝屢約文虎出兵，文虎推說尚未奉到旨意，日日與妓妾孌幸，蹴鞠擊球，朝夜歡宴，任情取樂。呂文煥困守圍城，日夕盼救，那都中的權相，閫外的庸將，只知歌舞追歡，如何還念及襄陽呢？

賈似道還故意要脅，再三稱疾，請求歸田。度宗苦苦慰留，甚而至於泣下。初時尚詔六日一朝，一月兩赴經筵。後來又詔十日一朝，似道尚不如期而至，間或入見，度宗必起身避座，及至似道出朝，又必目送出殿，方敢就座，似道愈加傲慢無禮，甚至累月不朝。

一日，度宗聞得襄陽圍急，遣使召似道入朝議事，似道方與諸姬蹲於地，共鬥蟋蟀，正在高興之時，拍手歡笑！忽報欽使到來，似道怒道：「什麼欽使不欽使，即使御駕親來，也須待我鬥完蟋蟀哩。」說著，仍舊蹲在地上，直待鬥完了蟋蟀方才出外。

欽使傳度宗之命，竭力敦勸，始允於次日入朝。次晨入見，度宗初慰問，然後溫語諭道：「襄陽被圍，已將三年，如何是好？」

似道故作驚愕之狀道：「陛下從何得此信息？」

度宗道：「近有女嬪說及，朕故召問師相。」

似道勃然道：「北兵久已退去，陛下如何聽一婦人之言，舉朝大臣皆有耳目，難道皆不能知？獨有婦人知道麼？」

度宗不敢再言，似道恨恨而退。後來暗嗾內侍，探聽了女嬪的姓氏，硬逼度宗把她賜死。

浙西公田之害，至此更甚，臨安有一士人，深恨似道置襄陽之圍於不問，反督促官吏舉行害民之事，心內十分鬱抑，又聞得似道因宮中的女嬪奏聞襄陽被圍之事，為似道硬逼度宗將女嬪賜帛而死，心下更覺憤恨，便題詩一首，寫於路上道：

襄陽累歲困孤城，豢養湖山不出征；
不識咽喉形勝地，公田枉自害蒼生。

這首詩被賈似道所知，又將那士人搜來殺了，經這一來，再也無人敢提及襄陽兩字，似道也因此二事知道難逃公議，便催促范文虎統中外諸軍，往救襄陽。

范文虎帶領的人馬，約有舟師十萬，進至鹿門，蒙古兵早已夾江列陣而待。范文虎兵抵會丹灘，忽聽鼓聲大震，喊殺連天，早把他嚇得心膽俱碎，不及鳴鼓進攻，反命水手將坐船退後。哪知主將一經退後，眾軍也就相隨而退，文虎見全軍已退，逃得更是捷速，所棄戰船甲仗，不可勝計。

李庭芝聞知文虎敗退，上章自劾，請擇賢自代，度宗不許，並令移屯郢州。庭芝探得襄陽西北有條青泥河，便在河內築造輕舟百艘，每三舟聯成一舫，中間之舟裝載兵器，兩旁之舟有篷無底。懸重賞募集善戰能泅之士，得襄郢西山民兵三千人，以張順、張貴為統領，兩人皆有智勇，夙為民兵所折服，稱張順為竹園張，張貴為矮張。

兩人奉令之後，下令部眾道：「此去九死一生，如有怕死的，寧可退伍，勿敗我事。」三千人情願相隨，無一肯去，兩張遂發令，結為方陣，用紅燈為號，乘夜出江，張貴先行，張順繼進，徑突重圍。

只見敵兵布舟蔽江，無隙可進。張順率領善泅的兵卒，在水中斬斷敵舟鐵絙，鑿通船底。敵舟半解半沉，不免驚亂！張貴乘勢殺開一條血路，天將黎明，已達城下。城中絕援已久，聞得救兵到來，開城迎接，勇氣百倍，戰退敵兵，回至城內，檢點人馬，只不見了張順一人。數日之後，有浮屍從上流飄下，身披甲冑，手執弓箭，直抵浮梁，遣人察看，正是張順，身中六箭，怒氣勃勃如生，軍士驚以為神，結塚殮葬。

張貴乃請於呂文煥道：「孤城無援，不戰亦斃。我願向范統帥處乞救。」遂募得二人，能伏水中，數日不食，懷了蠟書，泅水至范文虎軍前。文虎允撥兵五千，駐在龍尾州，兩下夾攻，仍命兩人持書還報。張貴得報，即行東下，登舟時檢點部眾，缺少一人，乃是以前有罪受笞的。張貴大驚道：「我謀必為所洩，趕速前進，敵人未知，還可僥倖於萬一。」

哪知這個亡卒，已去報告了蒙古軍。阿朮派兵，先據了龍尾州，張貴前來，被他困在垓心，部眾盡亡，張貴身受十創，力竭被執，不屈而死。

蒙古兵將張貴之屍，舁至襄陽城下，呼守兵道：「識得矮張麼？」守兵見了，不禁大哭，全城喪氣，敵兵棄屍城下，文煥出城收屍，附葬張順墓側，立廟以祀二忠。此時襄陽已被圍五年，樊城也被圍四年了。守兵至撤屋為薪，緝

關為衣，文煥每一巡城，必南望痛哭而後下，還日夕盼望朝廷救兵。

賈似道也知不能隱匿，上疏自請防邊，暗中去令台官，上章留己，度宗乃留似道不遺，群臣請起用高達，率兵往援，御史李旺，入見似道，亦以此為請。似道搖頭道：「我用高達，如何對得起呂氏。」李旺退出嘆息道：「呂氏安，趙氏危了。」似道再請戶行下議會，群臣會議，監察御史陳堅等，以為師臣行邊，顧襄未必及淮，顧淮未必及襄，不如居中調度，反為得當。度宗遂從其議，留似道在都，似道仍是酣歌恆舞，日夜娛樂，襄陽愈加危急。

呂文煥巡城之時，忽聞城下有人叫他姓名，急俯首看時，乃是劉整，前來勸降，文煥不與多言，暗放一箭，射中劉整右肩，幸得甲肩不入，方免受害，連退忙回，痛恨不已！

蒙古將阿里海涯，曾得西域新炮法，造炮攻下樊城，此時移攻襄陽，聲震如雷，城中驚惶，守卒多越城出降。

劉整欲報一箭之恨，要立碎襄陽，捉拿文煥。阿里海涯道：「且慢，待我再去召降他，如投誠，何必多傷生靈呢？且彼此各為其主，將軍亦不應記他之仇。」說罷，即至城下，呼文煥道：「你拒守孤城，已歷五年，也可對得起宋廷了。現在勢窮援絕，徒苦城中生靈，若肯開城出降，盡赦勿治，且加拔擢，這是我主的詔命，令我口宣的，決不相欺。」

文煥聽了，俯首不語。阿里海涯見了，知道文煥已經心動，便與他折箭為誓道：「我若欺你，有如此箭。」文煥始答應出降，先納管鑰，次獻城邑，阿里海涯入城，同了文煥出迎阿朮。阿朮進城，文煥交出圖籍，與阿里海涯同往燕都。此時忽必烈已改國號為大元，本書以後敘述，也就稱為元朝了。

文煥入見元主，元主果然依照阿里海涯之言，授文煥為襄漢大都督。文煥遂獻攻郢之策，願為前驅。元主甚喜，命他斬行休息，再圖大舉。

襄陽已失的消息，到了臨安，舉朝大恐！賈似道反埋怨度宗道：「臣屢請行邊，陛下不許，倘若早令臣去，何至如此。」

呂文煥之兄文福，現知廬州，文德之子師夔，知靖江府，皆上表待罪。當由似道庇護，概置不問。此時朝中只知有賈似道，不知有度宗。

適值有事明堂，以賈似道為大禮使，禮畢，幸景靈宮，天忽大雨，似道請度宗俟雨過，乘輅而回，度宗允諾，那雨偏不肯止，胡美人兄胡顯祖，請如開禧故事，乘逍遙輦還宮。

度宗道：「恐賈平章未必允行。」

顯祖道：「這是極微細之事，賈平章亦未必介意。」度宗也覺不能忍耐，遂乘輦回宮。

似道得知，立即大怒，入奏度宗道：「臣為大禮使，陛下舉動不得知道，臣尚在此何用。」說著，竟大蹈步出朝，向嘉會門去了。

度宗驚怕萬分，遣人慰留。似道不允，度宗不得已，削胡顯祖官爵，似道還不肯允，定要去了胡美人。度宗只得揮淚下詔，奪胡美人命婦誥，送往妙靜寺，削髮為尼，似道方才回來。後人有詩詠此事道：

乘輦何妨可事神，要將喜怒任權臣；
六宮歌管春風夜，蕭寺焚香拜美人。

似道於襄陽失後，又上言：「時勢如此，非臣上下驅馳，聯絡情勢，將來恐不堪設法。」

度宗道：「師相豈可一日離朕左右。」

似道又請設機速房，藉革樞密院洩漏軍情，及稽遲邊報之弊。又詔令中外大小臣僚，密陳攻守事宜。雖有人應詔上言，皆為似道所阻，不能進陳御覽。此時陳宜中已官給事中，彈劾范文虎，說襄樊失守，皆文虎畏縮所致，請斬首以申國法。似道不允，但降文虎一官，調知安徽府，反將李庭芝罷職，任汪立信為京湖制置使，趙溍為沿江制置使。溍為趙葵之子，監察御史陳文龍，上言趙溍少年昧事，不足勝專閫之任。似道大怒！立將文龍斥退。後又任李庭芝為淮東制置使兼知揚州。夏貴為淮西制置使兼知廬州。陳奕為沿江制置使兼知黃州。

陳奕毫無知識，諂事似道的玉工陳振民，稱之為兄，遂得夤緣干進，掌握重兵。咸淳十年，似道母胡氏病歿，歸越治喪，詔用天子鹵簿送葬，築墓如山陵體制，百官奉命喪事，皆立於大雨之中，自朝至暮，不敢易位。葬事甫畢，即起復入朝。

不到數月，度宗駕崩，遺詔命皇子㬎即位。總計度宗在位十年，年三十五歲。

度宗為太子時，即以好色著聞，嘗設春夏秋冬四夫人，輪值書閣。即位之後，廣選女子，充塞後廷，有職位的，不計其數。建一亭，名為「別是一家春」，當時人士，皆說亭名不是佳讖，後果為元所滅。向例天子召幸妃嬪，次日必赴閤門謝恩，書明日月，度宗時，每日謝恩的妃嬪，由閤門贊拜，多至三十餘人。其好色實為古所少

有，所以年方逾壯，便即崩逝。

後人有詩詠此事道：

閤門贊拜盡宮嬪，花外流鶯誤達晨；
春夏秋冬晝日月，釀成別是一家春。

皇子㬎為全皇后所生，庶兄名是，年紀較長，群臣以時局岌岌，議立長君。賈似道力立幼主，方可擅權，故力主以嫡子嗣位，群臣不敢多言，遂奉皇子㬎即位，謝太后臨朝聽政。封兄是為吉王，弟昺為信王，命賈似道獨班起居，尊謝太后為太皇太后，全皇后為皇太后，追尊大行皇帝廟號為度宗，尚未改元，元主忽必烈已命諸將大舉南下，歷數賈似道拘使敗盟的罪狀。其諭道：

自太祖皇帝以來，與宋使介交通。憲宗之世，朕以藩職，奉命南伐，彼賈似道復遣宋京詣我，請罷兵息民，朕即位之後，追憶是言，命郝經等奉書往聘，蓋為生靈計也，而乃執之，以致師出連年，死傷相藉，繫累相屬，皆彼宋自禍其民也。襄陽既降之後，冀宋悔禍，或起令圖，而乃執迷，罔有悛心，所以問罪之師，有不能已者。今遣汝等水陸並進，佈告遐邇，使咸知之，無辜之民，初無與焉，將士毋得妄加殺掠，有去逆效順，別立奇功，驗等第遷賞，其或固拒不從，乃逆敵者，俘戮何疑。

此諭下後，任命兩個大元帥，一個，是史天澤，一個是伯顏（巴延），總制諸路兵馬，以降將劉整、呂文煥為嚮導，發兵二十萬南下。

宋廷此時，小兒為帝，婦人臨朝，知道什麼軍國大事。那賈似道仍是歌舞河山，粉飾太平。京湖制置使汪立信，聞得元朝出兵的消息，不禁憂憤交並，遂上疏道：

今天大勢，十去八九，而君臣宴安，不以為慮，夫天之不假易也，從古已然，此誠宜上下交修，以迓續天命之機，重惜分陰，以趨事赴功之日也，而乃酣歌深宮，嘯傲湖山，玩歲愒日，緩急倒施，卿士師師非度，百姓鬱怨，欲上以求當天心，俯遂民物，拱揖指揮，而折衝萬里者，不亦難乎？為今日之計者，其策有二，夫內郡何事乎多兵，宜盡出之江山，以實外禦。

算兵帳，現兵可七十餘萬人，而沿江之守，則不過七千里。若拒百里而屯，屯

有守將，十屯為府，府有總督，其尤要害處，輒三倍其兵，無事則屯舟長淮，往來遊邀，有事則東西齊奮，戰守並用，刁斗相聞，饋餉不絕，互相應援，以為聯絡之固，選宗室大臣有幹用者，立為統制，分東西二府，以蒞任之，成率然之勢，此上策也。久拘聘使，無益於我，徒使敵得以為辭，請禮而歸之。許輸歲幣以緩歸期，不二三年，邊運稍休，藩垣稍固，生兵日增，可戰可守，此中策也，二策果不得行，則天敗我也，銜璧輿櫬之禮，請備以俟。

賈似道最惱的是談論防禦，最怕的是奏報軍情，有的犯了這兩樁忌諱，恨不能立刻把他處死。當下汪立信的表章到了臨安，似道見了，怒擲於地道：「這瞎賊敢來妄言麼？」

原來，汪立信一目微眇，故似道稱為瞎賊。當即罷立信職，以朱禩孫為京湖制置使兼知江陵府。元兵渡河，將至郢州，史天澤以疾北返，諸軍盡歸伯顏節制。伯顏分大軍為兩道，自與阿朮由襄陽入漢濟江，令呂文煥率舟師為先鋒，別令博羅懽由東道取揚州，監淮東兵，由劉整率騎兵為先鋒，伯顏又將自己統帶之軍，分為三道：索多帶一路，由棗陽哨司空山；翟招討帶一路，由老雅山掠荊南；伯顏自率大隊，與阿朮、張弘範等水陸並進，旌旗延袤，數百里不斷，直趨郢州。此時宋廷連接警報，張世傑敗退，邊居誼自焚，郢州、鄂州次第被陷，所恃以督軍的，只有范文虎、李庭芝二人。文虎降元，庭芝屢次失敗。伯顏令阿里海涯，率四萬人守鄂，盡規取荊、湖；自與阿朮領兵南下，直搗臨安。宋廷聞報大驚，召集群臣會議，群臣皆屬望於賈似道，共請師相督，便是三學生也是這般說法。

第九十九回　舉國降虜

伯顏引了大軍，勢如破竹，直趨臨安。宋廷聞報，召群臣會議，束手無策，大眾皆請賈師相督師退敵。似道至此，也無法推諉，只好應允。遂下詔命似道都督諸路軍馬，開府臨安，用黃萬石等參贊軍機，所辟官屬，均得先命後奏。在封樁庫中，撥金十萬兩，銀五十萬兩，關子一千萬貫，充都督府公用。王侯邸第皆令捐助軍餉，並核僧道租稅，收來作餉，一面詔天下勤王，其時已是咸淳十年的暮冬時候，似道在葛嶺私第與妻妾們圍爐守歲，還是花團錦簇，珠圍翠繞，十分快樂！

次日為帝㬎即位第一個元旦，改元德祐。宮廷裡面，仍是循例慶賀。到了晚間，即有驚報前來，元兵已入黃州，沿江制置使陳奕出降，元令為沿江都督。其子岩，守江東州，也隨父投降。知蘄州管景模，又遣人往迎元兵。似道聞報，方才有些著急！忙召呂師夔為參贊都督府軍事。

師夔不肯受命，與江州錢真孫，迎降元兵，伯顏命師夔知江州。師夔於庾樓，特設盛筵，宴請伯顏，且獻宗室女兩人侑酒。伯顏至，見有二美人侍宴，不禁怒道：「我奉天子之命，興仁義之師，問罪宋朝。你怎麼用女色蠱惑我呢？」說罷，飲酒一杯，逕自跨馬而去。師夔甚覺慚愧！暗中連呼晦氣。

賈似道在臨安聞得呂師夔又復降敵，急得不知所措，忽報劉整病死，似道大喜道：「劉整既死，敵失嚮導，此天助我成功也。」遂上表出師，抽諸路精兵十三萬人從行，金帛輜重，不可勝計，皆裝載船中，舳艫相銜一百餘里。到了蕪湖，遣人通問呂師夔，請調停和議，師夔不答。夏貴引兵來會，於袖中出一書，指示似道道：「宋曆只有三百二十年。」似道也不開口，低頭嘆了一聲，心知夏貴也不可恃，即起用汪立信為江淮招討使，令就建康募兵。

立信聞命，即日啟行，至蕪湖與似道相見。似道撫立信之背道：「當日不用公言，以致如此，今將若何措置？」立信道：「現在更有何策，寇已深入，江南無一寸乾淨土，立信此來，不過要尋一片趙家土地，拼卻一死，死要死得分明，始不失為趙家臣子。」

似道甚為懷愧。勉強對答了幾句話，立信告別而去。似道又令宋京至元軍，請稱臣奉幣，如開慶原約。伯顏答書道：「我軍未渡江時，尚可議和入貢，今沿江州郡，皆為我有，還有什麼和議可言，必欲求和，請自來面議。」

似道得書，正急得無可奈何。忽報元兵又進陷池州，知州王起宗遁去，通判趙卯發全家死節。似道只得簡選精銳七萬餘人，盡屬孫虎臣，令截擊元兵。又令夏貴率戰艦二千五百艘，相繼而進；自率後軍駐於魯港，作為後應。

虎臣軍中，攜一愛妾，時刻不離，至是亦令乘舟隨行。剛至池州下流丁家洲，遙見敵兵，即列舟對壘。伯顏用大炮轟擊中軍，彈火噴射，所至披靡，虎臣大為驚惶！

阿朮復率划船數千，乘風直進，呼聲震天地。宋軍先鋒姜才，正在拼命死戰，虎臣心驚膽戰，忽然跳至姜才船上，部眾頓時嘩噪道：「步帥逃走了。」全軍大亂。

夏貴因虎臣新進，權出己上，已是袖手觀望，此時不戰而潰，自乘小舟，掠似道坐船而過，大呼道：「彼眾我寡，勢不可擋，師相速自為計。」似道大懼！忙鳴金收軍，舳艫播蕩，忽分忽合。阿朮乘機橫掃，伯顏指揮步騎夾岸助攻。宋軍不死於刀劍之下，即死於江水之中，江水為之盡赤，所有軍資器械一概為元兵掠去。

似道奔至珠金沙，夜召夏貴等議事，孫虎臣也逃了來，頓足大哭道：「我軍無一人用兵，如何是好？」

夏貴冷笑道：「我從前與他血戰，倒也有幾次了。」

似道便問為今之計，如何才好？夏貴道：「諸軍膽落，不堪再戰，惟有速入揚州，招集潰兵，迎駕海上，我當死守淮西。」言畢，解舟自去。似道與虎臣，單舸奔往揚州。

次日，見潰卒蔽江，而似道令隊目登岸，揚旗招集，皆不見應，甚至有出言謾罵的，似道無法可施。鎮江、寧國、隆興、江陰的守將，均棄城而去。太平、和州、無為軍又相繼降元。饒州被陷，知州事唐震，闔家殉難。前宰相江萬里，自投水中，其子鎬等，亦依次投入，積屍如疊，似道上書請遷都，太皇太后不許。殿帥韓震，復以為請，乃下宰臣集議。左丞相李爚主張固守，為韓震等反對，遂遁去。後經三學生上書諫阻，因即罷議。再詔令各路勤王，先是勤王詔下，諸將皆觀望不前，只有李庭芝遣兵入援，此時又來了個張世傑。參政陳宜中，疑世傑由元軍來歸，將其部下盡行易去，另調新軍，歸世傑統帶。

江西提刑文天祥、湖南提刑李芾，亦引兵入衛。但是大局已壞，雖有一二忠義之士，奮身為國，也無可挽回了。右宰相章監，托故徑去，進陳宜中知樞密院事。

伯顏進兵建康，汪立信自別似道，向建康進發，見守兵皆潰，四面都是北兵，遂折回高郵，意欲控引江漢，作為後圖。聞得似道師潰，江漢州郡，望風出降，不禁長嘆道：「我今日猶得死在宋土了。」乃致酒與賓僚訣別，自作表報謝三宮，並與從子書，囑以後事。夜半起步庭中，慷慨悲歌，握拳擊案，以致失聲三日，扼吭而死。

伯顏至建康，立信愛將金明，攜立信家人走避，有以立信三策，陳告伯顏，請戮其妻孥。遂訪求立信家屬，卹以金帛。

伯顏既入建康，又遣兵四出，收降了廣德軍。似道窮迫無計，只得繳還都督印，陳宜中問堂吏翁應龍，似道現在何處？應龍回稱不知。宜中疑其已死，上疏乞誅似道。太皇太后謝氏道：「似道歷事三朝，不忍以一朝失算，即置典刑。」乃詔免似道平章都督，授為醴泉觀使，凡從前所行諸弊政，一概罷除，將公田給還田主，令率租戶為兵，放還貶謫諸人，並復吳潛向士璧等官階，刺配翁應龍於吉陽軍，貶廖瑩中、王庭、劉良貴、陳伯大、董樸等官。

未幾，三學生及台諫侍臣，又交章請誅似道，太皇太后還不肯從，似道又上疏乞保全，且言為夏貴、孫虎臣所誤。有詔令李庭芝資遣似道歸越，守喪終制，似道還留在揚州，不肯歸去。王爚又上疏論似道，既不死忠，又不死孝，乞嚴加譴責，頒詔詰責，似道始返紹興。

紹興守臣閉門不納，王爚又入陳太皇太后道：「本朝權臣稔禍，從無如似道這樣厲害的。搢紳草茅，迭經彈劾，陛下皆不允行，如此不恤人言，將何以謝天下。」太皇太后始道降似道三官，居住婺州。婺州人民，聞似道到來，爭作露布，驅逐出境，不准逗留。監察御史孫嶸叟等，又上言罪重罰輕，乃流竄至建寧府。國子司業方應發。中書舍人王應麟，請授諸四裔，以禦魑魅，且請重懲奸黨，以申國法。

又下詔斬翁應龍，籍其家產。廖瑩中等除名，竄逐嶺南，謫似道為高州團練使，安置循州，籍產沒官，榮王與芮，此時晉封福王，深恨似道，募人為監押官，欲與途中除之。會稽縣尉鄭虎臣，自請於福王與芮，願充監押官。

你道鄭虎臣為何自願請行呢？原來虎臣之父為似道所陷，刺配遠方。虎臣久欲報仇，遇到這個機會，所以請行。遂去押解似道啟行。似道正寓居建寧府開元寺內，還有侍妾數十人。虎臣命將侍妾逐去，即促似道長行，命輿夫撤去輿蓋，曝行秋日中，且編唱杭州俚歌，教輿夫高聲歌唱，屢呼似道姓名以辱之。

一日，行抵一古寺，壁上有吳潛南行時所題詩句，虎臣故意指著問道：「賈團練，吳丞相何以至此？」似道懷慚不能回答。

未幾，捨舟登陸，行次劍州黯淡灘，虎臣又令似道觀水道：「此水甚清，可以就死。」似道道：「朝廷並未有詔令我就死。」

到了漳州木棉巷，虎臣道：「我為天下除奸賊，雖死無恨。」遂於似道登廁時，拉其胸，折骨而死。

似道既死，漳州守經紀其喪，講富民所蓄油杉以之為棺，初時簽書樞密院事林存儒，為似道所傾，南竄至漳州而死。林氏子孫聞得油杉甚佳，欲製棺以為殮，後因價值過巨，無力購置，忿然對富民道：「你可好好收藏，留於賈丞相自用。」

此時竟用此杉，以殮似道，也可謂奇事了。後人有詩詠似道，道：

南荒一逐使人愁，林氏油杉早見收；
遷客墨痕蕭寺壁，相逢生怕唱杭州。

先是似道當國，嘗夢金紫人引一客至，對他說道：「此人姓鄭，能制公命。」其時內侍鄭師望寵幸用事，似道疑及師道，因藉他事，勒令外竄，豈知死於鄭虎臣之手。

又有臨安梢人，泊舟蘇堤，方當盛暑，臥於舟尾，中夜不寐，忽見三人長不滿

尺，聚坐沙州，一人說道：「張公到了，將奈何？」一人道：「賈平章非仁者，決不相恕。」又一人涕泣道：「我固無生望了，你們還可以見他敗亡。」三人對泣逾時，入水而沒。

次日，漁人張公，獲一鱉，徑逾二尺，納之葛嶺私第，似道烹而食之，未及三年，似道即敗。當似道極盛之際，嘗發願齋雲水千人，施齋數日，其額已足，最後有一道士，衣衫襤褸，踵門求齋。主其事者，以千人之數已足，不肯放入。道士堅求不已，不得已在門房施與一齋。道人食罷，復其缽於案上而去。眾人盡力移缽，分毫不動，大為詫怪，啟於似道，尚不相信，親往觀看，舉手揭之，隨腕而起。內有詩二句道：

得好休時便好休，收花結子在漳州。

似道見了，方知真仙降臨，深悔當面錯過，未能詳問休咎。惟這兩句詩經門客等多方猜測，終不能解。後來似道死於漳州木綿庵，始知此兩句，實預示似道身死之地，可見世事皆有定數。

似道死後，宋廷以王爚平章國事，陳宜中、留夢炎為左右丞相兼樞密使，都督諸路軍馬。宜中在太學時，曾與黃鏞等糾劾丁大全，編管遠州，當時曾為六君子。後來大全被斥，宜中釋回，夤緣似道，得居顯職。及似道蕪湖戰敗，逃居揚州，宜中疑其已死，故奏請懲似道罪；此時又因鄭虎臣擅殺似道，捕之下獄，置於死地，復請許似道歸葬，賜還田廬。太皇太后只道他存心忠厚，事事依從，哪知他竟是似道一黨呢？

宋廷又命張世傑總都督府諸軍，分道拒元。無如元兵日逼近，臨安一日數驚，同知密院事曾淵子等數十人，竟相率遁去。簽書樞密院文及翁，同簽書院事倪普，故意令台官劾論自己過惡，章未及上，已迫不及待，出關潛逃，相繼而遁者，日有數起。太皇太后聞知，特下手詔，戒飭群臣道：

「我朝三百餘年，待士大夫以禮，吾與嗣君，遭家多難，爾大小臣工，未嘗有出一言以救國者，內而庶僚，畔官離次，外而守令，委印棄城，耳目之司，既不能為吾糾擊，二三執政，不能倡率群工，方且表裡合謀，接踵宵遁，平時讀聖賢書，自許謂何？乃於此時，作此舉措，生何面目對人，死亦何以見先帝。天命未改，國法尚存，

其在朝文武官，並轉二資，其畔官而遁者，令御史台覺察以聞，量加懲譴。」

手詔雖下，朝內百官潛逃的尚日有所聞。

最可笑的是邊廷守將，時勢危急至此，他們還擅殺元朝使臣。元禮部侍郎廉希賢、工部侍郎嚴忠範，齎奉國書赴宋，行至獨松關，守將張濡，令部兵襲殺忠範，執了希賢，送往臨安。希賢受創，死於道中。宋廷知道惹禍，忙遣使往告元軍，戕使之事，實係邊將所為，朝廷並不知道，當依法加誅，乞貴國修好罷兵。

伯顏又令議事官張羽，偕宋使回臨安，道出平江，又為宋將殺死，伯顏愈加發怒！遣兵四出，收降常州，攻入嶽州，陷了江陵。京湖宣撫使朱禩孫，副使高達，均降於元。元將阿里海涯，命禩孫移檄部屬，諭令投誠。於是湖北州郡，相繼出降，荊南已為元有，伯顏無西顧之憂，安心東下，直至真州，先遣弁目李虎，攜書揚州諭降。

制置使李庭芝，斬使毀書，令統制姜才出戰。姜才勝敵於三里溝。宋將劉師勇，又收復常州，兵威稍振。張世傑召劉師勇、孫虎臣等大集舟師，為揚州聲援，又為元兵所敗，廷臣復發生意見，先是平章王爚上言，陳、留二相，宜出一人督師吳門，為陳宜中所阻。至是因世傑兵敗，憤而求去，太皇太后不許。京學生劉九皋，又上言陳宜中誤國，不亞於賈似道疏入不報。宜中悻悻而去，太皇太后自作手書，命宜中母楊氏，促其速來。宜中乃請以祠官入侍，進拜醴泉觀使，以文天祥知平江府，李芾知潭州。文天祥上疏請建四鎮，留夢炎、陳宜中以為迂闊難行，置之不答。天祥嘆息而去。

伯顏分兵三路，水陸並進，期會臨安，常州復陷，江西諸州郡盡失。元兵至獨松關，守將張濡遁去，元兵長驅入關。宋廷大懼，促文天祥入衛，天祥與張世傑計議，以為淮東堅壁，閩廣全地，若與敵血戰，萬一得捷，命淮師截敵後路，國事尚可有為。世傑深然其計，入奏朝廷，陳宜中謂王師務宜慎重，又不允行，左丞相留夢炎，不告而去，宜中沒有他法，只有求和一策，命工部侍郎柳岳，至元軍通好。

柳岳見了伯顏說道：「嗣君沖幼，尚在衰絰，古禮不伐喪，貴國為何興師？況前此背盟，悉出賈似道一人，今似道伏誅，貴國亦可恕罪了。」

伯顏道：「汝國戮我行人，所以興師問罪。從前錢氏納土，李氏出降，皆是汝國舊例。況汝國得於小兒，失於小兒，天道好還，何必多言。」柳嶽無言可對，只得退回。

宜中又令宗正少卿陸秀夫、兵部侍郎呂師孟與柳岳再往元軍，情願稱侄，或稱孫乞和，伯顏仍舊不許。秀夫等還報，宜中又奏准太皇太后，奉表求封為小國，再遣柳岳奉表，前往元軍，行抵高郵稽家莊，為土民所殺。

元兵逐步進逼，好容易過了殘年，已是德祐二年了。忽接湖南警報，潭州已失，湖南鎮撫大使兼知州事李芾死節，臨安戒備益嚴，訛言益甚，百官又相率逃去。

一日，帝㬎臨朝，文班只得六人。未幾，嘉興府又降於元，安吉州又復輸款。太皇太后泣道：「苟存社稷，稱臣亦不足惜。」乃命監察御史劉岊赴元軍奉表稱臣，上元主尊號，歲貢銀絹二十五萬，乞存境土，聊奉宗社。伯顏不允，必欲宋君臣出降。劉岊還報，太皇太后召群臣會議。文天祥請命吉王、信王出鎮閩廣，徐圖恢復。乃封吉王是為益王，出判福州，信王昺為廣王，出判泉州。

次日，伯顏兵抵皋亭山，前鋒直至臨安府北新關，文天祥、張世傑請三宮入海。陳宜中以為危，竟勸太皇太后，遣臨察御史楊應奎，賫傳國璽及降表，往元軍請降。其降表道：

宋國主臣㬎謹，百拜奉表言。臣眇然幼沖，遭家多難，權奸賈似道，背盟誤國，至勞與師問罪。臣非不能遷避以求苟全，只以天命有歸，臣將焉往，謹奉太皇太后命，削去帝號，以兩浙、福建、江東西、湖南、二廣、四川、兩淮、現存州郡，悉上聖朝，為宗社生靈祈哀請死，伏望聖慈垂念，不忍三百餘年宗社，遽至隕絕，由賜存全，則趙氏子孫，世世有賴，不敢弭忘。

伯顏收下璽表，命首相陳宜中出議降事。誰知宜中竟於夜遁去。張世傑、劉師勇等因不戰即降，憤恨入海。師勇憂恚成疾，縱酒而死。太皇太后以文天祥為右丞相，與左丞相吳堅，往元軍議降。文天祥辭職不拜，徑與吳堅赴元營，見了伯顏，即進言道：「北朝若以宋為與國，請退兵平江或嘉興，然後議歲幣及金帛犒師，北朝得全師而回，最為上策；若必欲毀宋社稷，恐淮、浙、閩、廣尚多未下，兵連禍結，勝負難料，請執事詳察。」

伯顏因其語言不遜，將天祥留於軍中，令吳堅回去。當即改臨安為兩浙大都督府，令忙兀台及范文虎入城治事，又命張惠等入封府庫。太皇太后尚命賈餘慶為右丞相，與左丞相吳堅，簽書樞密院事家鉉翁等，充祈請使如元，先至伯顏軍。

第一〇〇回　空支殘局

謝太后命吳堅、賈餘慶、家鉉翁等，往元為祈請使，先往見伯顏，伯顏引文天祥一同列座。賈餘慶語多諂諛，天祥斥其賣國。呂文煥從旁解勸，天祥離座，指著文煥說道：「君家受國厚恩，不思圖報，合族為逆，尚有何言。」

文懷慚不能答，伯顏遂拘住天祥，令他隨吳堅等北去，一面進駐錢塘江沙上，錢江本有大潮，每日兩至，太皇太后於宮中焚香祝道：「海若有靈，當令波濤大作，將元兵一掃而空。」

哪知，江潮竟三日不至，臨安人士皆以為天竟，不勝嗟嘆！伯顏乃建大將旗鼓，入臨安城，率左右翼萬戶巡城，觀潮於浙江，又登獅子雲峰，覽臨安形勝。後人有詩詠此道：

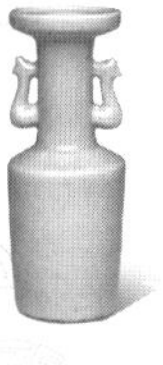

金堤窅海波已頹，祝拜宮中香未灰；
笳鼓滿城馳鐵騎，伯顏江上看潮回。

伯顏又聞得益王、廣王已出臨安，命范文虎率兵南追。駙馬都尉楊鎮聞元兵來追，遂與二王作別道：「臣不能保護殿下前去了。」即馳還臨安，途遇文虎，問二王何在？回言已竟就鎮。文虎遂執楊鎮還報，適福王與芮，自紹興而來。伯顏婉言撫慰，令隨帝㬎及全太后，北往元都，並遣使入宮宣詔，免牽羊繫頸之禮，遂劫帝㬎、全太后、福王與芮、沂王乃猷、度宗母、隆國夫人黃氏、駙馬都尉楊鎮等一概北行，惟太皇太后謝氏，以年老多病暫時免行。

及至燕都，帝㬎入見，元主憐其年幼無知，封為瀛國公。全太后自請為尼，令出居智正寺，後又命帝㬎為僧。帝㬎其時年僅六歲，後竟終於北漠。謝太后在臨安數月，被元兵舁往燕都，降封壽春郡夫人，過了七年方歿。

當帝㬎北去時，知信州謝枋得，為元兵所逐，逃至建寧山中，江東陷沒，制置使夏貴、又以淮西降元，惟淮東、真、揚、泰諸州尚稱宋土。李庭芝、姜才、苗再成等，死守勿去，恰值文天祥北行至鎮江，與幕客杜滸等十二人，乘夜逃入真州，與苗再成共謀恢復。天祥致書李庭芝，令他同時舉兵扼敵歸路，不意庭芝誤信潰卒之言，說是元遣宋丞相說降真州，庭芝因疑天祥有詐，密囑再成，速殺天祥，再成不忍下手，給天祥出城，始將庭芝書與覽。

天祥大憤！欲往揚州自訴，及抵城下，聞門卒宣言，制使捕文丞相甚急。天祥知不可入，變易姓名，沿東入海，途中饑寒交迫，卒得樵夫相救，攜往高郵，稽家莊民嵇聳，迎至家內，送他到泰州，遂泛海入溫州，訪求二王所在。

聞得益王昰已自立於福州，改元景炎，乃趨福州。原來益王昰與廣王昺南行，由昰生母楊淑妃及淑妃弟亮節，昺生母俞修容、修容弟如珪，宗室秀王與檡，擁護同行。途中為元兵所追，徒步匿山中七日，幸有統制張全，引數十騎來衛，乃同往溫州。宋臣陸秀夫、蘇劉義等亦接踵而至。

因議召陳宜中於清澳，張世傑於定海，二人奉詔偕來。因奉益王昰為都元帥，廣王昺為副元帥，發兵除吏，以秀王與檡為福建察訪使，先入閩中，撫吏民，諭同姓，檄召各路忠義，同謀恢復，閩人頗多響應。於是諸臣奉二王至福州，立益王昰為帝，改年號為景炎元年；尊楊淑妃為皇太妃，同帝聽政。遙上帝㬎尊號為恭帝，加封廣王昺為衛王；陳宜中為左丞相兼樞密使，都督諸路軍馬；李庭芝為右丞相；

陳文龍、劉黻參知政事；張世傑為樞密副使；陸秀夫簽書樞密院事；蘇劉義主管殿前司；命舊臣趙溍、傅卓、李班、翟國秀等分道出兵，改福州為福安府，溫州為瑞安府，循例大赦。

是日有大聲出府中，眾皆驚仆。過了幾天，文天祥來見，廷議以李庭芝扼守淮東，不能至閩，右相尚虛席，應授天祥為右丞相兼樞密使。天祥不善陳宜中，固辭不受，遂改為樞密使，同都督諸路軍馬。天祥請還溫州，藉圖進取。陳宜中欲倚仗張世傑，收復兩浙，自蓋前愆，命天祥開府南劍州，經略江西。

江西由吳浚克復南豐、宜黃、寧都三縣，翟國秀進取秀山，傅卓至衢、信諸民亦多響應，元遣唆都拔婺州，進陷衢州，故相留夢炎降元。唆都進兵，殺敗吳浚，翟國秀不戰而遁，傅卓降元。還有廣東經略徐直諒，已遣部將梁雄飛，輸款元軍，元將阿里海涯，命雄飛為廣東招討使，命循廣東。

益王昰即位，檄至廣州，直諒遂拒絕雄飛，雄飛竟引元兵攻入廣州，直諒遁去，全城皆降。江西、廣東又遭失敗，李庭芝與姜才，協守揚州。元將阿朮，屢攻不下，阿朮乃遣兵守高郵，寶應阻絕揚州餉道。未幾淮安、盱眙、泗州皆以糧盡出降。庭芝還力戰不屈，糧盡繼以牛皮麴蘗，甚至兵民易子而食，尚無叛志。適值福州使命召庭芝為右相，庭芝乃令副使朱煥守揚州，自與姜才引兵七千，赴泰州，不意庭芳方出，朱煥已獻城降元。阿朮分道追庭芝，庭芝馳入泰州。泰州裨將孫貴、胡惟孝，開門出降，姜才因背上生疽，不能迎戰，庭芝急投蓮池，水淺不死，與姜才皆為元兵所執，送往揚州。阿朮責二人不早被降，姜才憤怒斥道：「我是第一個不降，要殺就殺，何用多言。」遂大罵不止。

阿朮還愛他才勇，不忍即殺，那沒良心的朱煥入言道：「揚州自用兵以來，積屍滿野，皆姜、李二人所為，不殺何待。」阿朮乃將李庭芝、姜才一同殺死。揚州人民莫不哀悼！

元兵又轉下真州，趙孟錦、苗再成均死於難，淮東州郡盡為元有！元又命阿剌罕、董文炳、忙兀台、唆都等，引舟師出明州。搭出、李恆、呂師夔引騎兵出江西，水陸並進，分循閩廣。復檄阿里海涯，略廣西，先是東莞民態飛與宋制置使趙溍，攻入廣州，逐元降將梁雄飛、熊飛進取韶州，新會令曾逢龍率兵來會。元呂師夔，越梅嶺至南雄，趙溍令曾逢龍與熊飛迎戰，逢龍敗死，熊飛走入韶州，守將劉自立以城降，熊飛投水死。

趙溍遁去，不知所至。元阿剌罕、董文炳入處州，宋秀王與檡出兵浙東，戰敗被

殺。元兵長驅至建寧府，執守臣趙崇鐖，福州震動。陳宜中、張世傑急備舟，奉帝昰與楊太妃、衛王昺乘舟西行，福州遂陷。

帝昰至泉州港，招撫使蒲壽庚迎謁，請就州治駐蹕。張世傑以為非計，遂取壽庚舟西行，壽庚深為怨恨！竟將泉州城內皇親國戚，搜殺多人，舉城降元。阿剌罕遂進取興化軍，遣人勸宋參政，知興化軍事，陳文龍出降，文龍斬其使，出戰被執。阿剌罕仍勸其降順，文龍以手指腹道：「此中皆節義文章，如何能為你所脅迫。」遂械送杭州，文龍絕食而死。

元將阿里海涯入廣西。知邕州馬塈，屯兵靜江，前後數十戰，死亡相藉。阿里海涯遣使諭降，並以元主詔諭，授為廣西大都督，馬塈斬使毀書，誓不背宋。阿里海涯督眾力攻，城破之後，馬塈猶率死士巷戰，臂傷被獲，不屈被害，頭已落地，屍尚奮起，逾時乃仆，兵民皆為坑死，元兵遂盡取廣西諸州郡。

那時文天祥尚奔走汀漳，想由江西進兵，即從梅州出兵，克會昌，下雲都，使趙時賞等，分道取吉、贛諸縣，進圍贛州，天祥自居興國縣，指揮調度。廣東制置使張鎮孫又克復廣州，張世傑奉帝昰至潮州，復還軍討蒲壽庚，傳檄諸路，取邵武軍，奪興化軍。淮人張德興、傅高，又用景炎年號舉民兵入黃州，下壽昌軍。四川制置副使張珏，自合州進兵，規復瀘、涪等州，一隅殘局，大有光復的景象。其時元諸王昔里吉，叛於北平，元主調回諸將，改圖北方，所以宋人乘機進兵，克復各處。

未幾，伯顏即討平了昔里吉，又命搭出、呂師夔，李恆等率步兵出大庾嶺，忙兀台、唆都、蒲壽庚、劉深等率舟師下海，追趕二王。李恆引兵至興國縣，襲擊天祥，天祥不意元兵忽至，與戰失利，出走永豐。守將鄒鳳兵潰，改趨方右嶺，元兵已是追及，部將鞏信、張日中等戰死，餘卒盡潰，天祥妻歐陽氏，二子佛生、環皆為元兵所擄，天祥幾為所及，幸趙時賞坐肩輿後行，元兵問其姓名，時賞詭稱姓文，追兵疑為天祥，拘之而回，天祥始得與長子道生，及杜滸、鄒鳳等奔循州。

李恆拿了趙時賞，令俘卒辨別，方知並非天祥，時賞不屈而死。李恆送天祥家屬北上，二子病死於道中。元將唆都救泉州，張世傑解圍而去，邵武、興化復陷。唆都取漳州，至惠州，與呂師夔會合，趨廣州，張鎮孫以城降元，淮西義民張德興、傅高，亦皆敗死。四川制置副使張珏，亦於景炎三年為元兵所獲，解弓弦自縊死，諸州復失。

各路宋兵盡皆敗覆，只有張世傑一軍奉了帝昰奔至淺灘，又為劉深追及，趨避秀山，轉達井澳，忽遇狂風，將帝昰坐船掀翻海灘，連忙救起，已是半死半活，幾

日不能出聲。張世傑因元兵追來，欲奉帝昰赴占城，陳宜中托名先往招諭，竟自一去不返。

帝昰行至碙州，遂以疾崩，年止十一歲，也算做了三年的皇帝。

群臣皆要散去，陸秀夫道：「古人一城一旅，猶可中興，現在百官有司悉具，士卒尚有數萬。度宗皇帝尚有一子，竟可嗣立。天意若不絕宋，尚可恢復。」

群臣乃共立衛王昺為帝。適有黃龍現於海中，遂改元為祥興，升碙州為翔龍縣，乃由楊太妃聽政。都統凌震、轉運判官王道夫又克復廣州。張世傑擇得廣州外海的崖山，以為天險可恃，即奉帝昺駐蹕於此，令士卒入山伐木，築行宮軍屋千餘間，以便居住，即葬帝昰於崖山，號為端宗，進陸秀夫為左丞相。

秀夫尚日書《大學》章句，訓導帝昺，文天祥收拾散兵，奉母與弟，同出海豐，至麗江浦，上表崖山，自劾兵敗江西之罪，有詔加文天祥少保銜，封信國公，張世傑為越國公。京湖制置使張烈良等也起兵響應，崖山、雷瓊、全永與潭州人周隆賀等十二人，亦同時舉義。

元主乃命張弘範為都元帥，李恆為副，再下閩廣。又促阿里海涯速平湖廣。阿里海涯兼程至潭州，周隆賀等十二人不及防備皆為所害，張烈良亦戰死，進掠海南。

宋瓊州安撫使趙與珞，逆戰白沙口，為州民執降元軍，被磔而亡，海南一帶，遂為元有。李恆由梅嶺攻廣州，凌震、王道夫屢戰皆敗，遂奔崖山。張弘範從海道進攻漳、潮、惠三州。

文天祥屯兵潮陽，鄒鳳、劉子俊剿海盜陳懿、劉興。陳懿被誅，劉興引元兵入潮陽，天祥與部下走海豐。母與長子皆已遇疫而亡。

天祥尚始終要想復宋，行至五嶺坡，方才造飯，元先鋒張弘正引兵追到，眾盡逃散，僅餘天祥，鄒鳳、劉子俊、杜滸等數人被執往元營。天祥吞腦子，不死，鄒鳳自刎。

劉子俊欲脫天祥，說天祥是假的，自己方是真文天祥，彼此互爭，後由俘卒辨別真假，子俊以欺誑受烹，杜滸不食死。弘正執天祥至潮陽，見弘範，左右叱天祥拜謁。天祥毅然不屈。弘範親為天祥解縛，待以客禮。天祥請死，弘範不許，令居舟中，凡天祥族屬被俘，皆令與天祥同處一舟。

天祥還想忍辱恢復，所以不死，在舟中居住，滿腔悲憤，盡付詩歌。弘範又令天祥作書，招降張世傑，天祥不從。

弘範固令作書，天祥乃書其詩句道：

人生自古誰無死，留取丹心照汗青。

弘範付之一笑，乃進兵攻崖山。張世傑聯舟為壘，結大船千餘，作一字陣，碇泊海中，四周起樓棚，奉帝昺居於中，為必死計，將士皆以非策。世傑嘆道：「頻年航海，何時得了，不若拼死一戰，勝則國家之福，敗則君臣同盡罷了。」

崖山兩門對立，北面水淺舟不得進。弘範乃繞大洋，由南面入攻，世傑之舟堅不可動，弘範遂用茅茨沃油，乘風縱火，世傑早有防備，舟上盡塗水泥，火不能燃，弘範無法，只得令人對宋軍道：「你們陳丞相已走，文丞相已擒，尚欲何為？」

宋軍不答。弘範以舟師據海口，斷宋軍樵汲之道，宋軍坐困。李恆又引兵來會，弘範令守北山，自分部下為四軍，傳令諸將，宋軍艤舟崖山，潮至必遁，宜乘潮進攻，聞我作樂出戰。

祥興二年二月六日，早潮驟漲，李恆先以舟師進攻，世傑率兵死戰，相侍至午，勝負未分。忽聞樂聲大作，弘範之軍又至，兩下夾攻。宋軍大敗，旗靡檣摧，波蕩舟搖，翟國秀、凌震等，皆降於敵。世傑猶死相爭，直至日暮，颶雨大作，昏霧四起，咫尺不辨，料知大事已去，遂與蘇劉義斷纜出港，引了十六舟而去。

陸秀夫在帝昺舟上，見諸船相連，知難逃脫，即對帝昺道：「國事至此，陛下當殉社稷，勿為德祐皇帝之繼，再去屈辱虜廷。」即負帝昺，同沉於海。

後宮諸人從死者不知其數。楊太妃聞帝昺已死，大哭道：「我忍死至此，只為趙氏一塊肉，今還有什麼盼望呢？」也投海而死。

世傑舟至海陵山下，颶風大作，將士皆勸登岸，世傑仰天禱祝道：「我為趙氏已力竭了，一君亡，又立一君，今又亡，我尚不死，還望敵人退後，別立趙氏以存宗社。今風潮若此，想天心欲亡趙氏，不令我再生了。」禱罷，風浪益大，竟覆世傑舟，溺海而亡。

蘇劉義遁出海洋，為下所殺。文天祥被執至燕京，越三年，受刑於柴市；又越七年，謝枋得被脅北行，絕食死節。後世稱文天祥、張世傑、陸秀夫為三忠，三忠皆死，南宋已亡，與北宋合併計算，共得三百二十年。

編書至此，總算告竣，因作七律一首，作為全書的結束語：

和戰紛爭敵已來，兩朝事蹟一般哀！

攻遼未必非計會，亡宋皆因少將材。
空有中興名自在，終難恢復恨長埋。
崖山遺憾留千古，滄海桑田剩劫灰。

（全書完）

新大宋十八皇朝（四）千秋遺恨 完

作者：許慕羲
發行人：陳曉林
出版所：風雲時代出版股份有限公司
地址：10576台北市民生東路五段178號7樓之3
電話：(02) 2756-0949
傳真：(02) 2765-3799
執行主編：朱墨菲
美術設計：吳宗潔
業務總監：張瑋鳳

出版日期：2024年4月
ISBN：978-626-7369-63-0

風雲書網：http://www.eastbooks.com.tw
官方部落格：http://eastbooks.pixnet.net/blog
Facebook：http://www.facebook.com/h7560949
E-mail：h7560949@ms15.hinet.net
劃撥帳號：12043291
戶名：風雲時代出版股份有限公司

風雲發行所：33373桃園市龜山區公西村2鄰復興街304巷96號
電話：(03) 318-1378
傳真：(03) 318-1378
法律顧問：永然法律事務所 李永然律師
北辰著作權事務所 蕭雄淋律師

行政院新聞局局版台業字第3595號 營利事業統一編號22759935

定價：380元

國家圖書館出版品預行編目資料

新大宋十八皇朝 / 許慕羲著. -- 初版. -- 臺北市：風雲時代出版股份有限公司, 2024.02-　冊；　公分

ISBN 978-626-7369-63-0 (第4冊：平裝)

857.455　　112021758